KB154607

BBULMEDIA

www.bbulmedia.com

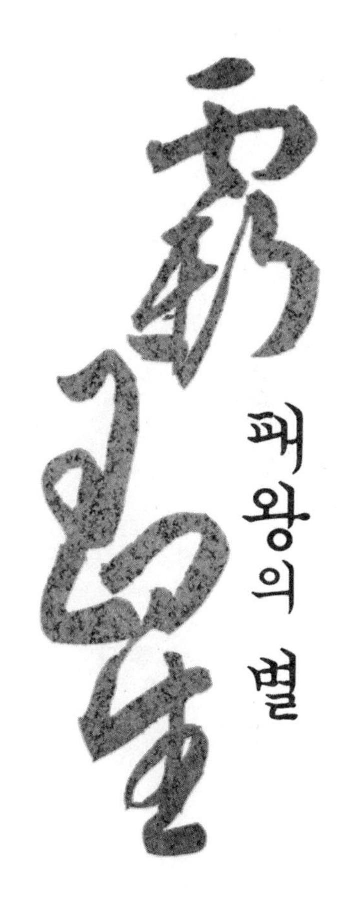
패왕의 별

패왕의 별

1판 1쇄 찍음 2015년 4월 3일
1판 1쇄 펴냄 2015년 4월 8일

지은이 | 강호풍
펴낸이 | 정 필
펴낸곳 | 도서출판 **뿔미디어**

편집장 | 이재권
기획 · 편집 | 윤영상

출판등록 | 2002년 9월 11일 (제1081-1-132호)
주소 | 경기도 부천시 원미구 소향로 17번길(두성프라자) 303호 (우)420-864
전화 | 032)651-6513 / 팩스 032)651-6094
E-mail | bbulmedia@hanmail.net
홈페이지 | http://bbulmedia.com

값 8,000원

ISBN 979-11-315-6352-6 04810
ISBN 979-11-315-2568-5 04810 (세트)

※파본은 구입하신 서점에서 교환하여 드립니다.

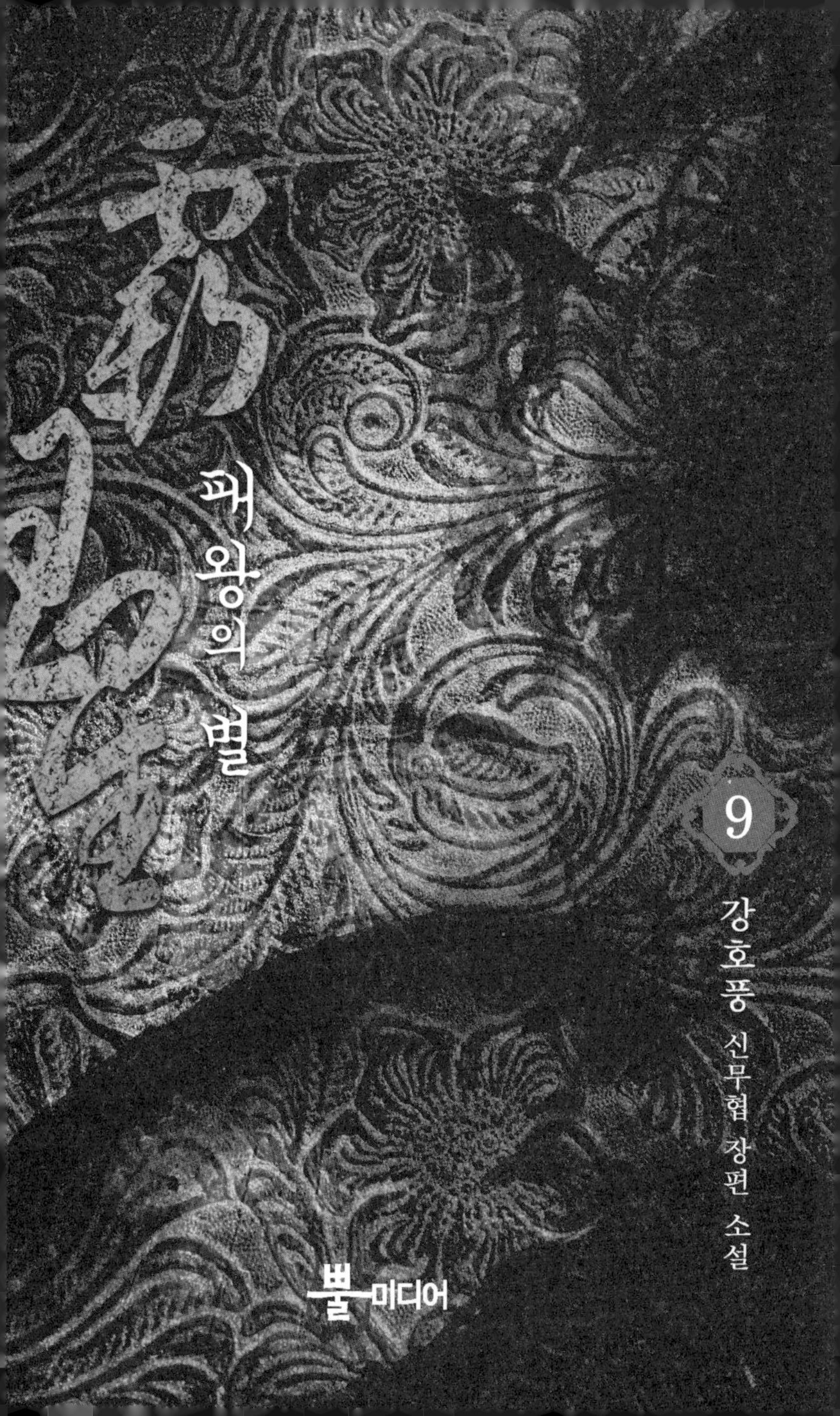
패왕의 별
9
강호풍 신무협 장편 소설
뿔미디어

목차

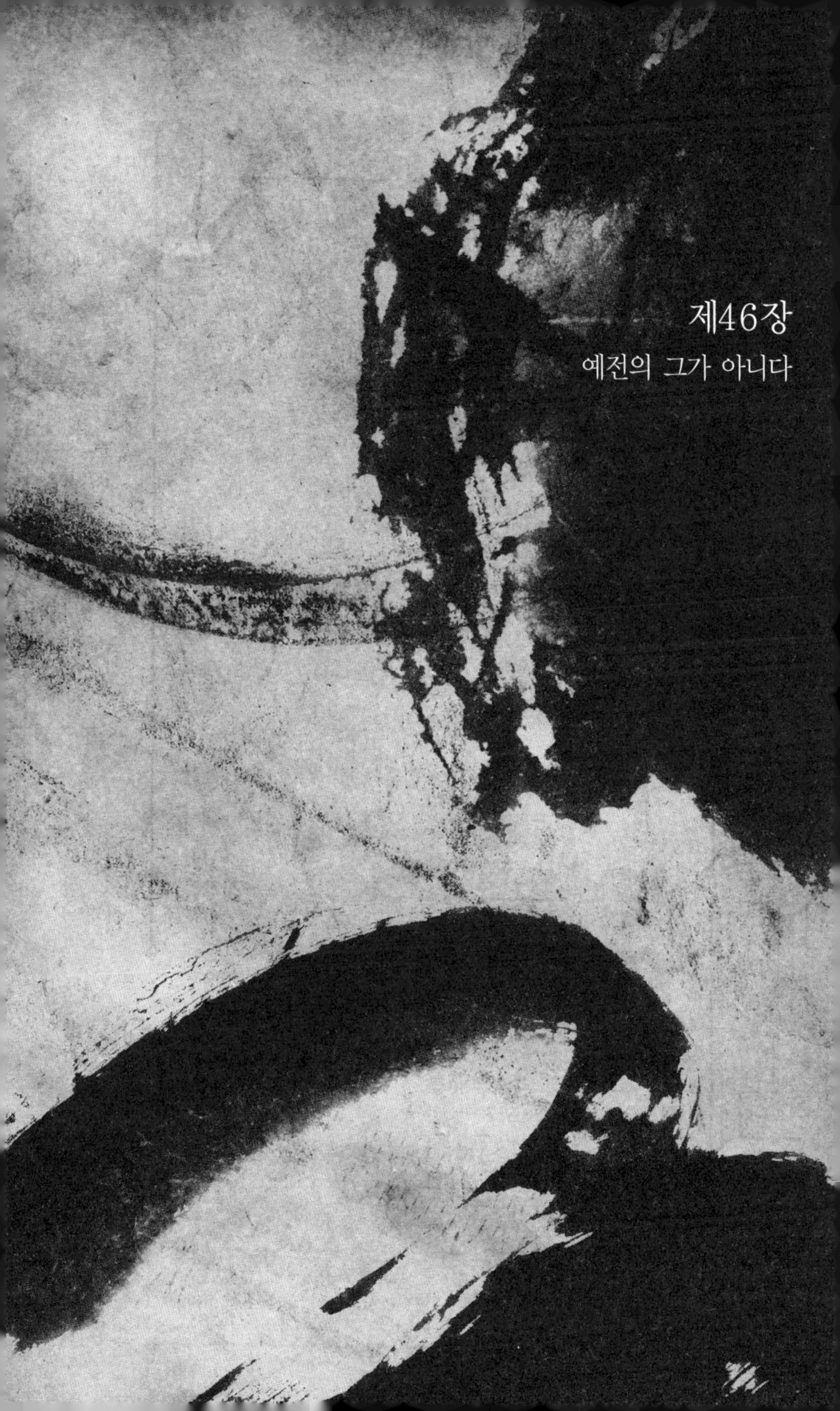

제46장
예전의 그가 아니다

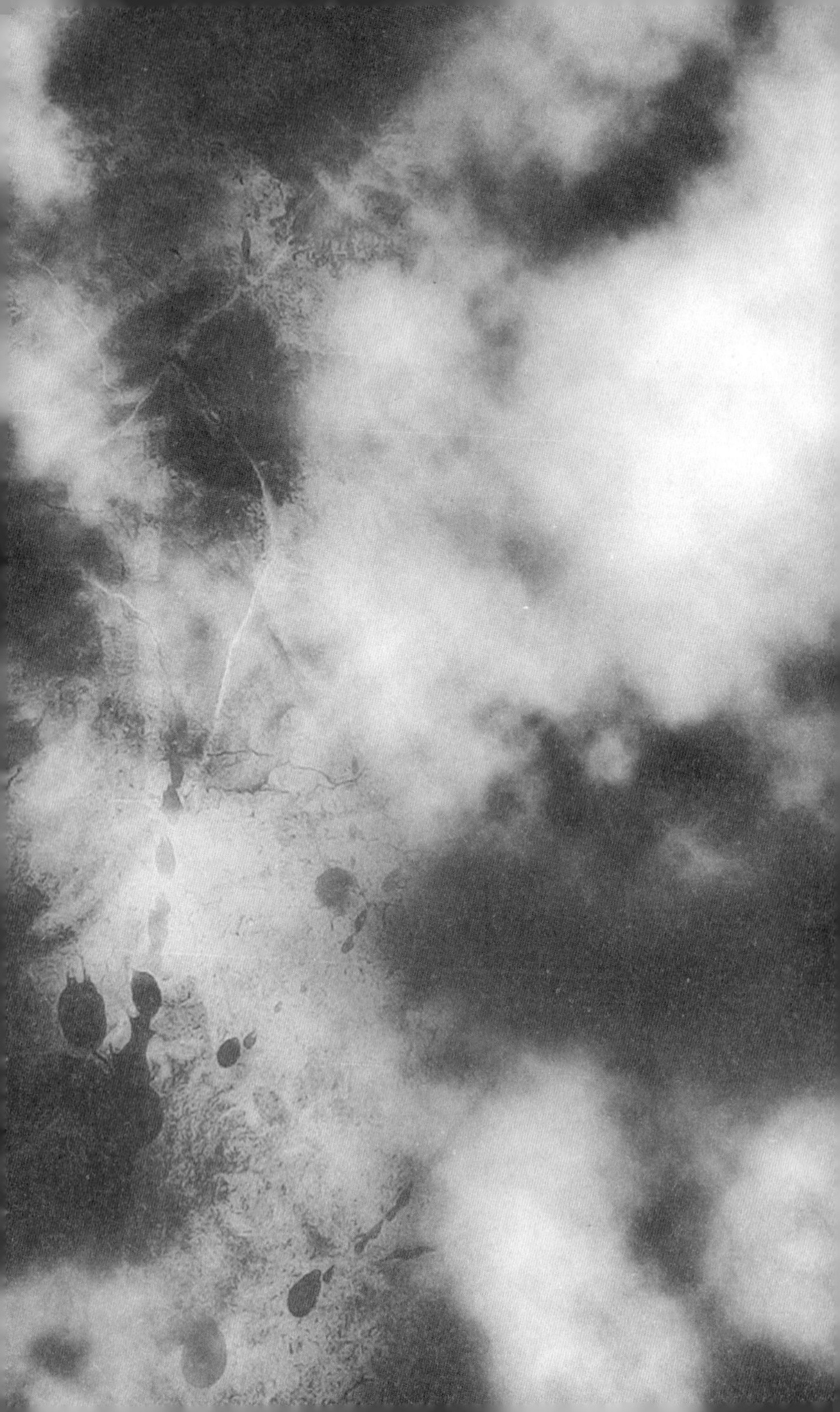

1

"휴우우우우."

날숨을 천천히 뱉으며 운기를 마무리한 풍운은 가부좌를 풀고 자리에서 일어났다.

기상하자마자 천류영과 한 시진이 넘게 뜀박질을 하고 아침을 먹었다. 그리고 지금까지 운기행공에 빠져 있었다.

풍운은 창문을 열어 하늘에 떠 있는 태양의 위치를 확인했다.

"이런 시간이 벌써 이렇게 되었나?"

점심 식사 시간이 훌쩍 넘었다.

그의 발걸음은 자연스럽게 천류영의 거처로 향했다. 이틀 전에도 이런 일이 있었는데 그때 천류영이 식사를 챙겨 두었던 것이다.

하지만 천류영이 그곳에 있을 리 만무.

허탕을 친 풍운은 천류영이 있을 만한 곳을 찾아다녔다. 그러나 그 어디에도 천류영은 없었다.

이제 천류영이 갈 만한 곳으로 남은 장소는 하나였다.

빙봉 모용린이 일하고 있는 거처.

풍운은 빙봉을 상대하는 것이 어려웠다. 잠깐만 대화를 나누다 보면 그녀는 어느 순간 자신의 사문이나 무공에 대해 캐묻고 있었다.

그 대화술이 무척이나 교묘해서 몇 번이나 꼬투리를 잡힐 뻔한 이후로는 가능한 그녀를 피하고 있었다.

그래서 사천분타를 뒤지면서도 아직까지 빙봉을 찾지 않은 것이다. 천류영이 그곳에 있을 가능성이 높다는 것을 알면서도.

풍운은 빙봉이 있는 내실 앞에 당도해서도 망설였다. 만약 천류영이 이곳에서 그녀를 도와주고 있다면 자신은 괜히 방해만 하는 꼴이기에.

내실 앞에 있는 호위무사가 입을 열었다.

"풍운 소협, 안에 아뢸까요?"

풍운이 바로 대답하지 못하고 입술을 깨무는데 내실 안

에서 모용린의 차가운 목소리가 흘러나왔다.

"안으로 모시세요."

풍운은 어깨를 으쓱하며 쓴 미소를 짓고는 안에 들어섰다. 그리고 빙봉 앞에 있는 책상 위를 보고는 눈을 휘둥그레 떴다.

어마어마한 양의 서류가 쌓여 있었다.

"아, 아직도 이렇게나 처리할 게 많은 겁니까?"

모용린은 자리에서 일어나서 그녀다운 무뚝뚝함으로 대꾸했다.

"대부분 처리한 거예요."

풍운은 괜히 머쓱해졌다.

"그렇군요."

"앉으세요."

그녀는 다탁을 가리키며 말하고는 내실의 한쪽 구석으로 이동했다. 그곳에는 차(茶)와 다구들이 있었다.

풍운이 놀라 물었다.

"서, 설마 직접 차를 끓이시려고요? 시녀를 부르시죠."

모용린의 입가에 희미하지만 미소가 스쳤다.

"알아주니 좋군요. 나는 대단히 높은 분께도 직접 차를 내놓진 않아요. 예를 들면 무림맹주님이나 총군사님에게도 그런 적이 없어요."

그녀는 화섭자로 불을 붙이고는 찻병을 올렸다.

풍운은 곤혹스러워 물었다.

"그럼 저에겐 왜?"

"친한 사람에게는 손수 하지요."

풍운은 잠시 말문을 잃었다. 자신이 빙봉과 친했던가? 그런 생각은 손톱만큼도 해 본 적이 없었다.

그러자 모용린이 묘한 웃음을 깨물고 말했다.

"그리고 친해지고 싶은 사람에게도."

풍운은 왠지 한기가 드는 기분이었다. 그녀의 말은 사문을 이젠 좀 밝히라는 재촉 같이 들렸다.

풍운은 화제를 돌렸다.

"천류영 형님이 혹시 이곳에 계실까 해서 들렀어요."

모용린은 찻잔을 다탁 위에 놓고는 직접 차를 따랐다.

"진달래 꽃잎을 우린 차예요. 비싼 건 아니지만 향이 좋아서 봄에는 종종 마시죠."

"예, 잘 마시겠습니다."

모용린은 풍운의 맞은편에 앉고는 물었다.

"천 공자의 호위는 풍운 소협 아니었나요?"

"하하하, 그렇긴 한데 분타 내에서는 딱히 호위를 설 일이 없잖아요."

풍운이 멋쩍게 웃으며 하는 말에 모용린은 살짝 아미를 찌푸리며 고개를 저었다.

"천 공자가 지금 어떤 위치에 있는지 잘 모르는군요.

그리고 그것을 떠나서도 지금 풍운 소협은 호위로서 실격이에요. 호위 대상자의 일거수일투족을 챙겨야 하는 사람이 호위무사입니다."

"……."

"물론 호위라기보다는 친한 형동생 사이라는 것을 알고 있어요. 하지만 만약 자객이 이 안에 들어와 있다면 돌이킬 수 없는 후회를 남길 수도 있잖아요?"

따끔한 질책에 풍운은 대꾸할 말이 없어서 고개를 숙였다.

"죄송합니다."

모용린은 찻잔을 들어 한 모금 마시고는 말했다.

"오해하지는 말아요. 풍운 소협을 비난하려는 의도는 아니었으니까. 사실 호위란 건 실력도 실력이지만, 경험이 더 중요한 자리예요. 애초에 약관의 풍운 소협이 천 공자의 호위라는 것이 말도 되지 않는 일이죠."

"……."

"그리고 나이를 생각하면 풍운 소협은 더더욱 호위 일을 할 때가 아니죠. 무공 수련과 더 많은 경험을 위해서 움직여야 합니다. 그래야 무림의 거인(巨人)으로 성장할 수 있을 테니까."

풍운은 질겁하며 손사래를 쳤다.

"거인은 무슨? 그런 생각은 없습니다."

모용린은 그런 풍운을 뚫어지게 보며 한숨을 쉬었다.

"천 공자도 그렇지만 풍운 소협도 자신이 지금 어떤 위치에 있는지 전혀 자각하지 못하네요. 소협의 나이에 그만한 무공 수위를 보여 준 사람이 무림사에 얼마나 있었을까요?"

풍운은 왠지 대화 주제가 슬슬 자신에게 돌아오는 것을 느꼈다. 빙봉과 말을 섞다 보면 늘 이런 식이었다. 갑자기 앉아 있는 자리가 가시방석처럼 불편해졌다. 그래서 아직 뜨거운 차를 호르륵 전부 마셔 버리고 말했다.

"저는 그럼 호위의 역할을 잘하기 위해서 천류영 형님을 찾아보겠습니다."

그의 말에 모용린이 입맛을 다시며 고개를 주억거렸다.

"그러세요. 참, 그리고 말도 전해 주세요. 어떻게 같은 사천 분타에 있으면서 며칠씩이나 코빼기도 보여 주지 않냐고요."

"그야 빙봉께서 워낙 바쁘시니까……."

모용린이 그의 말을 끊었다.

"아무리 바빠도 친해지고 싶은 사람들과 차 한잔 나눌 시간은 충분히 낼 수 있어요."

"예, 알겠습니다. 그나저나 여기에도 없으면 대체 어디에 있는지 모르겠네요."

풍운은 답하며 자연스럽게 일어섰다. 그 순간 모용린의

눈동자가 흔들렸다.

"그 말은 이곳에 오기 전에 분타를 이미 뒤졌다는 뜻인가요?"

"예. 자주 가던 곳들은 살펴보았는데 없더라고요. 좀 더 구석구석……."

모용린이 자리를 박차고 일어나며 내실 밖을 향해 말했다.

"위충!"

그녀의 호위무사가 문을 열고 들어와 읍했다.

"예, 우군사."

"사람을 풀어 천 공자를 찾으세요."

그녀의 차가운 명에 위충이 긴장하며 답했다.

"복명!"

급히 나가려는 그에게 모용린의 명이 이어졌다.

"우선 사대문의 문지기에게 천 공자가 밖으로 나간 일이 있는지 확인하세요. 더불어 마구간에서 설총도 확인하고요."

"복명!"

"부상이 심각하지 않은 사람들을 모두 움직이세요. 지금 이 시간부터 전군 비상령을 발동합니다."

위충은 상황이 커질 수도 있다는 생각을 하고는 크게 외쳤다.

"복명!"

그가 바람처럼 내실 밖으로 뛰어나갔다. 그리고 옆방에서 쉬고 있는 동료 호위들에게 외쳤다.

"전군 비상령이다! 천 공자께서 실종되셨다!"

그들이 놀라 외치는 목소리와 후다닥 움직이는 소리가 모용린이 있는 내실까지 들렸다. 그리고 곧 비상을 알리는 타종 소리가 사천 분타 전역에 퍼져 나갔다.

풍운은 빠르게 전개되는 상황에 당황해 멍하니 있다가 침을 삼키고 물었다.

"전군 비상령이라니? 이, 이렇게까지 할 필요는 없지 않나요? 천류영 형님은 어딘가에 콕 박혀서……."

풍운의 말을 모용린이 매몰차게 끊었다.

"별 일 아니라면 훈련 한 번 한 것으로 하면 됩니다. 그러나 자칫 안이한 마음으로 상황을 지켜보다가 때를 놓치면 천추의 한을 남길 수도 있습니다."

풍운은 숨을 들이키며 입술을 깨물었다. 그녀의 판단이 옳은 듯싶었다. 그래서인지 아까 나이가 어려 경험이 부족하다는 말이 뼈에 사무쳤다.

"죄송합니다."

풍운은 자책하며 고개를 숙였다. 그러자 모용린이 대꾸했다.

"다시 말하지만 풍운 소협의 잘못이 아니에요. 아직 호위란 자리가 풍운 소협에게 버거운 거죠. 아니, 시기상조라는 것이 정확한 표현일 겁니다."

그녀는 말을 하면서 지금 청성파에 위문단으로 간 팽우종을 떠올렸다.

천마검에게 농락당해 무너져 내릴 때 곁에서 위로와 격려 그리고 따끔한 훈계를 해 주었던 사람.

그 기억이 상기되어서 자책하고 있는 풍운에게 한마디를 덧붙였다.

"경험을 쌓으면서 보완해 나가면 됩니다. 처음부터 잘하는 사람은 없어요. 그러니 설사 안 좋은 일이 생기더라도 풍운 소협을 탓할 사람은 없습니다."

풍운은 입술을 꾹 깨물며 모용린을 마주 보다가 고개를 끄덕였다.

"천류영 형님의 말이 옳았네요."

모용린의 눈이 샐쭉해졌다.

"그가 나에 관해 무슨 말을 했나요?"

"차가워 보이지만 좋은 사람 같다고."

"……."

"내가 빙봉을 어려워하니까 그런 말을 했었어요."

모용린은 쓴 미소를 지었다.

그 애기는 그에게 이미 들었다. 그러나 이렇게 남을 통해 듣는 것은 전혀 다른 기분을 들게 했다. 즉, 자신을 향한 천류영의 그 말이 진심이라는 뜻이다.

창밖으로 무사들이 분주하게 움직이는 소리가 요란했다. 그리고 위충이 곧 모용린의 거처로 뛰어들었다.

"우군사!"

"말하세요."

"천 공자께서 설총을 타고 후문으로 나가셨다 합니다."

"혼자서 말입니까?"

"예, 기분이 매우 좋은 표정이었답니다."

모용린은 고개를 천장으로 올리고는 가볍게 한숨을 뱉었다.

"휴우우, 스스로의 위치에 대해 언제쯤 자각할 것인지."

그러나 그녀는 자신의 말이 과하다는 것을 알고 있었다.

천류영이 무림에 들어온 지 채 한 달도 되지 않았다. 그리고 그는 정신없이 싸워 왔고 최근 며칠간은 이 안에 박혀 휴식을 취했다. 그러니 스스로에 대해 객관적으로 생각하기엔 무리가 따랐다.

"이번 기회에 확실하게 알게 되겠지. 아니, 알도록 만들어 줘야겠어."

모용린은 생각을 정리하고 위충을 향해 말했다.

"성도에 있는 세작들에게는 천 공자를 찾으라고 전서구

를, 아니, 그건 지금 제가 하지요."

"……."

"분타를 지킬 최소한의 병력만 남기고 모두 출진합니다. 반 각 안에 채비를 마치도록 하세요."

"복명."

"절반은 성도 시내를 뒤지고 남은 절반은……."

그녀는 잠깐 말을 흐렸다가 눈을 빛냈다.

"진산표국으로 갑니다."

위충이 그녀의 명을 전하기 위해 다시 바람처럼 달려나갔다. 그러자 풍운이 물었다.

"진산표국요?"

"천 공자가 오랜 세월을 보낸 장소예요. 아는 사람을 만나러 갈 수도 있고 아니면……."

"……?"

"끌려갔을 수도 있지요."

"하지만 그 국주 놈은 사한현의 관아에……."

모용린이 풍운의 말허리를 차갑게 베었다.

"풍운 소협은 이 시대의 관부(官府)를 믿습니까?"

풍운이 굳은 얼굴로 입술을 깨물고는 눈을 빛냈다.

"제가 먼저 진산표국에 가 보겠습니다."

"좋아요. 대신 그곳에 천 공자가 끌려갔다면 명심할 게 있어요."

당장 출발하려던 풍운이 의아한 얼굴로 물었다.

"뭐죠?"

차가운 얼굴의 모용린이 빙그레 웃었다.

*　　*　　*

진담휘는 원독에 찬 눈으로 천류영을 쏘아보았다.

"천류영, 너 이노오옴!"

그의 양 뺨이 노염으로 인해 부들부들 떨렸다. 시퍼런 멍이 그의 얼굴을 가득 덮고 있었다.

누가 그랬는지는 뻔했다.

야차검 조전후.

진담휘는 이를 갈며 말했다.

"네놈을 다시 만날 줄이야, 크흐흐흐흐."

목소리만으로 사람을 죽일 수 있다면 아마 이런 음성일 것이다. 한 음절, 한 음절이 원한에 사무쳤다.

그러나 천류영은 당황했던 얼굴에서 벗어나 담담한 표정을 지었다.

"앞니가 빠졌군."

천류영의 말에 진담휘가 버럭 소리를 질렀다.

"그 야차 같이 생긴 놈에게……."

고함을 치던 진담휘는 급히 주변을 두리번거렸다.

두려운 인간들이 있는지 확인하는 것이다.

믿겨지지 않을 정도로 아름다웠던 여인.

그 계집은 자신의 코를 주저앉혔다.

검기를 구사하던 말총머리 청년.

그놈은 듬직하던 수하들을 삽시간에 무너트렸다.

얼굴이 무기라고 할 수 있는 야차 같은 장한.

그놈은 생각하기도 싫었다. 자신을 창고에 가두고 말도 없이 두들겨 패던 인간 백정.

그런 진담휘를 보면서 천류영은 자신도 모르게 '풋!' 하니 실소를 뱉었다.

묘한 느낌이었다.

진담휘가 기이하게 작아 보였다.

늘 자신을 괴롭히던 인간이라 표국 생활을 하면서 최대한 그의 눈에 띄지 않으려고 노력했었다. 그가 자신을 호출하면 한숨부터 나왔었다.

정말이지 꿈에서도 보기 싫었던 인간.

그런데 지금 자신의 눈에 보이는 진담휘는 왠지 한심하고 측은하기까지 했다.

천류영의 반응에 진담휘의 눈에 쌍심지가 켜졌다.

"웃어? 지금 웃은 게냐?"

천류영이 손을 들고 대꾸했다.

"아! 미안. 사방을 두리번거리는 것이 꼭 쥐새끼 같아서."

"……!"

"참, 사한현에서 널 그렇게 만든 사람은 야차 같이 생긴 사람이 아니라 야차검이다."

진담휘의 눈동자가 휘둥그레졌다.

야차검 조전후.

무림에 살면서 그의 이름을 모르는 사람은 흔치 않다. 팔대세가 중 하나인 독고세가의 유명한 무인일뿐더러 그의 사나운 외모와 독특한 성격이 자연스럽게 그를 유명인으로 만들었다.

진담휘의 놀란 기색을 보면서 천류영은 담담하게 말했다.

"조 대협이 너에게 말을 안 했나 보군."

안 했다.

조전후는 당시 진담휘가 천류영을 엉망으로 만든 것에 분개해 두들겨 팼을 뿐이다. 그 덕분에 진담휘는 기절했다 깨어났다를 반복했다.

그러다 보니 진담휘는 미모의 여인이 독고설이라는 것도 몰랐고, 말총머리 청년이 요즘 성도를 쩌렁쩌렁 울리는 풍운 소협이라는 것도 알지 못했다.

아니, 천류영과 사한현에서 함께 있었던 사람들이 독고세가의 무사라는 것도 몰랐다.

진담휘는 조전후에게 계속 얻어맞다가 정신을 차려 보

니 관아의 옥사에 갇혀 있었다.

그는 자신의 신분이 진산표국의 국주라는 것을 밝히고, 뇌물을 약속하고 빠져나왔다. 그렇게 다시 진산표국으로 돌아온 것이 어제였다.

천류영이 갑자기 눈살을 찌푸리더니 정색했다.

"한 마을의 양민들을 죽인 네가 어떻게 버젓이 저자를 활보하는 거지?"

진담휘는 어이가 없었다. 자신을 보면 주눅이 들어야 할 놈이다. 감히 자신을 고자로 만들어 버렸으니 후환이 두려워 당장 도망가야 옳았다.

그런데 대체 무얼 믿고 호통까지 치는가? 그것도 꼬박꼬박 반말로!

더 기가 찬 것은 그런 천류영의 모습이 기이하게 어울린다는 점이었다. 오죽했으면 좌우에 있던 보표들이 움찔하기까지 했을까?

진담휘는 천류영의 눈을 노려보며 으르렁거렸다.

"그 사람이 야차검 조전후였다고? 그걸 나보고 믿으라는 거냐?"

"안 믿겠다면 상관없어."

"흥! 그럼 그렇지. 네 주제에 무슨!"

"지금 중요한 건 그게 아니니까. 어떻게 그런 죄를 저지르고도 관에서 나온 거지?"

"알고 싶나?"

진담휘의 반문에 천류영의 눈살이 찌푸려졌다.

"하아아, 아무리 관부가 썩었다고는 하지만 수십 명의 양민을 죽인 인간을 방면하다니."

진담휘는 짜증과 노염이 짙어졌다. 당장이라도 저놈을 잡아 주리를 틀고 싶은 심정이었다. 하지만 그전에 확인해야 할 것이 있었다.

"그런데 오늘은 너 혼자인 것 같군. 사한현에서 너를 지켜 주던 그 인간들하고는 이제 헤어진 건가?"

천류영의 눈이 깊어졌다. 그는 잠시 말없이 진담휘를 보다가 입술을 뗐다.

"날 납치하고 싶은가 보군."

정곡을 찔린 진담휘는 순간 말문이 막혔다.

"좋아, 함께 표국으로 가지."

천류영은 진담휘가 방면되어 예전 동료들이 걱정된 것이다. 어쨌든 천류영이 이렇게까지 당당하게 나오자 진담휘는 당황스러워졌다.

진담휘의 등 뒤에 있던 보표 한 명이 옆의 동료에게 나직이 물었다.

"설마 천류영 저놈이 야차검과 정말로 아는 사이는 아니겠지?"

그러자 동료가 히죽거리며 대꾸했다.

"이 한심한 놈아. 그 무시무시한 분이 저놈을 어떻게 알아?"

"그건 그렇지만 너무 당당한데……."

"저놈은 원래 그랬잖아. 곧 죽어도 제 할 말은 했었다고."

그때 천류영이 진담휘와 보표들 앞으로 성큼 걸어 왔다. 전혀 예상하지 못한 그의 움직임에 진담휘와 두 명의 보표는 자신도 모르게 움찔하고 한 걸음 물러서고 말았다.

그러자 천류영이 말했다.

"납치당해 주겠다는데 싫나? 고자가 되더니 많이 약해졌군."

"……!"

"어서 가자고."

진담휘는 잠시나마 이 약골에게 겁먹은 것이 수치스러워 이를 갈았다.

"이 개자식! 너 제대로 실성했구나."

분노로 이글거리는 그의 눈동자를 천류영이 담담하게 받았다.

"대신 날 납치한 것에 대한 뒷감당이 만만치 않을 거야."

"미친 놈!"

2

사천 분타에서 출발하려던 모용린은 성도 시내에 흩어져 있는 세작들 몇몇으로부터 전서구를 받았다.

천류영이 진산표국의 국주와 보표들에 둘러싸여 이동 중이라는 내용이었다.

세작들은 모용린으로부터 천류영을 찾으라는 전서구를 받기도 전에 소식을 전해 온 것이다.

모용린과 함께 전서를 읽은 한추광이 이를 갈았다. 그는 아직 장거리 여행을 할 정도의 몸 상태가 아닌지라 위문단에 참가하지 못했다.

"검봉과 야차검이 일을 너무 무르게 처리했군. 그런 쓰레기를 관아에 넘기다니!"

한추광이나 출발 준비를 마친 정파인들은 초조한 기색으로 이를 악물었다. 그러나 모용린은 무덤덤하게 대꾸했다.

"설이나 조 대협은 그자를 그냥 죽이기엔 성이 안 찼을 겁니다. 그래서 사내 구실을 못하게 된 고통을 충분히 느끼게 하고 사회적으로도 매장을 시키려 한 거겠지요."

한추광은 흥분을 가라앉히며 고개를 끄덕였다. 듣고 보니 그런 악질을 쉽게 죽이는 것도 아깝다는 생각이 들었다.

"아무리 그래도 썩어 빠진 관부에 맡기다니……."

한추광이 미간을 찌푸리며 말을 흐리자 모용린이 묘한 미소를 머금었다.

"설이는 오룡삼봉의 일인입니다. 한 대협께서 생각하시는 것처럼 어리석지 않아요. 설이는 아마…… 국주가 뇌물을 써서 빠져나올 것을 예상하고 있었을 겁니다."

한추광은 의아한 표정을 지으며 고개를 갸웃거렸다.

"검봉은 국주가 나올 것을 예상하고 있었다?"

"예, 다만 오늘처럼 국주와 천 공자 둘이 저자에서 만날 가능성에 대해서는 생각하지 못했던 거지요. 이건 사실 사고에 가깝죠. 음…… 대화는 가면서 나누도록 하지요."

그녀는 대기하고 있던 사륜마차의 문을 열어 한추광을 먼저 오르게 하고는 뒤따라 탔다. 그러자 마부가 마차를 몰았고, 그 뒤로 이백 명의 무사들이 경공을 쓰며 따랐다.

덜컹거리며 질주하는 마차 안에서 모용린은 맞은편에 앉은 한추광을 향해 말했다.

"제 생각에 설이는 위문단 일을 마치고 한중으로 떠나기 전에 천 공자와 함께 진산표국으로 갈 생각을 한 것 같습니다."

한추광의 눈에 이채가 스쳤다.

"풀려날 것을 예상하고 진산표국으로 갈 생각을? 천 공자가 당한 것에 대해 보상이라도 받아 내려는 건가?"

모용린은 고개를 저었다.

"설이가 돈을 생각하는 녀석은 아니죠. 그리고…… 천 공자가 당한 일을 돈으로 보상한다고 하면 설이는 펄쩍 뛸 겁니다. 어떻게 그 일을 돈으로 때울 수 있냐고 말이죠. 설이는 보상이 아니라 다른 것을 생각했을 겁니다."

"……?"

"한 대협께서도 알고 계시겠지만 천 공자는 아직 스스로의 위치에 대해 인지하지 못하고 있습니다. 어쩔 수 없는 일이지요. 표국의 밑바닥인 쟁자수 생활을 칠 년이나 했고, 책사로서 그리고 사령관으로서 활약한 것은 불과 며칠밖에 되지 않으니까요."

한추광이 맞장구를 쳤다.

"그렇지. 천 공자는 그 엄청난 일을 해 놓고는 그저 가벼운 도움을 준 것으로만 생각하고 있어. 아직도 운이 좋았다는 말만 하고 있으니, 쯧쯧."

"예, 그래서 설이는 다시 진산표국을 찾을 생각을 했을 겁니다. 천 공자가 오래 생활한 진산표국이란 세상에서 그의 변한 위상을 느끼게 해 주려고 말입니다. 천 공자를 자각시키는 데 그것처럼 확실하고 빠른 방법은 없지요."

"……!"

한추광의 얼굴에 감탄의 기색이 어렸다. 그는 천천히 고개를 끄덕이면서 말했다.

"그런데…… 검봉이 그런 생각까지 할 정도로 치밀했었나? 아니, 그렇게 세심한 구석이 있었나?"

한추광은 독고설에 대해 잘 알지 못한다.

단둘이 대화를 나눈 적도 없거니와 이번 전쟁 전의 인연으로는 무림맹에서 스치듯 몇 번 본 것이 전부였다. 그러나 그 몇 번 본 독고설은 소문과 크게 다르지 않았다.

매우 아름다웠고 누구에게도 지기 싫어하는 무공광이었다. 또한 여인치고는 호탕한 편이고 말술이었으며 치근덕거리는 사내를 벌레처럼 여겼다.

검봉과 청화란 별호 외에 괜히 편월이란 별호가 추가된 것이 아니었다.

모용린은 어깨를 으쓱하며 엷은 미소를 지었다.

독고설이 나름 영민하다는 건 사실이다. 그러나 한추광의 말마따나 누군가를 세심하게 배려하는 데는 영 젬병이다.

하지만…… 누군가를 사모하면 사람은 변하는 법이다. 아니, 세상에서 사람을 가장 크게 변하게 하는 데에 사랑만 한 건 없다.

특히나 독고설은 천류영이 안타까워 수시로 말했다.

자신감을 가지라고!

하고 싶은 것을 하라고!

누구에게도 주눅 들지 말라고!

그런 독고설이니 천류영을 위해 그 정도의 일은 충분히 준비할 만하다고 모용린은 생각했다.

한추광은 모용린의 추측이 그럴듯하다고 여기고 입을 열었다.

"그래서 이백 명이나 데리고 가는 건가?"

진산표국에 가는 데 무림맹 사천 분타의 정예 이백 명이라니!

삼십여 명이면 충분할 터인데, 지나치게 과했다.

아니, 무림맹 사천 분타 깃발을 든 한 사람만 가도 진산표국의 모든 사람들은 납작 엎드릴 것이다.

하지만 의도가 천류영으로 하여금 스스로의 위치를 자각하게 만드는 것이라면 납득이 가는 행사였다.

모용린이 고개를 끄덕이며 대답했다.

"그렇습니다."

"나쁘지 않군."

"나중에 설이가 오면 좀 아쉬워할 겁니다. 자기가 천공자와 함께 갔으면 했을 테니까요."

한추광은 소리 없이 웃었다. 모용린의 말에서 독고설이 천류영을 특별하게 생각한다는 느낌을 받은 것이다.

그래서 곰곰이 생각해 보니 확실히 독고설이 천류영을

보는 눈빛이 남다른 것 같기도 했다.

'검봉이 천 공자를 좋아한다라……. 흠, 독고가주께서 이 일을 아시면 어떻게 나올지 모르겠군.'

한추광은 문뜩 든 상념을 접고 정색했다. 지금은 이런 것을 생각할 때가 아니었다.

"그나저나 천 공자에게 아무 일도 없어야 할 텐데."

탁월한 경공술을 가진 풍운이 먼저 떠났다지만 너무 늦지 않을까 걱정이었다.

모용린은 마차의 창문을 열어 밖의 풍경을 보았다.

빠른 속도로 휙휙 이어지는 풍경들.

이곳에 올 때만 해도 초원은 메마른 잿빛과 황토빛이었다. 그러나 지금은 푸른 풀들이 대지 곳곳에서 올라오고 있었다.

모용린은 며칠간 서류에 파묻혀 생활해서 그런지 이런 풍경을 보는 것만으로도 눈이 시원해졌다.

"너무 걱정하지 마십시오, 한 대협. 별 일 없을 겁니다."

"글쎄, 십여 가구라고는 하지만 한 마을의 양민을 도륙한 놈이라 들었네. 그런 악질이 무슨 짓을 할지 누가 알겠는가?"

그의 우려에 모용린이 말을 받았다.

"그 마을은 고립된 곳이었고 진산표국은 주변에 보는

눈들이 많습니다. 그리고 그 눈에는 본맹의 세작들도 있지요."

여차하면 세작들이 나설 것이란 뜻이다.

"지금 성도에 있는 세작들의 무공 실력은 어떤가?"

모용린이 쓴웃음을 깨물었다.

"삼류입니다."

"……."

"그게 실력이 좋은 이들은 모조리 서북쪽으로 급파한 상황이라서."

마교의 움직임을 파악하기 위해서였다.

잠시 마음을 풀었던 한추광은 다시 긴장했다.

"힘으로 제압하는 것은 기대할 수 없다는 뜻이군."

"예…… 그렇지요."

"그래도 무림맹 소속이란 것을 알리면 되겠지?"

"음, 세작들은 정체를 숨겨야 하는지라 신분을 알릴 만한 것은 지니고 있지 않습니다."

"……."

"그래도 너무 심려하지 마십시오. 천 공자는 이번 일로 스스로의 위치에 대해 자각하기 시작했을 테니까요. 그에겐 그 정도면 충분할 겁니다. 알아서 사람들 마음을 흔들 거라고 생각합니다."

"……."

"다른 사람도 아닌 천 공자입니다. 마교의 무시무시한 대마두들 앞에서도 당당했던 사람이지요. 그런 경험을 한 천 공자를 진산표국의 국주 따위가 당해 낼 수 있겠습니까?"

한추광은 묵묵히 동의의 표정을 지었다.

모용린의 말처럼 경험이야말로 인생에서 가장 큰 자산인 법이다. 또한 스스로의 위치에 대해 자각한 천류영은 분명 자신이 쓸 수 있는 패를 다 동원할 것이리라.

"자네의 말은 일리가 있어. 하지만 여전히 마음이 놓이지 않아. 왜냐하면……."

한추광은 말을 흐리며 모용린을 직시했다.

상대가 여인인지라 말하기가 좀 남세스러운 것이다. 하지만 이내 말을 이었다.

"놈은 고자가 되었으니 눈이 뒤집혀 있을 거네. 자네는 잘 모르겠지만 사내에게 그건…… 목숨처럼, 뭐, 그런 것이라……. 듣기로는 그자가 꽤나 가학적인 인물이라던데, 고자까지 되었으면 정상적인 판단을 하기 어려운 아주 위험한 상태일 수도 있네."

모용린이 빙그레 웃었다.

"다시 말씀드리지요. 다른 사람도 아닌 천 공자입니다. 그는 이미 자신이 기존에 머물던 알을 깨고 나왔습니다. 그리고 이번 일을 통해 스스로의 위치에 대해 자각을 시작했을 겁니다. 그러니 믿으셔도 됩니다. 설사 진산표국의 국주가 그를 죽이려 해도 사람들이 말릴 겁니다. 천 공자는 상황을 그렇게 만들어 갈 겁니다."

그녀는 확신에 차서 말했지만 한추광의 얼굴에 드리운 수심은 엷어지지 않았다.

*　　　*　　　*

가마를 타고 이동하는 진담휘는 앞에서 움직이는 천류영의 등을 노려보았다.

볼수록 화가 치밀었다. 당장이라도 때려 죽이고 싶었다. 저놈이, 저 빌어먹을 천한 놈이 자신을 고자로 만들었다.

자신은 매시간이 고통스러워 미칠 지경인데 저놈은 대체 뭐가 좋아 희희낙락이란 말인가?

놈은 좌우에 우락부락한 인상의 보표들이 있는데도 전혀 주눅 들지 않고 있다. 아니, 오히려 그동안 어떻게 지냈냐, 표국 사람들은 잘 지내냐는 등의 질문을 먼저 던지고 있었다.

어디 그뿐이랴?

표국이 가까워지면서 안면 있는 사람들이 많아지자 그들을 향해 안부까지 물었다.

"엽 형, 오랜만입니다. 그동안 잘 지냈어요?"

"아주머니, 요즘 만두는 잘 팔려요?"

"운월 아저씨. 오랜만이네요. 아! 그동안 표행 다녀온 건 아니고 그만뒀어요."

천류영이 그렇게 여유로운 모습을 보이니 보표들이 오히려 당황하고 있었다.

이게 당최 납치인지 경호인지 헷갈릴 지경이었다.

진담휘는 그런 천류영을 노려보면서 이를 갈았다. 차마 사람 많은 저잣거리에서 저놈을 때려 죽일 수 없어 간신히 참고 있는 것뿐이었다.

그때 가마 옆에서 따르던 중년 보표가 나직하게 속삭였다.

"국주님, 아무래도 이상합니다. 저 녀석에게 뭔가 믿을 구석이 생긴 것이 확실합니다. 아까 말한 야차검이라든지……."

눈썹이나 콧날 그리고 턱까지 선이 굵은 사내다. 그는 삼 년 전까지 낭인으로 떠돌다가 표국에 들어와 정착한 구위(具衛)란 인물이다.

그렇기에 그는 천류영에 대해서도 귀동냥으로 어느 정도 알고 있었다.

목소리와 서예 실력이 좋고 서류 처리가 정확하고 빠르다. 그리고 천한 짐꾼 주제에 윗분들 말씀에 끼어들기도 하는, 제 분수를 모른다는 인물평이었다.

구위의 우려에 진담휘는 시큰둥하게 대꾸했다.

"죽기 싫어 부리는 허세일 뿐이다."

"그렇게만 보기엔 너무 당당해서 말입니다."

"멍청하기는! 야차검은 며칠 전까지만 해도 마교와 죽도록 싸웠다. 그리고 지금은 위문단으로 아미파로 갔지."

진담휘의 말처럼 천류영과 야차검이 서로 알고 있다는 것은 불가능했다. 그게 가능하려면 천류영이 표국을 나온 후에 마교와의 싸움에 참가했다는 말이 된다.

천류영이? 쟁자수 따위가?

말도 되지 않는다. 개가 웃을 일이다. 게다가 야차검과 천류영이 친분을 쌓았다는 건 더더욱 어불성설이다.

"예, 저도 천류영이 야차검을 안다고는 믿지 않습니다. 다만 확인이 필요하지 않겠습니까?"

사실 구위의 의문은 진담휘도 가지고 있었다.

사한현에서 본 그 무인들은 왜, 대체 왜 천류영을 천 공자라고 불렀을까. 당최 왜 천류영의 고통에 그렇게나 분노했을까.

만약 진담휘가 성도에 돌아온 것이 어제가 아니라 며칠 전이었다면 그는 '천 공자'라는 호칭에 조금 더 민감했을지도 모른다.

왜냐하면 요즘 불길처럼 번져 나가는, '사천의 영웅들'

이란 이야기의 첫 번째 인물이 무림서생 천 공자였기 때문이었다.

하지만 진담휘는 어제 저녁에 귀가했고, 이 일에 세심한 관심을 가질 여력이 없었다. 부상이 여전히 심했거니와 고자가 되어 버린 정신적 충격에서 벗어나지 못했기에.

그러나 설사 그가 정상적인 상태였고, 사천 무림에서의 전쟁에 큰 관심을 가지고 있었다고 하더라도 알아차리지 못했을 공산이 컸다.

정파 사령관인 '무림서생 천 공자'와 진산표국의 '쟁자수 천류영'을 동일인으로 생각한다는 것은 어지간한 상상력을 가진 사람이라도 불가능한 일일 테니까.

진담휘는 입술을 잘근잘근 깨물다가 말했다.

"천류영, 저놈은 잔머리나 언변에는 재주가 좀 있지."

"……."

"순진한 고관대작의 딸이 유람을 나왔는데, 천류영 저놈이 분명 말빨로 무슨 사기를 친 것이야. 그렇지 않고서는 말이 안 돼. 흐흐흐, 맞아. 그런 것이야. 그리고 지금은 들통 나서 도망 다니는 신세겠지. 저 백마도 훔친 것이 분명해."

구위는 쓴웃음을 깨물었다. 지금 국주는 보복을 하고 싶은 욕망에 냉정을 잃었다. 그래서 자기만의 세계에 빠져 이야기를 만들어 내고 있었다.

자존심 강한 인물들이 상황을 자신에게 유리하게 해석하기 위해 흔히 저지르는 방어 기제였다.

"국주님, 물론 그럴 수도 있습니다. 하지만 일단 천류영의 말을 차분히 다 들은 후, 그 내용을 확인한 다음에 징계해도 늦지 않습니다."

"그럴 필요 없다."

"국주님."

"구위! 네가 만약 내 꼴이 되었다고 해도 그런 말을 할 수 있겠느냐? 나는 그래도 저놈이 선대부터 열심히 일한 것을 고려해 다시 복직시키려고 직접 움직였다. 그런데 저놈은 그런 나를 이렇게 만들었어!"

"……."

"은혜를 원수로 갚는 놈이다. 난 저놈에게 내가 받은 고통을 열 배로 돌려줄 것이다."

진담휘의 눈빛이 서슬 퍼랬다.

살기가 번질번질한 그 눈을 본 구위는 고개를 저으며 대화를 접었다.

사한현에서 대체 무슨 일이 있었던 것일까?

국주의 말이 사실이라면 천류영이 저렇게 당당할 수 있는 건가? 게다가 천류영은 국주를 향해 반말까지 하고 있었다.

"알겠습니다. 하지만 혹시 모르니 딱, 한 가지 확인만 부탁하겠습니다."

거듭되는 구위의 잔소리에 진담휘는 눈살을 찌푸렸다.

무공이 출중하지만 않다면 당장이라도 내치고 싶은 놈이다. 기실 칼솜씨로만 치면 표국에서 독보적인 실력이다.

다만 이렇게 성격이 까다로워 가까이 두지 않았었는데 사한현에서 측근 무사들을 몽땅 잃는 바람에 어쩔 수 없이 자신의 호위로 호출한 것이다.

"뭘 확인하겠다는 말이냐?"

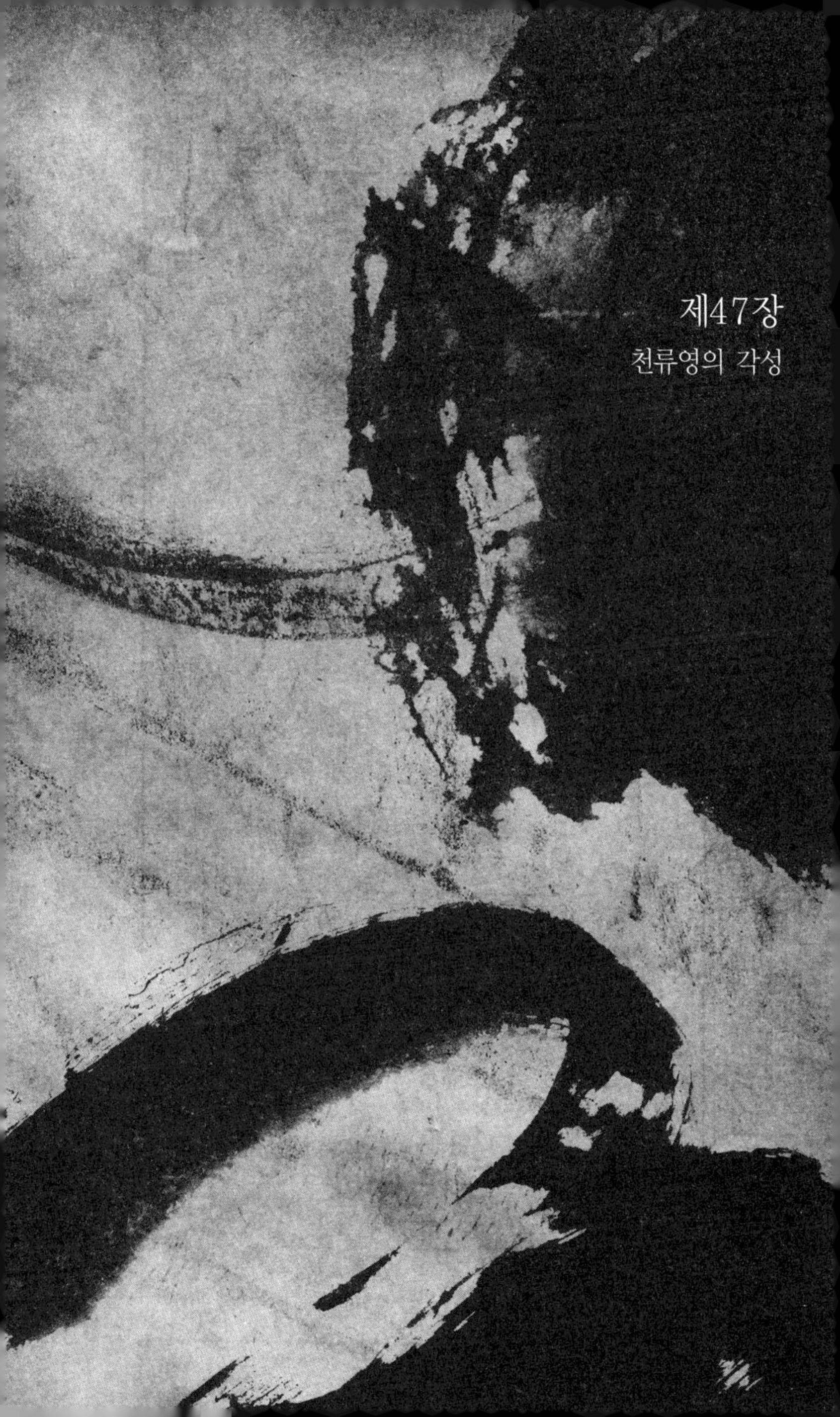

제47장

천류영의 각성

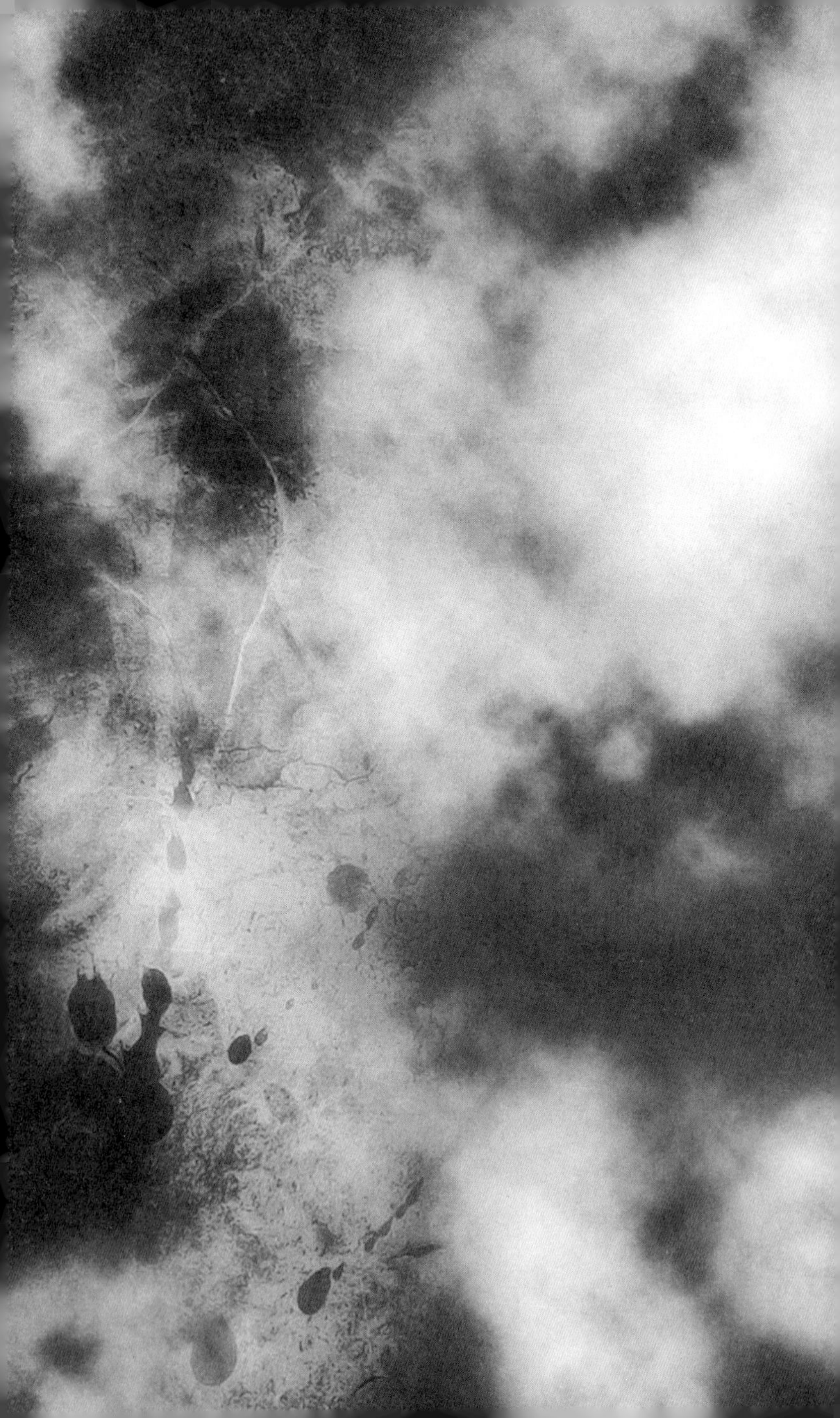

1

국주의 질문에 구위는 속으로 한숨을 쉬었다. 이번에도 거절하면 가슴 속에 똬리를 틀기 시작한 뭔가 불편한 느낌을 해소할 수 없기 때문이다.

"이제 곧 표국입니다. 제가 먼저 가서 팔대세가의 용모파기집을 가져오겠습니다."

용모파기집(容貌疤記集).

말 그대로 사람들의 초상화를 그려 놓은 책이다.

일정 규모 이상의 문파들 그리고 표국이나 상단은 유명한 사람들의 용모파기집을 구비하고 있었다.

물론 그 용모파기라는 것이 정식 화가가 공들여 그린 것이 아니기에 정확한 식별은 불가능하다. 그렇기에 실제로 쓰이는 경우는 많지 않다.

하지만 대략적인 윤곽과 얼굴의 특징은 나타내기에 가끔 사기꾼 행세를 하려는 이들을 걸러 내는 역할을 톡톡히 했다.

진담휘는 마뜩치 않다는 표정을 지었다. 그러나 구위는 이번만큼은 자신의 말을 들어달라는 듯이 강경하게 말했다.

"국주님께서 독고세가 편의 인물들만 확인해 주십시오."

"구위, 너는 지금 저 천한 놈이 정말로 독고세가와 인연이 있을 것이라고 믿는 것이냐? 그런 허무맹랑한 일이 가능하다고 생각하는 게냐?"

"그렇지는 않습니다. 그저 확인을 하자는 것뿐입니다. 괜히 찜찜한 구석을 남길 필요는 없지 않습니까?"

결국 구위는 서둘러 표국으로 떠났다. 그리고 표국의 정문으로 들어서는 진담휘를 기다리다가 용모파기집을 내밀었다.

"국주님, 번거롭겠지만 확인을 부탁드립니다."

"……."

"표국의 안전을 위해서입니다."

진담휘는 구위를 차갑게 노려보다가 용모파기집을 잡아챘다. 그리고 책장을 넘기며 구시렁거렸다.

"표국의 안전을 위해서? 크크큭, 네 안위를 위해서겠지. 구위, 내 너를 귀히 쓰려고 했다. 그런데 하는 짓을 보아하니 네놈도 출세하기는 틀렸다."

구위는 진담휘의 표정을 유심히 살폈다.

국주가 말은 그렇게 했지만 스스로도 뭔가 의문이 있기에 책을 내던지지 않는 것이라 생각했다. 거리낄 것이 없다면 진즉 책을 팽개치고 호통을 쳐야 했다.

"예, 제 목숨은 하나니까요. 하지만 이건 국주님의 안위와도 상관있는 일입니다."

"그래도……."

진담휘는 말을 멈추고 눈을 화등잔만 하게 떴다.

구위는 그 순간을 놓치지 않고 펼쳐진 책의 초상화를 보았다.

검봉, 독고설.

"국주님, 만난 적이 있는 사람입니까?"

"아, 아니다. 그냥 대단히 아름다워서 놀랐을 뿐."

구위는 국주의 목젖이 꿀렁거리는 것을 보며 침묵했다. 진담휘는 말없이 몇 쪽을 더 넘겼다. 그리고 다시 멈췄다.

구위는 다시 그 책에 있는 인물을 보았다.

야차검 조전후.

진담휘는 어금니를 악물었다. 그의 눈이 거칠게 흔들리다가 제자리를 찾았다. 그리고 천천히 책을 덮고는 냉담하게 말했다.

"모조리 처음 보는 사람들이다. 내가 본 이들은 천류영이 말한 검봉이나 야차검과는 전혀 달라."

구위는 책을 받아 들며 허리를 깊게 숙였다.

"그렇군요. 번거롭게 해 드려 죄송합니다."

하지만 숙인 그의 얼굴은 이루 말할 수 없이 딱딱해졌다. 왜냐하면 천류영은 유 씨 의가에서 야차검에 대해서만 말했지, 검봉은 언급한 적이 없기 때문이었다.

구위의 직업은 보표다.

표물을 지키는 표사가 아니라 사람을 호위하는 보표.

그렇기에 그는 지켜야 할 고객의 심리 상태를 파악하는데 능했다. 기분이 좋은지 나쁜지, 진실을 말하는지 거짓을 읊는 건지.

그래서 구위는 지금 국주가 거짓말을 하고 있음을 간파했다.

검봉을 언급한 것 외에도 그 증거는 많았다.

잠깐이지만 흔들린 국주의 눈동자, 빨라진 호흡, 뜬금없이 침을 꿀꺽 삼키는 행동 그리고 짜증을 내다가 갑자기 차분해진 말투.

그렇기에 구위는 혼란스러워졌다.

대체 국주는 한 달 전 내친 쟁자수를 상대로 왜 이런 거짓말을 하고 하는가?

사람이 거짓말을 하는 이유는 여러 가지지만 목적은 하나다.

진실을 숨기기 위해서.

국주는 사한현에서 일어난 일을 숨기려는 것이다.

대체 그곳에서 무슨 일이 벌어졌던 것일까?

유 씨 의가에서 천류영이 말한 것처럼 그곳의 수십여 양민들을 국주가 죽였단 말인가?

설마…… 그건 무림 공적으로 몰릴 일이다.

골치가 아픈 일은 또 있다.

한 달 전까지 짐꾼에 불과했던 천류영은 어떻게 검봉과 야차검을 알고 있는가?

국주의 말처럼 그들에게 사기를 친 것일까?

국주가 거짓말을 하고 있다는 것을 알게 되니 답은 금방 나왔다.

천류영은 독고세가의 사람들에게 사기를 친 것이 아니다. 그렇다면 대낮에 버젓이 성도를 활보하고 다닐 수 없다. 미치지 않고서야 말이다.

어떤 사연이 숨어 있는지는 모르지만 천류영은 검봉, 야차검과 아는 사이였다. 즉, 천류영이 지금 당당할 수 있는 뒷배는 독고세가란 뜻.

구위는 목숨을 건 선택을 해야 할 때가 도래했음을 깨달았다.

한편 혼란스럽기는 진담휘도 마찬가지였다.

'그 계집이 검봉이었단 말인가? 그 괴물은 야차검이고? 대체 어떻게 된 일이지?'

비록 그림의 질이 많이 떨어지기는 했지만 보는 순간 자신이 사한현에서 본 인물들이 검봉, 야차검과 동일인이라는 것을 깨달았다.

그리고 선택해야 한다는 것도 알았다.

천류영에게 엎드려 사죄하거나 놈을 죽여 버리거나.

사죄?

진담휘는 순간 자신을 뚫어지게 보는 천류영의 눈을 보았다.

그리고 알았다. 자신이 아무리 빌어도 놈은 용서하지 않을 것임을.

물론 자신도 놈에게 용서를 빌 생각은 손톱만큼도 없었다. 자신을 고자로 만든 저놈에게 어떻게 그럴 수 있단 말인가?

그렇다면 남은 방법은 하나였다.

죽인다!

그리고 재산을 정리해서 아미파로 떠난 독고세가가 돌

아오기 전에 이 바닥을 뜨는 것이다.

진담휘는 마음의 정리가 끝나자 천류영을 안으로 끌고 오라는 명을 내렸다.

그러자 천류영이 다가 드는 표사들을 향해 손을 뻗고는 국주를 향해 말했다.

"진담휘! 내 분명 도망가지 않는다고 말했다. 내 발로 가지."

그러면서 정문의 문턱을 넘어 연무장 안으로 거침없이 들어갔다.

그의 언행에 초로의 표두가 분개했다.

"천류영! 건방지구나. 잘못 들었나 싶었는데 정말로 국주님께 반말을 하는 구나."

천류영은 멈춰서 다가오는 그를 향해 대꾸했다.

"오랜만입니다, 감 표두님. 그런데 묻고 싶습니다. 지금 저를 핍박하려는 국주에게 제가 존대까지 해야 합니까? 더더군다나 저는 이제 이곳 사람이 아닙니다."

감 표두를 비롯한 표사들은 황당한 표정을 지었다.

천류영의 배포에 기가 막힌 표사들은 말문까지 막혔다.

연무장 왼쪽 구석에서 분주히 짐을 나르던 쟁자수들도 동료였던 천류영을 보고는 반색했다가 놀라서 숨을 죽였다.

그때 연무장 뒤로 서 있는 사층 전각에서 노인 한 명과 중년인 한 명이 걸어 나왔다.
"허허허, 겁 없는 젊은이로세. 진 국주, 대체 그자가 누군가?"
천류영은 자신도 모르게 눈살을 찌푸렸다. 성도에 있는 흑룡관의 수장과 그의 호위다.
진담휘는 저곳의 제자들을 작년부터 표사로 고용해 왔었다.
천류영은 흑룡관주를 묵묵히 보다가 피식 웃었다.
한 달 전까지만 해도 저 흑룡관주가 대단히 커 보였다. 그런데 유 씨 의가에서 진담휘를 보았을 때처럼 눈에 이상 현상이 생겼다. 흑룡관주마저 왜소해 보였다.
확실히 간이 붓기는 한 모양이었다.
진담휘가 노인을 향해 포권을 취했다.
"흑룡관주께서 웬일이십니까?"
흑룡관주가 수염을 쓰다듬으며 웃었다.
"허허허, 어제 진 국주가 돌아왔다는 말을 듣고 가만히 있을 수가 있나? 그나저나 부상이 심한 것 같군. 얼굴이 많이 상했어."
흑룡관주는 진담휘가 절뚝거리며 다가오는 것을 보고는 눈을 휘둥그레 떴다.
"대체 무슨 일이 있었기에 다리마저 그 지경인 건가?"
진담휘가 손사래를 치며 답했다.

"사고가 좀 있었는데 관주님께서 신경 쓰실 일은 아닙니다."

"음, 어떤 사고인지는 모르겠으나 힘이 필요하면 부탁하게. 우리가 어디 남인가? 허허허."

진담휘는 고개를 주억거리며 뒤돌아 표사들에게 말했다.

"잠시 흑룡관주님과 차를 마시겠다. 그때까지 천류영을 두들겨 패든지 해서 예의를 가르쳐 놓도록."

표사들이 대답하기도 전에 천류영이 먼저 입을 열어 외쳤다.

"진담휘, 도망가지 마라! 나는 너와 할 말이 있다."

계속되는 반말에 표사들의 얼굴이 험악해졌다. 진담휘는 이를 악물었고 흑룡관주는 혀를 찼다.

"진 국주, 저 청년은 대체 누군가?"

진담휘는 미간을 찌푸리며 답했다.

"한 달 전쯤에 내보낸 쟁자수입니다."

흑룡관주는 잠시 자신이 잘못 들은 건 아닌지 고개를 갸웃거려야 했다. 실성하지 않고서야 짐꾼 따위가 국주에게 저럴 수는 없었다.

천류영이 다시 큰 목소리로 말했다.

"내가 너를 순순히 따라온 건, 너를 아는 사람들 앞에서 네 죄를 밝히기 위해서다."

진담휘가 분노를 이기지 못하고 버럭 소리를 질렀다.

"뭣들 하는 것이냐? 내 명이 떨어진 지가 언제인데 아직까지도 저 미친놈이 망발하는 것을 구경만 하는 것이냐?"

표사들이 천류영에게 달려들어 그의 팔과 어깨를 쥐며 외쳤다.

"네놈이 미쳐서 돌아왔구나."

"순순히 따라와라. 그러지 않으면 죽을 것 같은 고통이 무엇인지 알게 될 것이다."

천류영은 저항하지 않았다. 힘을 써 봐야 억센 표사들을 당해 낼 수 없다는 것을 잘 알기 때문이다. 대신 더 소리 높여 외쳤다.

"진담휘! 너는 내 고향 사람들을 모조리 죽이고도 발 뻗고 잠이 오는가?"

그의 말에 주변 사람들이 눈을 치켜떴다. 그에 당황한 진담휘가 빽 소리를 질렀다.

"거짓말이나 나불대는 저놈을 당장 후원으로, 아니, 여기서 끝내 주마!"

그가 살기 번지르르한 눈으로 근처에 와 있던 표두의 허리에서 칼을 빼내 들었다.

그러자 표두가 고개를 저으며 그 앞을 막아섰다.

"국주님, 보는 눈이 너무 많습니다."

그의 말처럼 연무장에는 표사들뿐만 아니라 쟁자수들도 많았다. 또한 담벼락에도 사람들이 몰려와 이 소동을 구경하고 있었다.

진담휘는 그 모습에 이맛살을 찌푸렸다.

몇 명의 구경꾼이 담벼락에 붙을 수는 있다. 그러나 저리 수십여 명이 표국 안을 들여다보고 있는 것이 이상했다.

그러나 그럴 수도 있겠지 하며 대수롭지 않게 넘겼다. 하지만 천류영은 달랐다. 빙봉의 세작들이 사람들을 선동해 모은 것이라고 확신했다.

일단 하나의 도박은 성공한 것이다.

유 씨 의가에서 끌려가지 않으려고 버텼다면 제압당해 조용히 납치됐을 것이다. 그러나 당당하게 스스로 가겠다고 하니 진담휘 일행은 황당해했고, 그 틈을 타 밖으로 나와 백마를 끌고 대로를 걸은 것이 주효한 것이다.

천류영은 구경꾼들이 모인 것을 보며 또 다른 것을 유추했다.

빙봉의 세작들이 이곳에 있다. 그러나 그들의 인원이나 무력은 진산표국을 감당할 정도는 아니라는 점이다.

만약 세작들이 고수였다면 굳이 구경꾼을 모을 필요가 없었다. 안으로 들어와 제압해 버리면 되지.

즉, 그들은 일단 시간을 끄는 데 주안점을 둔 것이다.

진담휘가 구경꾼들을 쫓아야 하나 망설일 때 흑룡관주가 나섰다.

"굳이 여기서 피를 볼 필요는 없겠지. 대신 저놈을 노부에게 맡기게. 딱 하루만 저놈을 데리고 있다가 오면 자네의 발바닥이라도 핥게 될 테니까."

흑룡관주의 제법 유혹적인 말에 진담휘는 입술을 꾹 깨물고 생각했다.

나쁜 제안이 아니었다.

사파인 흑룡관주라면 고문에 능한 수하가 있을 테니까.

그리고 다음 날 천류영이 자신에게 엎드려 발을 핥는다는 말은 상상만 해도 짜릿할 정도로 기분이 좋았다.

천류영이 피식 웃고는 차갑게 말했다.

"흑룡관주님께 경고합니다."

모두가 기가 막혀 눈을 부릅떴다. 특히나 천류영을 붙잡고 있는 표사들은 주먹을 날려 입을 막아야 하는 건지 고민을 했다. 그런데 흑룡관주가 천류영의 말을 받는 바람에 그럴 수도 없었다.

"나에게 경고라고?"

"당장 이 일에서 빠지십시오."

"허허허, 못한다면?"

웃고는 있지만 그의 입꼬리는 비릿하게 올라갔다.

"한 마을의 양민들을 도륙한 살인마에게 협조한 죄를

묻겠습니다."

순간 흑룡관주는 천류영의 말이 농이 아님을 간파했다.

자신이 아는 진담휘라면 능히 그럴 수 있는 인물이라는 것을 그는 진즉 알고 있었다.

하지만 흑룡관주는 어깨를 으쓱하며 차분하게 대꾸했다.

"나는 천한 네놈보다 진 국주의 말을 더 신뢰한다."

"진 국주와 함께 죽겠다는 겁니까?"

흑룡관주는 고개를 절레절레 젓고는 웃음을 터트렸다.

"허허허, 정말이지 간이 부은 놈이로구나. 그래, 네놈의 말이 사실이라고 하더라도 네가 무슨 힘으로 진 국주와 나를 죽인다는 거지?"

"……."

"말문이 막히느냐? 아이야, 잘 들어라. 이 시대는 무림의 시대다. 힘이 모든 것을 지배하는 것이지. 너처럼 힘없는 버러지들은 바짝 엎드려 눈치를 살펴야 하는 것이다."

천류영은 피식 웃고 대꾸했다.

"무림의 시대인 동시에 정파의 전성기지. 그래서 사파인 당신은 정파의 눈치를 보며 엎드려 사는군."

흑룡관주의 백미가 부르르 떨렸다. 이젠 놈이 자신에게까지 말을 놓고 있었다.

"뚫린 입이라고 함부로 말하는구나."

"왜 기분이 나쁜가? 약자를 조롱하고 핍박하는 건 신나는데, 정작 자신이 약자로 비하되는 건 싫은가?"

"놈! 이젠 진 국주가 용서해도 내가 못하겠다."

그는 진담휘에게 고개를 돌려 말을 이었다.

"진 국주, 나에게 저 천둥벌거숭이를 하루만 넘겨주게."

진담휘는 검지로 이마를 긁적거리다가 말했다.

"그건 어렵지 않습니다. 하지만 관주님께서 저놈의 세치 혀에 말리지 않을까 걱정이 드는지라……."

"허허허, 그건 걱정하지 말게. 저놈의 아혈을 짚어 한 마디도 벙긋하지 못하게 만들 테니까. 심지어 비명까지도 말이지. 아! 그냥 혀를 뽑아 버릴까?"

흑룡관주는 시선을 다시 천류영에게 넘겼다.

"혹시 나중에 진 국주가 아량을 베풀어 네놈을 풀어 준다면 감사하게 여기고 조용히 살아야 할 것이야. 관부에 밀고를 해 봐야 우리들 같은 사람은 곧바로 나온다. 하지만 너와 네 가족은 상상할 수 없는 지옥을 겪게 될 것이야. 반병신을 만들어 버릴 수도 있고, 결코 벗어날 수 없는 곳에 노예로 팔아 버릴 수도 있지."

진담휘가 흡족한 표정으로 맞장구를 쳤다.

"노예로 판다라…… 나쁘지 않군요. 그럼 죽는 순간까

지 지금 주제도 모르고 기어오른 것을 후회하고 반성하겠지요."

"제 분수를 모르는 놈들은 제대로 밟아 줘야 정신을 차리는 법이라네. 진 국주는 사람이 너무 착하고 물러서 큰일이야. 그러니 천한 짐꾼 따위가 기어오르는 것 아닌가? 윗사람으로 아래 사람들은 단호하게 꾸짖었다면 이런 말도 안 되는 일이 벌어졌겠는가?"

"그러게 말입니다."

"잊지 말게. 우리 같이 힘을 가진 사람들이 천한 것들에게 얼마나 공포를 제대로 주입하느냐에 따라서 질서가 제대로 잡히는 것이네. 그러기 위해서는 수고스럽더라도 늘 감시하고 통제해야 하지."

"나름 한다고 했는데 많이 부족했던 것 같습니다."

소름끼치는 대화가 밀실도 아니고 대명천지에, 그것도 많은 이들이 지켜보는 가운데 자연스럽게 흘렀다.

많은 표사들이 비릿하게 웃었고 일부 표사들과 쟁자수들은 고개를 떨궜다.

그리고 담벼락에 붙어 구경하던 사람들은 눈치를 살피며 자리를 떠야 하는지에 대해 고민했다.

괜히 이곳에 있다가 자신에게까지 불통이 튈까 두려운 것이다.

천류영은 깊은 한숨을 쉬고 말했다.

"이런 거였나? 이렇게까지 지독한 세상이었던 건가?"

그의 뜬금없는 의문에 사람들의 시선이 쏠렸다. 천류영은 고개를 들어 하늘을 보며 생각했다.

무림의 시대.

힘이 지배하는 야만의 시대다.

그것을 천류영은 지금 뼈저리게 느꼈다.

물론 자신이 사는 세상이 그런 시대라는 것을 모르지는 않았다. 따지고 보면 모든 시대는 늘 기득권자가 피지배층을 착취하는 야만의 역사였으니까.

그것을 안다고 해도 힘없던 자신이 무얼 어떻게 할 수 있었겠는가?

또한 먹고 사는 것에 급급했다. 자신에게는 지켜야 할 가족이 있으니까.

사람이 인생을 산다는 것은 그렇게 슬픈 것이다.

왜냐하면 소중한 것을 지키기 위해서 어쩔 수 없이 양심을 등지고 비굴해져야 할 때가 많으니까.

종종 아픈 진실을 외면해야 하니까.

천마검은 이 비겁한 세상을 깨트리겠다고 했다. 그리고 그는 그것을 위해 뜨겁게 살았다.

천류영은 입술을 힘껏 깨물었다.

부끄럽다 못해 참담했다.

자신은 열심히 살았을망정 천마검처럼 뜨겁게 살지는

못했다.

그런데 그를 만나서 그의 꿈을 인정할 수 없다고 주장했다. 졸린 눈을 비비며 틈틈이 보았던 책 속의 세상에서 느낀 점을 예로써 조목조목 비판했다. 논리로 그가 가려는 현실의 길을 부정했다.

아! 나는 얼마나 한심한 짓을 했던 것인가?

이 거지 같은 세상에서 그렇게 뜨겁게 산 사람을 대체 자신이 무슨 자격으로, 어떻게 비난할 수 있단 말인가?

내가 열심히 살았다는 핑계로 그 뜨거운 영혼을 부정해서는 안 되는 것이었다.

가고자 하는 길이 달랐더라도 그의 순수함을 알기에 응원을 해 줘야 했다. 따지기보다는 조언을 했어야 했다.

천류영의 눈에 햇빛이 잠겼다. 그리고 뜨거운 눈물이 주르륵 흘렀다.

그런 천류영의 기괴한 모습에 사람들은 헛웃음을 흘리거나 안쓰러워 고개를 돌렸다.

진담휘가 키득거리다가 말했다.

"이제야 무서워 우는 꼴이라니. 관주님의 협박이 제대로 통한 듯싶습니다. 아니, 협박이 아니라 진실이지요."

흑룡관주가 말을 받았다.

"허허허, 거 보게. 내가 저런 놈들을 어떻게 요리하는지 잘 알지. 그러니 하루만 맡기게. 그럼 평생 기어오르지 못할 것이네."

"예, 그럼 부탁 드리겠습니다."

그때 천류영이 깊은 한숨을 쉬고 고개를 내렸다. 그리고 진담휘와 흑룡관주를 번갈아 보며 혼잣말을 했다.

"난 착각했었어. 혁명이나 개혁이나 결국 내 손에 피를 묻히지 않고는 성공할 수 없는 건데. 사람을 믿되 의지해서는 안 되는 일이었어. 그럼 결국 눈치만 보게 되니까."

"……?"

"함께 가시밭길을 가자고 요구하는 게 아니야. 그건 내가 내 발로 직접 걸어가야 할 길인 것이지. 선택은 그들이 하는 것이고."

그 누구도 각자의 자리에서 열심히 사는 사람을 비난할 수는 없다. 그리고 그들을 향해 어떻게 하라고 강요해서도 안 되는 것이다.

세상의 약자들은 이미 수없이 상처받고 협박받으며 겨우 버티고 있는 것이다.

중요한 것은 이제 힘을 갖게 된 자신이 열심히 사는 그들을 위해 뜨겁게 살아가는 것이었다.

천마검처럼…….

진담휘가 손가락으로 귓가를 몇 바퀴 빙빙 돌리며 말했다.

"너 무서워서 미친 것이냐? 그냥 두면 오줌까지 지리겠군."

천류영은 한 차례 크게 심호흡을 했다.

힘을 가졌으면서도 고민하는 것은 죄악이다.

자신이 고민하는 동안 악의 뿌리는 더 촘촘히 대지를 파고들 테니까. 억울한 이들이 보이지 않는 곳에서 눈물을 흘리며 스러져 갈 테니까.

천류영은 비장한 얼굴로 크게 외쳤다.

"무림맹, 전(前) 사천 분타 사령관으로서 명한다! 동시에 총군사와 우군사의 제안을 받아들여 무림맹 백현각(百賢閣)의 사군사(四軍師) 자리를 수락하노니, 현(現) 사군사로서 명한다. 무림맹 소속은 모두 나오라!"

그의 낭랑한 음성이 허공에 울렸다.

2

진산표국의 넓은 연무장과 그 주변이 충격과 정적에 빠졌다. 사람들은 천류영이 내뱉은 말이 너무 엄청나서 얼음이 되어 버렸다.

잔잔히 부는 미풍도 그 순간만큼은 멈춘 듯했다. 나직이, 두런두런 대화를 나누던 담벼락의 구경꾼들조차 입을 쩍 벌리고 오로지 천류영만을 주시했다.

그렇게 잠깐의 시간이 천천히 흘렀다.

표국 안의 연무장에 있는 사람들이나 표국 밖 구경꾼들은 슬슬 눈을 이리저리 굴리기 시작했다.

하지만 천류영의 비장한 고함에 대한 반응은 어디에도 없었다.

그러자 한두 명씩 긴장을 풀고는 픽픽 실소를 뱉기 시작했다.

"킥킥킥! 뭐야? 뻥이었어?"

연무장에 모두 모인 일백여 표사들 중 누군가가 처음으로 말문을 열었다. 그러자 곁의 동료들이 말을 받았다.

"저 정도 허풍을 칠 정도면 대체 배포가 얼마나 커야 가능한 거지?"

"하아, 그래도 식겁했네. 순간적으로 간이 쪼그라드는 줄 알았어."

"하하하, 동감이야. 갑자기 사령관이니 무림맹 사군사니 하는 말에 숨이 턱 막히더라니까."

많은 이들이 고개를 절레절레 저었다.

아무리 거짓말이라도 저 정도의 말을 할 수 있는 천류영이 어떤 의미로는 존경스럽기까지 했다.

진담휘도 순간 경직됐다가 차츰 신색을 회복하고는 기가 찬 표정으로 입을 열었다.

"크크큭. 관주님, 저 보십시오. 저놈은 입만 열면 사람을 긴장시키는 재주가 있는, 천성적으로 사기꾼 기질이 다분한 놈입니다. 아니, 기질만 있는 게 아니라 천상 사기꾼이지요."

흑룡관주가 고개를 주억거리며 웃음을 터트렸다.

"허허허, 자네가 왜 저놈의 혀를 조심하라고 했는지 알겠네. 쯧쯧, 하여간 천한 것들은 입에 거짓말을 달고……."

그때, 흑룡관주의 말은 표국의 담벼락을 넘는 한 장년인의 외침에 끊겼다.

"무림맹 암천부(暗天部) 사천삼조(四川三組) 소속, 오십칠 호. 사군사님의 명을 받듭니다!"

사람들의 눈이 휘둥그레졌다. 그리고 반대쪽 담에서 한 사내가 또 담을 뛰어넘었다.

"육십사 호, 명을 받듭니다."

그렇게 연달아 여섯 사내와 한 여인이 진산표국 안으로 발을 들였다.

"육십오 호, 명을 받듭니다."

"육십팔 호, 무림서생님께 인사 드립니다."

"칠십일 호, 하명하십시오."

"칠십이 호, 명을 받듭니다."

"칠십육 호, 사군사님의 최초 명을 받게 되어 영광입니다."

청년이 두 명, 중장년이 네 명, 중년 여인이 한 명. 그들은 한쪽 무릎을 꿇고는 고개를 숙였다가 들었다.

이 광경을 지켜본 사람들은 입을 쩍 벌리며 아연해졌다.

구경꾼들 중 일부는 이 같은 반전에 팔에 돋아난 소름을 진정시키느라 손으로 문지르기도 했다.

하지만…… 사람들의 눈은 어느새 샐쭉해졌다. 뭔가 이상하다는 느낌이 뇌리를 스쳤다.

그럴 만도 한 것이 무림맹의 사람들이라고 나타난 자들이 나름 기대한 것과 너무 다른 탓이었다.

고수의 풍모가 물씬 풍기며 날카로운 기도를 가진 무사…… 까지는 아니어도 이건 좀 아니란 생각이 절로 들 지경이었다.

입은 옷만 봐도 그들의 신분을 간파하는 건 어렵지 않았다.

과일 장사꾼, 거지, 평범해 보이는 부부, 야바위꾼, 대장장이, 점소이.

저들이 무림맹의 사람들이라고?

그나마 칼을 가지고 있는 사람은 대장장이 하나였다.

사람들의 머릿속이 헝클어졌다.

모두가 정신을 차리지 못하고 눈만 동그랗게 뜨는 가운데 천류영이 자신을 잡고 있는 표사들을 향해 차갑게 말했다.

"당장 내 몸에서 손을 떼라."

양팔과 어깨를 잡고 있던 표사들이 고개를 갸웃거리며 손을 뗐다. 곁에 있던 표사들도 눈치를 살피며 물러섰다.

돌아가는 상황이 괴이하니 일단 지켜보자는, 일종의 보신주의(補身主義) 처세술이 몸에 밴 탓이었다. 물론 천류영 정도야 언제든지 다시 잡을 수 있다는 자신감도 한몫했다.

어쨌든 사람들은 판단을 내리지 못했다. 왜냐하면 오만 가지 질문이 머리를 괴롭혔기 때문이다.

천류영의 말도 안 되는 허풍이 사실일까?

담을 넘은 사람들은 정말 무림맹의 사람들일까?

그런데 무림맹의 무사라기엔 너무 이상한데, 혹시 세작들인가?

혹시 천류영과 저 사람들이 짜고서 뭔가 사기를 치는 걸까?

그렇게 모두가 천류영과 새롭게 등장한 일곱 명을 주시했다.

일곱 세작은 연무장에 있는 일백여 표사들의 눈치를 살피며 천류영 주변으로 몰려들었다. 나름 당당하려고 가슴을 펴긴 했지만 얼굴 표정에 드러난 곤혹스러움이 역력하게 보였다.

그들은 천류영의 좌우와 후위로 자리를 잡았다. 천류영

을 중심으로 병풍을 두른, 명백한 경호의 위치였다.

그런데 자리를 잡는 과정에서 두 명이 부딪치는 진풍경을 보였다. 그 광경에 적지 않은 이들이 기가 찬 표정으로 헛웃음을 흘렸다.

잇따라 예상을 뛰어넘는, 황당한 상황이 벌어지니 대체 무슨 말을 해야 할지 난감할 지경이었다.

천류영은 일곱 세작들의 눈과 표정에 담긴 곤혹스러움을 읽었다.

세작들은 설마하니 자신들을 불러낼 것이라고는 생각하지 못한 것이리라. 그러니 명이 떨어졌음에도 바로 이행하지 못한 것일 테고.

천류영은 이곳에 있는 세작들의 무공 수위가 삼류라는 것을 어느 정도는 짐작하고 있었다.

하지만 무공을 익히지 않은 자신이 보아도 수준이 너무 낮아 보여서 쓴웃음이 나왔다.

그러나 그는 곧바로 마음을 고쳐먹었다.

누군가에게 기대지 않는다.

내 스스로의 길을 간다고 결심했다. 이제부터 모든 상황은 직접 통제해야 한다.

이곳은 또 다른 전장이었다. 어떻게 해서든 방법을 만들어 내야 했고, 그러지 못하면 필패다.

무림인으로서의 실패는 곧 죽음을 의미하는 것이다.

진담휘가 다시 조소를 터트리며 비아냥거리는 소리가 천류영의 귓속으로 파고들었다.

저런 놈들이 무슨 무림맹 소속이냐는 그의 말에 흑룡관주도 맞장구를 쳤다. 그러자 진담휘가 다시 말을 받았다.

천류영이 쟁자수에서 내쳐진 후, 사기꾼으로 활동하고 있다고. 얼마 전에는 고관대작의 영애를 꼬드겨 밖에 있는 백마를 훔쳐 도망 다니는 신세라고.

그 말을 들은 일곱 세작들의 얼굴에 그늘이 어렸다. 자신들이 힘이 없으니 천류영이 수모를 당한다고 여긴 것이다.

오십칠 호, 대장장이가 천류영을 향해 고개를 조아리며 입을 열었다.

"죄송합니다."

천류영은 그를 물끄러미 보았다.

대장장이가 입술을 꾹 깨물었다가 말했다.

"저희들은…… 큰 도움이 되지 못할 겁니다. 하지만 최선을 다할 것입니다."

천류영은 빙그레 웃었다. 그리고는 전혀 흔들리지 않는 표정으로 질책했다.

"그 무슨 심약한 말을 하는 건가? 그대들이 할 일이 얼마나 막중한데."

대장장이가 이를 악물고 고개를 주억거렸다.

"예, 끝까지! 목숨을 바쳐 사군사님을 호위할 것입니다."

키득거리던 사람들이 다시 천류영을 주시했다. 대체 이번엔 무슨 황당한 허풍을 치려는지 기대가 된다는 표정으로.

그런 그들의 얼굴은 이미 다시 한 번 천류영을 비웃어 줄 준비를 끝낸 상태였다.

그건 마치 어디 놀 수 있는 데까지 놀아 보라는, 그래 봤자 마지막에는 비명을 지르다가 죽어 갈 것이라는 자신감과 여유의 표출이었다.

천류영은 대장장이에게 손을 내밀었다. 그러자 대장장이는 당황하다가 제 손을 내밀어 천류영의 손을 잡았다.

천류영이 쓴 미소를 지었다.

"자네 손이 아니라 검을 주게."

"예? 아! 죄송합니다."

대장장이는 얼굴이 시뻘개져서 급히 검을 내밀었다. 그 광경에 사람들은 폭소를 터트렸다.

사기를 치려는 놈들치고는 너무 손발이 안 맞는다고 박장대소를 했다. 어떤 이는 너무 웃다가 사레까지 들렸다.

그 비웃음 속에서 진담휘의 말도 들렸다.

"관주님, 언제까지 저런 재롱을 보실 겁니까? 재미야 있지만 슬슬 끝내는 것이 어떻겠습니까?"

"허허허. 그래야지, 그렇게 하게나."

흑룡관주의 말에 진담휘는 다시 표사들에게 천류영을 잡아 오라는 명을 내리려고 했다.

그러나 천류영이 먼저 입을 열어 한 말에 모두가 웃음을 멈췄다.

"이제 그대들은 돌아가라!"

대장장이를 비롯한 세작들의 눈이 동그래졌다. 염소수염을 한 야바위꾼이 물었다.

"그, 그게 무슨 말씀이십니까?"

"돌아가라, 이곳은 내 싸움터다."

"……!"

사람들은 모두 말문을 잃었다.

미치지 않고서야 어떻게 저런 말을 뱉을 수 있단 말인가. 대장장이가 헝클어진 머리를 좌우로 흔들며 말했다.

"하, 하지만 어떻게? 사군사님을 홀로 남겨 두고 저희만 빠져나가라니요? 그럴 수는 없습니다. 미력한 힘이나마 돕겠습니다."

"그대들은 정보를 수집하고 연락을 하는 세작이지, 싸우는 무사가 아님을 안다."

세작들은 진심으로 곤혹스러워졌다.

물론 자신들의 수준은 삼류다.

아니, 정확히 말하면 그에도 못 미친다. 하지만 적어도 천류영보다 낫다는 것만큼은 확실하게 알고 있었다.

천류영 혼자서 이곳에 있는 일백여 표사들을 상대하겠다고? 차라리 낙타가 바늘구멍으로 들어간다는 말을 믿으리라.

세작들만큼이나 지켜보는 다른 사람들도 어이가 없는 표정을 지었다. 대체 이번엔 무슨 수작을 부리려는 것인지 귀를 쫑긋 세우고, 눈을 부릅뜨고 천류영의 일거수일투족을 주시했다.

세작 중 홍일점인 중년 여인이 입을 열었다.

"사군사님, 진심으로 하시는 말씀이십니까?"

"그렇다, 이건 명령이다."

명이 떨어졌다. 그럼에도 세작들은 움직이지 못했다.

그러자 천류영이 큰 소리로 말했다.

"그대들은 그대들의 역할을 하란 말이다!"

대장장이가 한숨을 삼키고 물었다.

"그게 무슨 말씀이십니까?"

"내가 이곳에서 어떻게 싸웠는지 무림맹에 보고하란 말이다. 나를 잡으라는 명을 누가 내리는지, 누가 나에게 욕설을 하는지, 누가 가장 먼저 나에게 달려오는지, 누가 내 몸에 위해를 가하는지 똑똑히 보고 상달하란 말이다."

"……!"

"나를 모욕함은 무림맹을 욕하는 것이다. 나를 핍박하

는 것은 무림맹을 겁박하는 것이다. 너희들은 이 모든 광경을 똑똑히 보고 들어 상달하라. 그래서 이 일에 참가한 이들의 목숨뿐만 아니라 삼족을 멸해 무림맹의 위상을 높이 세우라!"

"아……."

일곱 세작들은 부지불식간에 나직한 탄성을 흘렸다.

세상에 이보다 어마어마한 협박이 있을까?

세작들은 동시에 고개를 끄덕였다.

천류영의 말이 옳았다.

이곳에서 싸우는 것보다 천류영의 말대로 하는 것이 상대에게 더 큰 족쇄로 다가갈 것이리라.

이 말을 들은 모든 이들은 적어도 한동안은 공포가 머리를 지배해 천류영을 함부로 해하지 못할 것이다.

그렇게 번 시간에 우군사는 이곳에 당도할 것이고.

천류영을 보는 세작들의 눈에 감탄을 넘어선 경이의 기색이 어렸다.

차마 말은 못했지만 '과연 명불허전!' 이라는 표정이었다.

대장장이가 씩 웃고 포권을 취했다.

"복명. 사군사님께서 말씀하신대로 이뤄질 것입니다."

남은 여섯 세작들도 미소를 지으며 동시에 외쳤다.

"복명!"

그들은 잠시 뒷걸음질 치다 뒤돌아 당당히 걸었다.

이 모든 광경을 지켜보던 이들은 얼이 빠졌다. 천류영이 아까 사천 분타의 전 사령관이며 무림맹의 사군사라는 말을 할 때만큼이나 큰 충격이 뇌리를 강타한 것이다.

세작들이 담벼락에 가까워지자 진담휘가 빽 소리를 질렀다.

"저, 저놈들을 당장 잡아라!"

그에 표사들이 움직이려는데 천류영이 차갑게 말했다.

"쓸데없는 짓이다."

"뭐라고?"

"저 일곱이 무림맹의 세작 전부라고 생각할 정도로 멍청하다니. 무림맹이 그렇게 녹록한 조직으로 보이나?"

"……!"

"무림맹의 세작들은 아무리 상관의 호출이 있어도 삼할은 모습을 드러내지 않는다."

천류영의 말에 진담휘를 비롯한 표사들은 침을 꼴깍 삼키고는 담벼락에 붙어 있는 수많은 구경꾼들을 보았다.

천류영이 피식 웃고 말했다.

"왜, 저 모두를 잡고 싶은 거냐? 그게 가능하다고 생각하는 거냐?"

"……."

"해 볼 테면 해 봐라. 네가 모두 잡아들이란 명을 내린다면 세작이 아니라 해도 괜한 일에 말려들기 싫어 다들 도망가겠지. 이 근방을 아주 쑥대밭으로 만들고 싶다면 그리해라."

진담휘는 꿀 먹은 벙어리가 되었다.

한편 담을 넘는 세작들은 속으로 혀를 내둘렀다. 천류영의 말은 거짓이었다. 사실 이곳에 있는 세작들은 자신들이 전부였다.

그러나 저들이 그것을 어떻게 알겠는가?

야바위꾼 세작은 입술을 깨물었지만 결국 피식 웃음을 내뱉고 말았다.

야바위란 도박이 결국 사람의 눈과 심리를 어지럽히는 것이다. 또한 배포도 있어야 한다. 자신에게는 그런 재능이 있어 세작의 직업으로 야바위꾼을 선택해 일하고 있었다.

담을 넘은 그는 구경꾼들 틈에서 천류영을 보며 생각을 이었다.

무림서생 천류영이야말로 심리전과 배포의 대가라고.

이제야 천류영과 함께 싸움을 한 사람들이 왜 그를 가리켜 군신이라고까지 칭송하는지 조금이나마 이해가 되었다.

자신은 이 작은 표국에서 일어난 일만으로도 천류영에게 흠뻑 빠져 버렸으니까.

하물며 전장에서 수백, 수천의 마교 고수들을 농락한 천류영을 옆에서 직접 본 사람들의 심정은 어떠했을까?

천류영으로 인해 자신과 동료, 제자들을 살리고 사문을 지킨 사람들의 기분은 어땠을까?

모르긴 몰라도 줄 수 있는 것이 있다면 어떤 것이라도 다 주고 싶은 마음이리라.

"쿡쿡쿡."

참으려 해도 자꾸만 웃음이 잇새를 비집고 새어 나왔다. 무림에 괴짜가 아니, 돌연변이가 나타난 느낌이었다.

무림서생, 천류영.

그가 앞으로 어떤 길을 걸어갈지는 알 수 없다.

하지만 확실한 건 그가 걸어갈 행보가 무척이나 궁금해진다는 점이었다.

그리고 그가 어떤 선택을 하느냐에 따라서 잔잔해 보이는 무림에 평지풍파를 일으킬 수 있는 도화선이 될지도…….

왜냐하면 당금의 무림은 겉으로는 평화롭지만 모두가 잔뜩 힘을 끌어 모은 채 그 분출을 기다리고 있는 시점이다.

만약 이번 마교의 침공을 사천에서 막아 내지 못했다면 대륙 전체로 전화(戰火)가 번져 나가 대혈겁이 일어날 수 있었던 상황.

상당한 전력을 가진 정파들은 차마 대놓고 말은 안 했지만 천하제일, 즉, 패왕의 별을 꿈꾸고 있었다. 그래서 속으로는 마교의 침공이 사천에서 저지당한 것에 아쉬워하는 이들도 적지 않을 터였다.

또한 지금은 웅크리고 있지만 사파의 다섯 기둥이라는 사오주(邪五柱)도 언제까지 정파의 전성기를 관망만 하고 있을지 모르는 일이었다.

정파에 미치지는 못하나 결코 무시할 수 없는 전력과 실력을 갖추었음에도 사오주는 세력권을 계속 정파에게 빼앗기면서 굴욕을 감수하고 있었다.

녹림십팔채도 마찬가지다.

그들은 무림이 먼저 자신들을 건드리지 않는 이상 강호에는 관여하지 않겠다고 선언했다. 그러나 그 선언이 언제 바뀔지 누가 알겠는가?

이러한 때에 천류영이란 돌발 변수가 나타난 것이다. 이건 정말이지 정파를 비롯한 사파와 마교 등 모든 크고 작은 세력들에게 골치 아픈 변수였다.

특히나 패왕의 별을 꿈꾸는 사람이나 세력에게는 더더욱 그랬다.

무력이라면 어떻게 상대할지에 대한 가늠을 어느 정도 할 수 있다. 그가 강하면 더 강한 자를 보내거나 지칠 때까지 숫자로 밀어붙이면 된다.

그런데 이 지략이라는 것은 애초에 어떤 한계를 짓는다는 것이 애매했다. 특히나 무림서생의 경우가 그랬다.

말도 안 되는 싸움.

그 결과를 모조리 바꿔 버린 인물.

그래서 야바위꾼은 천류영이 정말로 흥미로웠다.

천류영을 향한 이러한 야바위꾼의 생각과 감정을 다른 여섯 명의 세작도 지금 느끼고 있는 중이었다.

3

세작들을 밖으로 돌려보낸 천류영은 진담휘와 흑룡관주를 비롯해 표사들을 훑었다.

아니나 다를까?

방금까지 비웃던 그들의 눈이 흔들리고 있었다. 그들의 표정이 딱딱하게 굳었다.

사람의 심리에서 가장 파급력이 강한 건 공포다.

예를 들어 열 명이 있다고 가정해 보자. 그리고 누군가가 열 명 중 한 명을 선택해 가벼운 벌칙을 받게 하는 경우.

그 가능성은 겨우 일 할로 누구나 무시하게 된다. '설마 내가 걸리겠어?' 라고.

하지만 그 적은 가능성으로 돌아가는 결과가 공포라면

얘기는 완전히 달라진다.

열 명 중 한 명을 선택하는데, 그 한 명은 죽어야 한다면?

그렇게 되면 열 명에 속해 있는 사람은 일 할의 공포가 아니라 십중팔구, 즉, 팔구 할의 공포를 느끼게 된다.

그것도 자신 혼자만 죽는 게 아니다. 삼족을 멸하겠다는 천류영의 엄포는 심리의 근원에 있는 공포를 뿌리까지 끌어낸 것이나 진배없었다.

물론 천류영이 무림서생이라는 것을 진담휘나 흑룡관주는 여전히 믿기 어려울 것이다. 그들뿐만 아니라 이곳에 있는 많은 이들이 대부분 그럴 것이다.

표국에서 내쳐진 지 한 달 만에 그렇게 급격한 신분 상승이 있었다는 것을 어떻게 믿겠는가. 당사자인 천류영 스스로도 믿기 어려운데 말이다.

그래서 그들은 아직도 이 모든 것이 일종의 사기극이라고 생각하고 있었다.

하지만 방금 천류영과 세작들이 나눈 대화로 그들의 머릿속에는 '혹시?' 라는 의문이 싹 텄다. 무엇보다 천류영의 저런 당당한 태도가 눈에 밟혔다.

이른바 당문세가에서 흑도인들이 겪었던 감정의 실체다. 혹시 무형지독이 진짜라면, 이라는 의문이 커다란 균열을 만들어 내는 과정과 같다.

진담휘는 충격을 받은 얼굴로 천류영을 쏘아보면서 몸을 부르르 떨었다. 머릿속이 새하얗게 텅 비는 듯한 기분이었다.

정말 천류영이 무림맹의 사군사일까? 무림맹 사천 분타의 전(前) 사령관이라고?

그게 말이 되는 일인가?

놈이 독고세가와 인연이 있다는 것만 해도 기가 막힌 일이거늘.

진담휘가 너무 황당해 멍하니 있자 흑룡관주가 침을 꿀꺽 삼키고는 천류영을 향해 말했다.

"그, 그러니까 지금 네놈이…… 아니, 네가 요즘 유명한 사천의 영웅들 중에서…… 그러니까 가장 위에 있다는 무림서생이라는 분이라는 거냐?"

존대와 하대가 뒤섞인 엉망인 말.

그러나 아무도 웃지 못했다. 사람들이 얼마나 큰 공황에 빠졌는지 짐작하기에 충분한 대목이었다.

천류영은 침묵했다.

그러나 말없는 그의 표정은 여유로웠다. 감히 너희들이 누굴 건드리는 것이냐는 오만한 얼굴이었다.

지금은 이것으로 충분했다.

이젠 저희들끼리 머리를 쥐어뜯으며 생각과 대화로 시간을 허비할 차례였다.

천류영이 계속 침묵하자 답답한 흑룡관주의 시선이 결국 곁의 진담휘에게 향했다. 어서 해명해 달라는 표정이었다.

진담휘가 그제야 정신을 차리고는 말했다.

"하아아, 너무 기가 막혀서 말문이 좀 막혔습니다. 무림맹의 사군사? 크크큭. 거짓, 새빨간 거짓말입니다."

진담휘는 이제 그렇게 말할 수밖에 없었다.

어차피 독고세가가 위문단에서 돌아오기 전에 이곳을 뜰 심산이었기에 그는 계속해서 자신에게 조금이라도 유리하게 주장할 수밖에 없었다.

흑룡관주가 물었다.

"무림맹 소속의 세작들은 뭔가?"

"……."

"진 국주, 어서 답하시게!"

흑룡관주의 여유롭던 얼굴이 어느새 시뻘겋게 변해 있었다. 표사들과 쟁자수들은 여전히 충격에서 빠져나오지 못해 정신을 차리지 못하고 수뇌부와 천류영을 번갈아 보았다.

말도 안 되는 말이고 황당한 상황인 건 분명한데 도저히 무시할 수가 없었기에.

진담휘의 눈꼬리가 올라갔다. 그의 눈에 쌍심지가 켜지더니 입술이 열렸다.

"말씀 드리지 않았습니까? 사기꾼 일당이란 말입니다. 관주님, 저놈은 이곳에서 팔 년간 죽어라 일했습니다. 그 중에 칠 년은 쟁자수였지요. 그렇게 천한 놈이 무림맹 사천 분타의 사령관이라니! 무림맹의 사군사라니! 차라리 개돼지가 말을 한다는 것을 믿겠습니다."

흑룡관주는 고개를 주억거리면서도 찜찜한 기색을 완전히 떨쳐 내지 못했다.

그러자 진담휘는 곁에 있는 감 표두를 불러 자신이 방금 한 말이 사실임을 확인시켜 주었다.

그렇게 천류영이 진산표국에서 지난 팔 년간 일했다는 것을 꼼꼼히 확인한 흑룡관주는 그제야 한숨을 돌린 표정을 지었다.

흑룡관주 옆에 있던 호위가 처음으로 입을 열었다.

"제가 보기에도 저놈은 거짓말을 하고 있습니다."

흑룡관의 최고수인 양상이다. 그의 반응에 진담휘가 반색했다.

"양 무사께서는 제 말을 믿어 주시는군요."

천류영도 속으로 양상의 개입을 반겼다.

의견을 개진하는 사람이 많으면 많을수록 시간은 더 흐른다. 그 흐르는 시간은 자신의 편이다.

양상이 어깨를 으쓱하고는 대꾸했다.

"저도 저놈의 말에 당황했습니다. 무엇이 진실인지를

따지기 전에 너무 엄청난 발언이었으니까요. 하지만 차분히 생각하면 답은 의외로 쉽게 찾을 수 있습니다."

흑룡관주가 눈을 가늘게 뜨며 물었다.

"무슨 말이지?"

사람들의 시선이 양상에게 쏠렸다. 양상은 비릿한 미소를 짓고는 천류영을 직시하며 말을 이었다.

"세간을 떠들썩하게 하고 있는 사천 분타의 전 사령관인 무림서생은 무공을 익히지 않았다고 알려져 있습니다. 저놈은 아마 그런 점을 노리고 허풍을 친 것이겠지요. 하지만 말입니다."

그는 혀로 입술을 한 차례 훑고는 말을 이었다.

"무공을 익히지 않은 무림서생이 호위도 없이 저자를 활보하고 다니겠습니까? 자칫 마교나 흑천련이 파견한 자객에게 당할 위험이 큰데 말입니다."

천류영에게는 송곳 같은, 아프고 따끔한 지적이었다. 변한 자신의 위치를 자각하지 못해서 생긴 사고. 그래서 자신도 모르게 입맛을 다셨다.

진담휘가 양상의 말에 맞장구를 쳤다.

"양 무사의 말이 참으로 옳습니다."

표사들의 얼굴에 드리워졌던 공포가 조금은 엷어졌다.

그러나 완전히 가시진 않았다. 원래 공포란 끈덕지게 달라붙는 놈이니까.

천류영은 슬슬 다시 나설 때가 되었음을 깨닫고 입을 열었다.

"보표, 구위."

그의 외침에 표사들 속에서 굳은 얼굴로 있던 구위가 눈살을 찌푸리며 말했다.

"나를 부른 것이오?"

구위의 물음에 천류영이 빙그레 웃었다. 그 소리 없는 묘한 웃음에 구위가 불쾌한 기색을 지었다.

"불렀으면 말을 해야 할 것 아니오?"

"거기에서 나와 나에게 오라. 호위로 나를 지켜라."

구위의 얼굴에 황망함이 균열처럼 번졌다. 주변의 표사들이 의아한 표정으로 그런 구위와 천류영을 번갈아 보았다.

천류영이 말을 이었다.

"당신은 국주가 거짓말을 하고 있고, 내가 무림서생이라는 것을 알고 있다. 그런데 뭘 망설이는가? 때를 저울질한다면 지금이 마지막이다. 나는 지나친 기회주의자를 좋아하지 않아."

많은 이들이 다시 술렁이기 시작했다. 양상의 지적에도 불구하고 천류영의 흔들리지 않는 자신감이 영 꺼림칙한 것이다.

구위는 쓴웃음을 지었다가 말했다.

"너무 강짜를 부리시는군요. 나는 진실을 알지 못합니다. 그런데 얼마 전까지 이곳의 쟁자수였던 당신의 그 허무맹랑한 말을 무조건 믿고 따르라는 겁니까?"

"진실을 모른다? 그런데 왜 나에게 존대를 하는 거지?"

구위의 눈동자가 순간 흔들렸다. 낭패감이 그의 얼굴에 드러났다. 그는 혀를 차고는 고개를 절레절레 저었다.

"이거야 원. 갑자기 지목당하는 바람에 당황해 버렸군요, 후후후."

그는 앞으로 발을 떼면서 물었다.

"그런데 왜 내가 진실을 안다고 생각하는 겁니까?"

"국주가 싫다는데도 불구하고 용모파기집을 내놓았다는 건 의심이 커졌다는 뜻이지."

구위는 고개를 주억거렸다. 그건 예상할 수 있는 말이었다. 천류영의 말이 이어졌다.

"그리고 용모파기집을 보는 국주를 뚫어지게 살피는 당신은 의심의 실체를 확인했다. 국주가 거짓말을 한다는 것을 알아챘지."

구위는 발을 멈추고 고개를 갸웃거리며 대꾸했다.

"이상하군요, 내 표정은 변함이 없었을 텐데."

자신의 속내를 누군가 눈치챌 일은 없었다는, 나름 확신 어린 말투였다. 빠르게 그 당시를 회상했지만 꼬투리

잡힐 일은 전혀 없었다. 그 점에 관해서는 자신이 있었다.

그러자 천류영이 싱긋 웃었다.

"바로 그 점. 당신은 표정을 드러내지 않았어."

구위의 눈이 가늘어졌다.

"무슨 뜻입니까?"

"커져 버린 의심을 풀기 위해서 억지로 용모파기집을 국주에게 들이밀었다. 그러니 국주가 아무도 모른다고 부인했을 때 당신은 안도했어야 했다."

"……!"

구위는 뒤통수를 둔기로 맞은 듯한 기분에 휩싸였다. 그렇게 멍한 표정의 구위를 보며 천류영이 말을 계속했다.

"아니면 무례한 것을 사죄해야 했지. 그러나 말로는 죄송하다고 했지만 당신의 표정은 너무나 담담했어. 실체를 확인한 놀람을 숨기기 위해서였겠지. 또한 진 국주가 실언을 한 것도 알고 있겠지? 나는 유 씨 의가에서 야차검조 대협만 언급했지 검봉은 말한 적이 없다."

천류영의 말에 진담휘는 혀를 내둘렀다. 더 나아가 고개까지 절레절레 젓다가 다시 앞으로 걸었다.

이젠 도리 없이 선택을 해야만 하는 순간이었다.

"내가 국주를 살피는 동안 당신은 나를 관찰하고 있었군요. 후후후, 어쨌든 조금, 아니 많이 놀랍군요. 그리고…… 이제 확신할 수 있을 것 같습니다. 당신이 무림서생이라는 것을."

그는 천류영의 지척까지 다가와서는 시선을 돌려 표사들 쪽을 보며 말했다.

"아 표두, 허 보표."

두 사람은 구위가 표국에서 친분을 나누고 있는 이들이었다. 아 표두와 허 보표가 왜 부르냐는 표정을 짓자 구위가 말했다.

"자네들이 늘 말하던 것 잊었어? 사람은 줄을 잘 서야 한다는 말."

"……?"

"국주 쪽에 있다가는 치도곤을 면하기 어려울 거야."

그리고 구위는 천류영 앞에서 한쪽 무릎을 꿇으며 부복했다.

"보표 구위, 아까 무림서생께 무례했던 일을 사과 드립니다."

충격이 연무장을 강타했다.

진산표국에서 가장 실력이 좋은 보표 구위가, 한 달 전까지 이곳에서 쟁자수로 일했던 천류영에게 고개를 숙이는 모습이라니.

모두가 말문을 잃은 가운데 구위가 고개를 들어 천류영을 보았다.

"제 사과를 받아 주시겠습니까?"

천류영이 빙그레 웃고 말했다.

"받겠소, 일어나시오."

구위가 일어나며 머뭇거리다가 입을 열었다. 계면쩍은 미소가 입가에 피어났다.

"딱 한 가지만 묻고 싶은 것이 있습니다."

"하시오."

"정말 무림서생이십니까?"

천류영이 쓴웃음을 깨물었다.

"그대가 방금 확신한다고 말한 건 뭡니까?"

구위가 손가락으로 관자놀이를 긁적이며 대꾸했다.

"그렇긴 한데…… 그래도 조금……. 어쨌든 내 목숨을 건 선택이니 직접 듣고 싶습니다. 정식으로 여쭙겠습니다. 당신께서 마교와 흑천련을 물리친 사천 분타의 전 사령관, 무림서생님이 맞습니까?"

천류영은 평소의 듣기 좋은 목소리로 담담하게 답했다. 왠지 모르게 신뢰가 느껴지는 음성.

"나 혼자 한 것이 아닙니다. 많은 분들이 나를 도와주었기 때문에 가능했었소."

구위는 천류영의 깊은 눈을 가만히 보고는 고개를 끄덕였다.

"알겠습니다. 더 이상 의심하지 않겠습니다. 그나저나 아쉽군요. 이곳에서 삼 년이나 일했는데, 진즉에 당신과 대화를 나눌 기회를 가졌더라면……."

"앞으로 나누면 되는 것 아니겠소?"

구위가 빙그레 웃었다.

"우문현답이십니다."

그리고는 뒤돌아 국주를 마주 보며 검파에 손을 댔다.

"한 마을의 양민들을 도륙했다니 이제부터 당신은 제 주군이 아닙니다. 미치광이 살인마일 뿐이지요. 그리고……."

그는 말꼬리를 흐리며 잠시 입술을 달싹이다가 주변의 표사들을 보며 이어 말했다.

"한솥밥을 먹었으니 어지간하면 너희들과 싸우고 싶지는 않아. 하지만 국주의 명을 따라 천 공자를 노린다면 내 칼을 먼저 받아야 할 거야."

감 표두가 버럭 성을 냈다.

"자네! 지금 하극상을 저지르고 있다는 것을 알고는 있는 건가?"

구위가 피식 웃었다.

"고지식한 분. 하지만 저는 국주나 여기 계신 분들보다 무림맹이 더 무섭거든요. 이건 뭐, 비교가 안 되잖습니까?"

"천류영의 말을 곧이곧대로 믿는단 말인가?"

"예, 저는 제 느낌을 믿습니다. 적어도 사람 보는 눈은

틀린 적이 없다고 자부합니다."

"……."

"무엇보다 거짓말을 일삼는 국주는 이제 지겨워져서 말이죠."

진담휘가 살기에 찬 눈으로 외쳤다.

"이노오옴!"

구위는 그러거나 말거나 무시하고 아 표두와 허 보표를 보았다.

"자네들 안 올 건가? 후회해도 난 모르네. 내 생각엔 머지않아 무림맹의 정예가 우르르 몰려올 텐데, 그때는 이미 늦을 거란 말이야."

아 표두는 자신에게 몰린 시선들을 향해 피식 웃으며 발을 뗐다.

"구 보표의 느낌은 거의 맞으니 한 번 따라가 볼까?"

허 보표도 표사들 무리 속에서 성큼성큼 걸어 나왔다.

"결국 선택의 문제인데, 생각해 보면 간단하군. 국주에게 찍히면 그냥 일 팽개치고 줄행랑치면 되는 거지만 무림맹에 찍히면 목이 백 개라도 모자랄 거야."

그러면서 그는 젊은 표사 한 명의 목덜미를 쥐고 끌었다. 그가 아끼는 동생이었다.

"너도 따라와, 후회하지 말고."

그렇게 네 명이 천류영 주변에 섰다. 그런데 놀라운 일이 벌어졌다. 연무장 구석에서 짐을 나르며 눈치를 보던 쟁자수들 중 일부가 몽둥이를 들고 뛰어나왔다.

그들은 표사들의 눈치를 살피며 담벼락을 따라 달려와서는 천류영 쪽으로 붙었다.

파호 영감이 말했다.

"류영이, 돕겠네."

여드름 한 가득인 막내가 눈물을 글썽였다.

"형님, 보고 싶었습니다."

천류영은 코끝이 시큰해졌다. 가까이에서 본 그들의 얼굴은 엉망이었다.

심한 구타의 흔적.

굳이 묻지 않아도 무슨 일이 있었는지 알 수 있었다.

진담휘가 뒷목을 움켜잡고 광소를 터트렸다.

"크크큭. 크하하하! 정말 미쳐 버리겠군. 이젠 별 잡것들까지……."

그는 말을 잇지 못했다.

몇 명의 표사들과 또 일단의 쟁자수들이 천류영을 향해 이동한 탓이었다.

진담휘의 눈가가 파르르 떨렸다. 그는 곁의 감 표두를 향해 외쳤다.

"다 죽여라!"

감 표두가 놀라 눈을 부릅떴다.

"국주님!"

"명을 내렸다. 모두 죽이란 말이다."

그러는 사이에 열 명의 표사들이 천류영을 향해 다가갔다. 그러자 진담휘가 스산한 미소를 지으며 말했다.

"그래, 죽여라, 죽여 버려라. 천류영의 수급을 내게로 가져와……."

진담휘는 말을 멈추고 아연한 표정을 지었다. 열 명의 표사들이 천류영을 향해 부복하는 것이다.

"이, 이것들이 미쳤나? 감 표두! 자네 뭐하는 건가? 대체 수하 관리를 어떻게 했기에 이따위 일이 벌어지냔 말이야! 평소에 군기를 잡고 두들겨 팼어야지!"

감 표두는 이를 악물고 고개를 떨어트렸다. 그리고 또 예닐곱 명이 천류영 쪽으로 이동했다.

그러자 진담휘는 고개를 돌려 아까부터 침묵하고 있는 흑룡관주를 향해 말했다.

"관주님. 관주님께서 나서 주십시오. 저 천한 것들에게 넘을 수 없는 하늘이 있다는 것을 보여 주십시오. 양 무사도 나서 주시게."

아무래도 표사들은 동료였던 이들을 상대하기 어려워 먼저 나서기 꺼린다고 생각한 것이다. 그럴 때는 첫 충돌을 일으키면 간단하다. 싸움이 벌어지면 어쨌든 살기 위해서라도 칼을 휘둘러야 할 테니까.

그리고 그러기 위해서는 누군가 선두에 나서 줘야 했다. 가능하면 실력 있는 사람이.

흑룡관주는 오만상을 쓰고 있다가 말했다.

"진 국주. 정말 저 청년이 무림서생일 가능성이 없는 게 확실한 건가?"

"제 목숨을 걸겠습니다."

"……."

"저 사기꾼의 세 치 혀에 속아 저들을 이대로 내보낸다면 세인들이 관주님을 조롱할 것입니다."

흑룡관주는 잠깐 혀를 잘근잘근 깨물었다.

선택의 시간.

그러나 그는 한 가지를 알지 못했다. 진담휘가 며칠 내에 야밤도주할 계획을 가지고 있다는 것을.

천류영과 구위의 대화 탓에 가슴이 개운하지 못하고 상당히 찜찜했다. 그러나 이곳에서 칠 년 동안이나 일한 쟁자수가 무림서생이라는 것을, 그의 머리로서는 받아들일 수가 없었다.

흑룡관주는 살기에 찬 눈빛으로 고개를 끄덕였다.

"음. 알겠네."

4

흑룡관주가 앞으로 나서며 진산표국의 표사들을 훑었다. 그들 중에 자신의 제자들도 있었다.

"본관의 제자들은 들어라. 사기꾼과 그에 현혹된 이들의 반란을 제압한다."

그의 명에 몇 명의 표사들이 앞으로 나왔다. 양상도 흑룡관주의 앞으로 움직였다.

진담휘가 살기로 번질번질한 눈으로 말했다.

"본 표국의 표사들은 뭐하는 건가? 흑룡관주님을 도와 저놈들을 잡아라."

그에 남은 표사들이 주춤거리다가 발을 뗐다.

천류영은 심호흡을 했다.

이제 자신들의 인원은 오십이 넘었다. 하지만 파호 영감을 비롯한 쟁자수들에게 무력을 기대할 수는 없다.

표사들 숫자는 사십이 안 되고 저쪽은 육십이 넘는다. 무엇보다 저쪽엔 나름 고수인 흑룡관주와 양상이 있었다.

하지만 천류영은 자신이 있었다. 왜냐하면 상대 쪽 표사들 중 상당수의 얼굴에 어려 있는 불안감이 확연히 보였기 때문이었다.

그들의 머릿속에는 여전히 천류영의 말이 망령처럼 남아 맴돌고 있었다.

삼족을 멸한다는 말이.

그러니 실제 싸움이 시작되면 소극적이 될 것이리라.
싸움에서 가장 중요한 사기를 꺾은 것이다.
"해볼 만하군."
혼잣말을 뱉는 천류영의 눈이 빛났다. 이제 마지막 승부수를 던질 차례였다.
그릇 크기의 싸움이었다. 그리고 천류영이 생각하기에 진담휘의 그릇은 종지보다 작았다.
"구위 보표."
가장 선두에 있는 구위가 답했다.
"예."
"그대는 싸움이 시작되면 옆으로 빠지시오."
"예?"
구위뿐만 아니라 모두가 놀랐다. 천류영 쪽에 선 사람들 중 가장 고강한 구위보고 빠지라니.
천류영의 말이 이어졌다.
"그대는 오로지 진담휘만 노리시오."
"……!"
"생포가 아니오. 수급을 가져오시오."
배짱 싸움이다. 누가 먼저 수장을 잡느냐?
구위는 어쩔 수 없이 고개를 끄덕이고는 다시 앞을 보았다. 자신이 노려야 할 진담휘를.
그리고 구위는 자신도 모르게 쓴 미소를 지었다.

진담휘.

그가 당황하는 모습이 눈에 들어왔다. 어찌나 놀랐는지 어깨를 바르르 떨었다.

무릇 수장은 앞에 설 수도 있고 뒤에 위치할 수도 있다. 어디에 있건 그들이 잊지 말아야 할 중요한 것이 있다.

적에게 등을 보이면 안 된다.

수장이 도망치는 모습을 보이면 사기는 급전직하한다. 대체 어느 수하들이 그런 수장을 위해 목숨을 걸고 싸움을 하겠는가?

구위는 순간 확신했다. 약간의 위험만 느껴도 진담휘는 도망칠 것임을.

천류영의 도발이 이어졌다.

"또한 다른 분들의 최우선 목표도 진담휘 국주입니다. 코앞에서 충돌할 상대를 이기는 것이 아닙니다. 젖히고 앞으로 나가십시오. 그래서 누구라도 진담휘의 목을 베세요. 그자에게는 무림맹에서 충분한 보상이 주어질 것을 약속합니다."

총공격이라는 말이다.

파호 영감이 물었다.

"그, 그러면 류영이 자네는 누가 지키나?"

"저 역시 여러분들과 함께 공격할 겁니다."

쟁자수 막내가 말했다.

"형님, 그래도 형님을 지키는 사람은 있어야죠. 저들도 형님을 가장 먼저 노릴 거예요."

천류영이 씩 웃으며 흑룡관주를 비롯한 상대를 훑었다.

"날 죽인 자는 무림맹에서 합당한 대가를 치러 줄 겁니다."

이로써 마지막 주사위는 던져졌다. 흑룡관주나 그 누구라도 자신을 잡을 수는 있다.

그러나 쉽사리 목숨을 취하진 못할 것이다.

천류영이 공격령을 내리기 위해 칼을 들었다. 그 순간 진담휘가 뒤로 몇 걸음 물러나더니 빽 소리를 질렀다.

"감 표두! 자네와 자네 소속 표사들은 내 곁으로 붙게!"

그 순간 흑룡관주와 양상이 탄식을 뱉었다.

충분히 제압할 수 있는 싸움이 단숨에 패배할 공산이 높아져 버린 것이다.

상대는 모두가 총공격으로 나서는데 아군을 둘로 나누다니. 이건 삼척동자라도 해서는 안 되는 멍청한 판단이었다.

감 표두가 황당해 머뭇거리자 진담휘가 다시 재촉했다. 그래서 어쩔 수 없이 감 표두와 삼십여 명의 표사들이 진담휘 쪽으로 빠져나갔다.

흑룡관주가 보다 못해 노염에 찬 목소리로 외쳤다.

"진 국주, 자네 지금 뭐하자는 건가?!"
"저놈이 나를 노린다지 않습니까?"
"상대의 도발에 겁을 집어먹어서야 무슨 싸움을 한단 말이야!"
그제야 진담휘도 자신의 실수를 깨달았다.
하지만 그럴 만한 것이 그는 이런 싸움을 치러 본 적이 없었다. 어쨌든 그는 불러들인 표사들을 다시 돌려보내고 싶은 마음이 전혀 없었다.
"마, 만약 관주님께서 조금이라도 밀리면 이곳의 표사들도 투입하겠습니다."
흑룡관주의 눈썹이 확 올라갔다.
"이 미친! 지금 이게 장난하는 것으로 보이나? 나는 자네의 싸움을 돕고 있는데, 정작 자네는 초를 치는 건가?"
점입가경.
수장이라는 자들이 싸움을 앞두고 말다툼을 하는 모습이라니.
당연히 천류영 쪽 사람들은 사기가 올랐다. 반대로 상대쪽 표사들의 어깨는 축 내려갔다. 그리고 눈치 보기에 바빴다.
천류영은 때를 놓치지 않고 외쳤다.
"공격하라!"
"와아아아!"

오십여 인원이 앞으로 달렸다. 그리고 마침내 양쪽의 선두가 충돌했다.

째애애애앵.

칼과 칼이 부딪치며 쇳소리가 터졌다. 그 순간 어디에선가 거대한 고함이 일었다.

심후한 내력을 담은 목소리!

"멈춰라!"

연무장의 공기까지 파르르 떨릴 정도였다. 그에 놀란 사람들이 황급히 뒤로 물러나며 소리의 진원지를 찾았다.

이건 자신들이 절대 감당할 수 없는 엄청난 고수의 출현이라는 것을 뜻했다.

허공.

연무장 뒤의 사층 전각의 지붕에서 말총머리를 한 청년이 뛰어내리고 있었다.

그의 동체가 태양을 등졌다. 뒤로 물러서며 그를 보려는 사람들은 눈이 부셔 얼굴을 찌푸렸다.

그리고 그가 연무장 한가운데로 착지했다.

콰아아앙.

그가 내려앉은 곳에 위치한 바닥의 돌들이 쩍쩍 금이 갔다.

천류영이 반색하며 외쳤다.

"풍운!"

그가 외친 말에 누구는 환호했고 누구는 얼어붙었다.
사천의 영웅들 중 무림서생 다음으로 많이 회자된 약관의 절정 고수. 마교의 태상장로를 포함해 숱한 고수들을 제압한 천재 검사.
이곳의 모든 이들이 달라붙어도 풍운을 감당할 수 없었다.
풍운이 천류영을 보며 손을 흔들며 웃었다.
"하하하. 형님! 굳이 저 없어도 되겠는데요."
풍운을 본 모든 사람들은 직감적으로 알았다.
이 청년, 정말 소문의 그 풍운일 것임을.
그리고 천류영.
말도 안 되는 건데, 정말 말도 안 되는 건데 그가 무림서생이라는 것을.
설마 했던 우려가 현실이 되어 버렸다.
천류영이 얼굴에서 웃음을 지우고 뭔가 수상쩍다는 표정으로 물었다.
"너 혹시…… 온 지 좀 됐냐?"
"……."
"좋은 말로 할 때 대답해라."
풍운이 머리를 긁적거리며 대꾸했다.
"어쩔 수 없었어요. 빙봉께서 신신당부했거든요. 형님이 정말 큰 위기에 처하거나 싸움이 일 경우를 제외하고는 지켜보라고."

"음…… 빙봉이 그랬단 말이지?"

"예. 형님이 스스로의 위치에 대해 자각도 할 겸, 각성도 할 겸, 뭐 겸사겸사라고. 어쨌든 덕분에 지켜보는 내내 아주 흥미로웠습니다. 역시 제가 믿고 따르는 형님이십니다, 하하하."

"은근슬쩍 넘어가려고 하지 마라."

천류영의 질책에 풍운의 입이 쭉 나왔다.

"이건 전적으로 형님 잘못이에요. 명색이 제가 형님 호위인데 그렇게 혼자 말도 없이 분타를 나가 버리면 어떻게 해요? 그 때문에 제가 빙봉 누님과 무적검께 얼마나 깨졌는데요."

풍운의 반격에 천류영이 당황했다. 때를 놓칠 세라 풍운이 더 밀어붙였다.

"그리고 독수 어르신이나 독고 가주님, 낭왕 대협도 돌아오면 어떻겠어요? 그분들이 형님께 뭐라고 할리는 만무하죠. 보나마나 한동안 저를 들볶을 거라고요."

듣고 있는 사람들은 입을 쩍 벌렸다.

한 명, 한 명, 그 이름만으로도 산천초목을 떨게 할 무림의 호걸들이다. 특히나 진담휘와 흑룡관주 쪽 사람들은 얼굴이 하얗게 질려 갔다.

그러거나 말거나 풍운의 넋두리는 계속됐다.

"게다가 독고 누님이 할 잔소리는 생각만 해도 끔찍하다고요. 남궁 공자나 팽 소협도 그렇고……."

결국 천류영이 쌍수를 들고 항복했다.

"미, 미안하다. 내가 그분들께는 잘 말할 테니까 그만 해라."

그때 표국 밖에서 웅성거리는 소리가 커지더니 담벼락 위로 아까의 세작들이 올라왔다. 그들 중 대장장이가 외쳤다.

"빙봉 우군사님과 무적검 한 대협께서 당도하셨습니다!"

표국 정문으로 갑주를 착용한 중년인과 젊은 미인이 들어섰다.

표사들 중 한 명이 입을 쩍 벌렸다가 중얼거리듯 말했다.

"맞아, 무적검이셔. 예전에 한 번 뵌 적이 있어!"

구위는 어깨를 으쓱하며 아 표두와 허 보표에게 속살거렸다.

"보라고. 내 촉이 맞았지? 자네들 나한테 거하게 한 턱 내야 한다고."

빙봉과 한추광의 뒤로 사천 분타의 최정예 이백 명이 일사분란하게 안으로 들어섰다.

척척척척.

그들은 빠른 속도로 담벼락을 따라 걸었다.

그러는 동안에도 진담휘와 그의 편에 남았던 표사들 그리고 흑룡관주와 양상의 얼굴은 얼음이 된 채 꼼짝도 하지 못했다.

그야말로 순식간에 이백 명이 연무장을 포위했다.

그들 중 위충이 천류영을 향해 포권을 취하며 말했다.

"천 공자, 늦어서 죄송합니다."

그리고 남은 백구십구 명이 정중히 읍하며 동시에 외쳤다.

"죄송합니다!"

쩌렁쩌렁 울리는 그들의 함성과도 같은 외침에 구경꾼들은 넋이 나갔다.

모용린은 천류영 주변에 서 있는 사십여 명의 표사들과 몽둥이를 든 쟁자수들을 보며 희미한 미소를 지었다.

역시 천류영은 늑대 떼 속으로 끌려가서도 제 편을 만들어 낸 것이었다. 한추광도 들어오면서 상황을 짐작하고는 안도와 감탄의 웃음을 머금었다.

모용린은 천천히 걸어와 천류영 오른쪽 옆에 섰다.

"이번의 무단 외출로 인해 많은 것을 깨달으셨으리라 믿어요."

그녀의 차가운 지적에 천류영은 고소를 깨물었다.

"예, 정말 많은 것을 알게 되었습니다."

"다행이네요."

천류영의 왼쪽에 선 한추광이 말했다.

"천 공자. 자네 때문에 놀라서 내 수명이 십 년은 줄은 듯싶네."

"죄송합니다."

"하하하. 사과를 할 것까지는 없고 앞으로는 주의 좀 해 주시게. 수천의 마교도들도 말 한 마디로 물리친 자네가 고작 이따위 놈들에게 당한다면 내 죽어서도 눈을 감지 못할 테니까."

진심이 느껴지는 어조에 천류영은 죄송스러운 표정을 지었다.

"예, 명심하지요."

그 셋이 두런두런 나누는 대화를 보며 파호 영감은 아무 말도 못하고 감격해 떨기만 했다. 쟁자수 막내가 울먹거리며 파호 영감에게 말했다.

"우, 우리 살 수 있는 거죠?"

"그, 그런 것 같다."

그들조차도 천류영이 무림서생이라는 말을 전적으로 믿은 건 아니었다. 하긴 그 말을 곧이곧대로 믿는다면 그것이 더 황당한 일이었을 것이다.

어쨌든 가슴이 벅찬 것을 넘어 놀라웠다. 표행을 하다 보면 쟁자수들끼리 나누는 대화에 빠짐없이 등장하는 것이 무림의 유명한 고수들에 관한 것이다.

그런데 불과 한 달 전까지 동료였던 천류영이 자신들로서는 상상할 수도 없는 어마어마한 거인들과 담소를 나누는 모습이 신기했다.

쨍그렁.

칼이 떨어지는 소리가 문뜩 들렸다. 진담휘 쪽의 표사들 중 한 명이 급히 들고 있던 검을 바닥에 놓은 것이다.

싸울 뜻이 없다는, 항복의 표현이었다. 그러자 그를 따라 많은 표사들이 급히 자신의 병장기를 바닥에 내려놓기 시작했다.

쨍그렁. 쨍그렁. 쨍쨍…….

그러더니 이번에도 역시 누가 시키지도 않았는데 무릎을 꿇고 고개를 조아렸다.

"무, 무례를 사과 드립니다."

"천류…… 아니, 천 공자께 사과 드립니다."

"무림서생님, 우리는 그저 명에 따랐을 뿐입니다."

수십의 표사들이 앞다투어 천류영을 향해 외쳤다.

한편 흑룡관주는 넋이 나가 있다가 양상의 속삭임에 퍼뜩 정신을 차렸다.

"관주님, 당장 이곳을 빠져나가야 합니다."

"응? 아! 그, 그렇지."

흑룡관주는 천류영에게 최대한 정중하게 포권을 하고는

조심스럽게 말했다.

"내 간악한 진 국주에게 속아 하마터면 큰 무례를 저지를 뻔했습니다. 천만다행으로 피해가 없이 끝났으니 하늘께서 보살핀 덕분이라 생각합니다."

양상도 곁에서 거의 직각으로 허리를 숙였다.

흑룡관주는 차갑게 바라보는 빙봉과 한추광의 시선을 보고는 움찔 몸을 떨었다가 다시 천류영을 향해 억지로 미소를 지었다.

"만약 무림서생께서 한 번 본관을 찾아 주신다면 제 실수를 만회할 겸 큰 연회를 베풀어 모실 것을 약조 드립니다."

양상이 관주의 옆구리를 슬쩍 쳤다. 빨리 본론을 꺼내라는 뜻이었다.

"실은 제가 급한 용무가 있는지라…… 아쉽지만 다음에 해후의 기쁨을 기약하며 자리를 뜰까 합니다."

그러면서 둘은 뒷걸음질을 쳤다. 그동안의 정황을 잘 모르는 정파인들은 천류영을 보았다.

그냥 보내 줘도 되는지 묻는 것이다.

그런데 모용린이 먼저 말했다.

"이들은 사천 무림을 위기에서 구한 천 공자를 겁박한 자들입니다. 모두 참하여 그 수급을 대로에 효수하도록 하지요. 그래서 다시는 이런 일이 발생하지 않도록 본보기를 보여야 합니다."

그녀의 서릿발처럼 차가운 말에 적지 않은 표사들이 눈을 감았다. 흑룡관주와 양상도 망연자실한 얼굴로 어깨를 축 늘어뜨리고는 비틀거렸다.

천류영이 쓰게 웃고는 모용린에게 말했다.

"이 일은 제가 처리할 수 있도록 부탁 드립니다."

모용린은 묘한 미소를 머금었다. 마치 그러리라 짐작했다는 듯이.

"봉변을 직접 당한 천 공자께서 그리 말씀하시니 어쩔 수 없군요. 다만 한 가지만 명심해 주세요."

"……?"

"어설픈 처벌은 하지 않는 것보다 못합니다. 기강이라는 것은 세우긴 어려우나 무너지기는 쉬운 법이지요. 무엇보다 천 공자를 위해하려 한 것은 무림맹과 독고세가, 곤륜, 당문, 청성파를 무시한 것과 같아요. 이 점을 잊어서는 안 될 겁니다."

천류영은 고개를 끄덕이고는 흑룡관주를 보았다.

"흑룡관주."

흑룡관주가 힘없이 고개를 들었다.

"예, 사군사."

그의 말에 모용린의 눈에 이채가 스쳤다. 천류영이 사군사 자리를 받아들였음을 간파한 것이다.

천류영이 그를 향해 말했다.

"힘과 권력을 가진 자는 그 무거움을 알아 행동거지에 조심함이 있어야 한다. 또한, 가진 능력으로 약자의 눈물을 닦아 주어야 할 것인데 오히려 짐승처럼 권세 부리는 것에 열중하니 협을 좇는 정파 무림인으로서 도저히 용납할 수 없다."

흑룡관주와 양상이 몸을 떠는 가운데 천류영의 추상과도 같은 목소리가 이어졌다.

"물론 나 또한 완전한 인간이 아니니 누구를 함부로 심판할 수 없다는 것을 안다. 하지만 당신들의 죄는 명명백백하니 심판하는 데 망설일 이유가 없다. 흑룡관주는 살인자에게 협조한 죄와 대명천지에 사람을 협박한 죄를 물어 태형 오십 대에 처한다. 그리고 남은 생에 가진 힘을 경계하라는 의미로 단전을 파한다."

"……."

"마지막으로 흑룡관에서 억울하게 당한 이들이 있는지 조사하고, 그에 합당한 처벌을 차후 내리겠다."

흑룡관주는 눈을 감았다.

이제 흑룡관은 문을 닫게 되리라. 자신의 몰락이 눈앞에 선했다.

천류영이 물었다.

"이의가 있으면 말하라."

흑룡관주는 입술을 지그시 깨물었다.

그러나 무적검과 빙봉 그리고 이백여 무림맹 정예를 훑어보고는 한숨을 내뱉고 답했다.

"없습니다."

천류영의 시선이 양상에게 이동했다. 그에 양상이 부르르 떨고는 고개를 떨어트렸다.

"아무리 수장의 명이라고 해도 그대는 진실을 알려는 최소한의 노력도 하지 않았다. 수장을 잘못 보필한 죄를 물어 태형 삼십 대에 처한다. 또한 마찬가지 의미로 단전을 파한다. 이의 있는가?"

양상은 비참한 표정으로 작게 말했다.

"없습니다."

천류영은 칼을 버리고 항복한 표사들을 보며 말했다.

"그대들 역시 수장의 명에 따랐다고는 하지만 결코 그 죄가 가볍지 않다. 그러니 태형 이십 대에 처한다."

"예, 그리하겠습니다."

한 표사가 기쁨에 차 냉큼 답했다. 태형 이십 대는 결코 작은 벌이 아니다. 그럼에도 살 수 있다는 생각에 방금까지 죽어 가던 얼굴이 환해졌다.

그리고 남은 표사들도 모두가 선선히 천류영의 처벌을 받아들였다.

이제 남은 건 진담휘였다.

그는 혼백이 나간 얼굴로 멍하니 있다가 갑자기 이를 바드득 갈았다.

"천류영, 대체 너는 나와 전생에 무슨 악연이었기에 이리 내 앞길을 막는 것이냐?"

그는 천류영이 자신을 용서하지 않으리란 걸 이미 짐작하고 있었다. 그러자 모용린이 싸늘하게 말했다.

"당신이 천 공자 고향의 양민들을 도륙한 국주군요."

"……."

"천 공자가 용서해도 당신만큼은 내가 죽입니다."

그때 진담휘 곁에 홀로 서 있던 감 표두가 천류영을 향해 말했다.

"천류영, 아니지, 사군사. 우선 자네가 출세한 것을 축하하네."

천류영이 한숨을 삼키고 그를 보았다. 답답할 정도로 고지식한 사람이다.

감 표두가 입술을 꾹 깨물었다가 말했다.

"전대의 국주님이 베풀어 주신 은혜를 생각해서라도 진 국주의 목숨만은…… 구해 주게."

5

천류영은 손에 들고 있는 철검을 내려 보며 잠시 상념

에 빠졌다.

주변의 만류에도 불구하고 어린 자신을 채용해 주었던 전대 국주님.

참으로 자신을 아껴 주셨다.

돌이켜 보면 일찍 철이 든 후, 그분과 함께 지냈던 일 년처럼 행복했던 시간들도 없었다.

노예병일 때 자신을 시종으로 발탁해 주었던 대장군처럼 자신에게 많은 것을 가르쳐 주신 분이다. 그분과 지냈던 시간들을 회상하면 자신도 모르게 절로 미소를 짓곤 했었다.

천류영은 천천히 한숨을 뱉었다.

"전대 국주님을 생각해서라도……."

감 표두가 반색했다.

"그렇지, 자네는 그분께 많은 은혜를 입었지."

천류영은 고개를 들었다. 그리고 감 표두를 직시하며 말했다.

"예. 그런 전대 국주님을 생각해서라도 진 국주의 목숨은 제 손으로 거둘 겁니다."

"……!"

"그분께서 아들이 이리 악행을 저지른다는 것을 아셨다면 결코 용서하지 않았을 테니까요."

감 표두는 한숨을 삼키고 대꾸했다.

"자네…… 벼락출세하더니 사람이 변했군."

"물론 높은 곳으로 올라가면 보는 풍경이 달라지는 법이지요. 그러니 저 역시 변할 수도 있겠지요. 그러나 아직 저는 변하지 않았습니다. 즉, 제가 진 국주의 목숨을 거두려는 것과 지금의 지위는 아무 상관이 없습니다."

"말은 그렇게 하지만……."

천류영이 그의 말을 끊었다.

"저는 제 고향 마을에서 이미 진 국주와 생사투를 겨뤘습니다. 당시 진 국주는 우리 마을 사람들을 모조리 죽인 후였지요. 그때 나는! 그와 싸워 이겼습니다. 하지만 체력이 소진해 기절하는 바람에 그의 숨통을 끊지 못했습니다."

"그게 정말이란 말인가? 어찌……."

"만약 그때 제가 기절하지 않았다면! 저는 진 국주의 목숨을 거뒀을 겁니다. 아시겠습니까? 제 지위와는 아무 상관이 없다는 것을."

그리고 천류영이 발걸음을 뗐다. 그러자 그 앞에 있던 표사들이 양쪽으로 쫙 갈라져 길을 텄다.

그러나 감 표두는 진담휘 앞에서 물러나지 않았다.

천류영이 말했다.

"당신을 좋아하지는 않지만, 주어진 자리에서 나름 열심히 살았다는 것을 알고 있습니다. 그러니 당신을 해치고 싶지 않습니다. 비키세요."

감 표두.

고뇌하는 표정의 그는 이를 악물고 검을 빼 들었다. 그러자 풍운이 천류영 곁으로 바투 붙었다.

하지만 감 표두는 오로지 천류영만 보며 말했다.

"이미 끝난 상황이라는 것을 아네. 하지만 그래도 이 표국은 내 청춘을 바친 곳이네. 내가 지켜야 할 곳."

천류영이 미간을 찌푸리며 대꾸했다.

"그래서 쓰레기인 진 국주와 함께 죽겠다는 겁니까?"

"국주님을 위해 싸우는 것이 아니네. 내 인생이 고스란히 담겨 있는 표국을 위해서네."

"……!"

"나 역시 자네처럼 전(前) 국주님에게 많은 은혜를 입었네. 그리고 그분께서는 지금의 국주를 잘 보필해 달라고 유언을 남기셨지."

풍운을 포함한 모용린이나 한추광이 눈을 가늘게 뜨고 감 표두를 주시했다.

이런 상황에서도 버티는 그가 새삼 다르게 보였다. 제법 무인의 기상을 지니고 있는 인물이라는 생각이 들었다.

그러나 천류영은 차갑게 응수했다.

"그래서 잘 보필하셨습니까?"

"……."

"잘 보필했냐고 묻지 않습니까?"

천류영의 성난 물음에 감 표두의 고개가 밑으로 떨어졌다.

"그러지 못했다. 노력은 했으나…… 역부족이었다."

"무릇 한 단체의 수장이 썩으면 그 집단 전체가 그른 길을 가기 마련입니다. 진담휘는 도저히 용납할 수 없는 악(惡)입니다. 지금 그런 악을 인정에 휘둘려 지키겠다는 겁니까? 법과 정의에 눈물이 있을 수는 있어도 처벌에 지위고하로 인한 차별이 있어서는 안 됩니다. 원칙과 상식이 무너지면 악과 불법이 횡행하고 선량한 약자들이 피눈물을 흘려야 합니다."

"……."

"진담휘 저자는 한 마을의 양민들을 모조리 죽인 놈입니다. 지금 그런 악당이 버젓이 살아서 돌아다니는 것이 옳다는 것입니까?"

감 표두가 다시 한숨을 뱉고는 고개를 들어 천류영을 보았다.

"다시 말하지. 나는 진 국주가 아니라 표국을 지키려는 것이네. 내 의무를 다하려는 것이지. 내 인생을 바친 이곳을, 전 국주님에게 많은 은혜를 받은 이곳을 말일세."

천류영이 고개를 저었다.

"틀렸습니다. 진담휘 국주는 당신이 지키려는 표국이

아닙니다."

감 표두의 눈가가 찌푸려졌다.

"그 무슨 궤변인가?"

"모르시겠습니까? 당신이 정말로 지켜야 할 것은 진담휘가 아니라 이곳에 있는 표사 한 명, 쟁자수 한 명, 한 명입니다. 천하의 진정한 주인이 황제가 아니라 백성이듯이, 표국의 진짜 주인 역시 국주가 아니라 이곳에 있는 모든 표사들과 쟁자수들입니다."

"……."

"당신은 착각하고 있습니다. 전 국주님께서 진담휘를 잘 보필하라는 유언은 진담휘 개인이 아니라 표국의 모든 사람들의 행복을 위해서 노력하란 의미입니다. 감 표두님, 지금 진산표국은 어떻습니까?"

천류영이 고개를 돌려 파호 영감과 막내를 향해 시선을 던졌다. 그러자 많은 이들의 눈길이 따라 움직였다.

엉망이 된 둘의 얼굴.

천류영의 분개한 목소리가 이어졌다.

"이게 당신이 그토록 지키려는 표국입니까? 진담휘를 지키면 표국이 잘 지켜지는 겁니까? 그게 전대 국주님의 유지를 받드는 것이라고 믿는 겁니까?"

감 표두의 신형이 부르르 떨렸다.

"천류영……."

"썩은 물을 갈지 않으면 구더기가 들끓는 법입니다. 경고합니다. 비키십시오."

"……."

"아직도 전 국주님께서 남긴 깊은 뜻을 헤아리지 못하시는 겁니까? 아니면 인정에 얽매여 정의와 협을 끝까지 외면하겠다는 겁니까? 만약 그렇다면 당신 역시 똑같은 악일 뿐입니다. 당신의 그런 무른 선택이 진담휘를 더 괴물로 만들어 왔다는 것을 아직도 모르는 겁니까?"

감 표두는 눈을 감고 깊은 어금니를 깨물었다. 그렇게 짧은 시간이 천천히 흘렀다. 그리고 다시 눈을 뜬 감 표두의 눈에는 눈물이 그렁했다.

"그런가? 허허허, 그렇군."

그 잠깐 사이에 감 표두는 십 년은 더 늙어 보였다. 그리고는 마침내 발을 떼 옆으로 물러났다.

그러자 진담휘가 눈살을 찌푸렸다.

하지만 이내 키득거리며 웃었다. 어차피 감 표두가 있건 말건 큰 의미가 없다는 것을 그는 알고 있었다.

무림맹의 정예 무인들이 무려 이백이었다. 거기에 무적검이나 풍운 같은 무시무시한 고수들까지 있었다.

빠져나갈 수 없었다.

"천류영."

"진담휘."

"크크큭. 현세에서 네놈과의 악연은 여기까지군. 빌어먹을. 하지만 내세에서는 다를 거다."

천류영은 진담휘를 쏘아보며 담담하게 외쳤다.

"진산표국 국주인 진담휘는 한 마을의 양민들을 죽인 죄를 물어 목숨을 거둔다. 그리고 그 수급을 표국의 정문에 사흘간 효수할 것이다. 또한 전 재산을 몰수하겠다."

"크크큭, 결국 내 재산을 뺏고 싶다는 말이잖아. 개자식."

"저승에서 지켜봐라. 새로운 표국의 주인이 이곳에서 일하는 모두가 될 수도 있음을."

"그 무슨 개소리냐?"

"이곳에서 일하는 모든 이들이 행복한 미소를 짓게 될 것이다. 그들의 가족이 기쁨에 차서 내일을 꿈꾸게 될 거다. 모두가 가족처럼 끈끈하게 표국을 걱정하고 표국을 위해 진심으로 일하게 될 것이다."

진담휘가 기가 찬 눈빛으로 고개를 저었다.

"망상에 빠졌군. 가족처럼 끈끈하게? 표국을 위해 진심으로 일해? 크크큭, 천한 것들은 족쳐야 일을 하는 거다."

"마지막으로 하나 알려 주마. 귀천은 지위고하가 아니라 인품으로 결정되어지는 거다. 너에겐 쟁자수가 천할지 몰라도 염라대왕은 네놈이야말로 가장 천박했다고 알려

주실 거야.”

천류영은 검을 곧추 세웠다. 그러자 진담휘는 이를 갈며 저주를 퍼부었다.

“죽어서도 널 저주할 것이다. 내 비록 운이 없어 이리 가지만 네놈 역시 비참하게 죽게 될 것이다.”

“아니, 적어도 나는 내가 죽을 때 날 위해 울어 줄 사람이 한 명은 있을 거야.”

진담휘의 얼굴이 다시 일그러졌다. 자신이 죽더라도 눈물 흘릴 사람이 아무도 없을 것이라고 조롱한 것이다.

“잘 가라, 진담휘.”

그때 풍운이 한숨을 뱉으며 끼어들었다.

“형님, 제가 할게요.”

“아니, 내가 한다. 이자는 내가 끝내야 해.”

“하지만 형님은 사람을 죽인 적이…….”

“물러나라.”

풍운은 진담휘를 보며 망설였다. 아직까지 진담휘 손에 칼이 들려 있는 것이 걸렸다.

그 순간 천류영이 말했다.

“나도 이제 무림인이다. 내 손에 피를 묻히지 않을 수 없어. 이렇게 한 발씩 나아갈 운명인 거지.”

“…….”

“물러나라.”

풍운은 우려스러운 눈빛으로 천류영을 보았다. 그는 천류영이 지금 진담휘를 도발하고 있다는 것을 간파했다.

"괜찮겠어요?"

천류영이 씩 웃었다.

"나는 이미 한 번 이겼다. 그리고 검이나 몽둥이나 결국 매한가지야. 적어도 진담휘나 내 수준에서는."

"……."

"너도 저번에 봐서 어느 정도는 짐작하고 있겠지만 목검은 제법 휘둘러 봤어. 쟁자수도 비상시에는 목검이나 몽둥이를 들고 싸워야 하거든. 물론 그렇다고 제대로 잡는 법이나 휘두르는 것을 배운 적은 없지만."

풍운은 입술을 잘근잘근 깨물었다. 지금 천류영의 몸 상태는 아주 좋았다. 반면 진담휘는 다리도 절뚝거리고 꽤 불편해 보였다.

하지만 진담휘는 무공을 익혔다. 천류영이 한 번 그를 이겼다고는 하지만 운이 좋았다고 볼 수 있었다.

이런 저런 것을 따지면 승률은 반반으로 보여졌다.

천류영이 그런 풍운의 고민을 짐작한다는 듯이 말했다.

"나 무공을 익히겠다고 말했다."

"……."

"네 말대로 한참 늦게 시작하는 거지. 그 벌어진 차이를 좁히기 위해선 목숨을 걸어야 한다는 것쯤은 알아. 네가 무수한 역경을 헤치고 나왔듯이.”

풍운은 천류영의 눈에 어린 고집을 읽고는 고개를 끄덕이며 뒤로 물러났다. 그러나 단전의 공력은 오히려 핑핑 회전시켰다. 언제라도 자신의 경공으로 끼어들 수 있게.

풍운이 천류영과 거리를 벌리자 한추광이 놀라 물었다.

“자네 지금 뭐하는 건가?”

모용린도 황당한 표정으로 외쳤다.

“당장 천 공자를 보호해야…….”

그 순간 진담휘가 눈을 번뜩이며 칼을 천류영에게 뻗었다.

쩡!

짐작하고 있었다는 듯이 천류영이 검을 내려 진담휘의 칼을 받아쳤다.

한추광과 모용린이 놀라 달렸다. 아니, 많은 이들이 천류영을 향해 달렸다.

진담휘는 이미 그럴 것을 짐작하고 있었기에 빨리 끝내기 위해 자신이 가지고 있는 절초를 펼쳤다.

쇄애애액!

파공성과 함께 진담휘의 검이 질주했다.

천류영의 가슴팍을 노리고 들어가는 검초.

천류영의 입꼬리가 올라갔다.

천류영 역시 진담휘가 이 초식을 펼칠 것임을 예상하고 있었다. 왜냐하면 그가 천류영을 죽일 수 있도록 허용된 시간은 극히 짧을 테니까.

연무장에서 자랑하며 수련하던 진담휘의 모습은 꽤 많이 보았다.

이 초식은 상대의 심장을 노린다. 그것을 쳐 내면 자연스럽게 튕기듯 돌아서 목을 베는 절초였다. 물론 고수에게는 씨알도 먹히지 않겠지만 하수들은 상대하기 까다로운 초식이었다.

신입 표사들은 그런 진담휘를 보며 대단하다고 아부를 떨고는 했다. 그러나 천류영은 그럴 때마다 속으로 혀를 찼다.

비록 무공을 익히지는 않았지만 진담휘의 이 초식엔 결정적인 약점이 보였기 때문이었다.

튕겨 나갈 것을 예상한 초식이라 힘을 많이 주지 않는다. 그렇기에 속도도 느렸다.

대신 동작을 크게 해 위압적인 느낌을 주어 상대가 질겁하게 만드는 속임수를 취한다.

심장을 노리고 들어올 때 왼쪽 옆구리와 하체 전부가 무방비다. 그리고 튕긴 다음엔 오른쪽 겨드랑이와 가슴이 빈다. 적어도 자신은 그게 빤히 보였다.

천류영은 예상한 검로로 들어오는 진담휘의 칼을 쳐 냈

다. 그러자 진담휘가 씩 웃으며 튕겨 나가는 검을 허공에서 돌려 천류영의 목을 노렸다.

푸욱.

진담휘의 눈이 커졌다. 자신의 칼은 아직 천류영의 목과는 거리가 있었다. 그런데 왜 놈의 칼이 자신의 가슴에 박혀 있는 거지?

전신에 힘이 쑥 빠져나갔다. 진담휘는 무릎을 바닥에 쿵하니 찍고는 천류영을 올려다보았다.

"어떻게?"

"네 아버님을 향한 내 최소한의 도리로 널 직접 상대했다. 왠지는 모르겠지만 그냥 죽이라고 명을 내리고 끝내는 건 좀 비겁한 것 같아서."

진담휘의 입에서 핏물이 울컥 쏟아졌다.

"어, 어떻게? 네놈이 나를."

그는 여전히 천류영 따위가 자신을 이리 만든 것이 믿겨지지 않았다.

"처음 있는 일도 아니잖아."

"쿨럭, 그래도……."

진담휘의 눈에서 생기가 빠르게 흩어졌다. 천류영은 담담하게 말했다.

"네 검에는 진심이라고는 하나도 없으니까. 정말 네 검은 너무 천박했거든."

진담휘의 몸이 부르르 떨렸다. 죽어 가는 순간까지 모욕을 당함에 이가 갈리는 심정이었다.

천류영은 검파를 놓고는 돌아섰다. 그러자 근처까지 당도한 모용린이나 한추광이 입을 쩍 벌리고 있는 것이 눈에 들어왔다.

모용린이 정신을 수습하고 물었다.

"처, 천 공자는 무공을 익힌 적이 없다고 하지 않았나요?"

"예."

"……."

그때 진담휘의 신형이 옆으로 기울더니 쓰러졌다. 마침내 숨진 것이다. 천류영과 진담휘의 길었던 악연이 끝나는 순간이었다.

천류영은 자신에게 쏟아지는 황당하다는 시선을 피하고 싶다는 듯이 앞으로 걸었다. 그러자 풍운이 달려와 옆으로 붙었다.

"형님 괜찮아요?"

첫 살인의 후유증은 누구라도 크다. 무림에서 태어나 무림인으로 산 사람일지라도.

풍운은 천류영의 안색을 살폈다. 그러나 천류영은 담담한 기색으로 고개를 끄덕였다.

"대낮이지만 술 한잔 할까?"

"예, 그러죠."

천류영은 잠시 발을 멈추고 구위를 보았다.

"당신도 함께하겠소?"

구위가 빙그레 웃었다.

"영광입니다."

천류영은 시선을 옮겨 파호 영감을 보고는 미소 지었다.

"곧 자리를 만들겠습니다. 그때 다 같이 모이죠."

파호 영감이 고개를 세차게 끄덕이며 답했다.

"그, 그러게. 아니, 그러십시오."

여드름 많은 막내도 말했다.

"예, 형님. 편한 대로 하십시오. 저희는 아무래도 괜찮습니다."

파호 영감과 막내가 주변 무림인들의 눈치를 보는 모습을 보며 천류영은 지그시 입술을 깨물었다.

그리고는 발을 다시 앞으로 힘차게 내디뎠다. 표국의 정문을 빠져나가는 그의 좌우로 풍운과 구위가 따라붙었다.

사람들은 그런 천류영의 뒷모습을 멍하니 바라보았다. 아직도 천류영이 진담휘와 싸운 장면이 머릿속에서 떠나지 않았다.

확실히 천류영의 칼을 잡는 법이나 동작은 매우 어설펐

다. 그러나 단 한 번의 공격으로 진담휘의 심장에 칼을 찔러 넣는 순간의 집중력은 놀랍다 못해 믿기 어려웠다.

연무장에 있는 사람들 중 고수일수록 천류영을 바라보는 눈동자가 격하게 흔들리고 있었다.

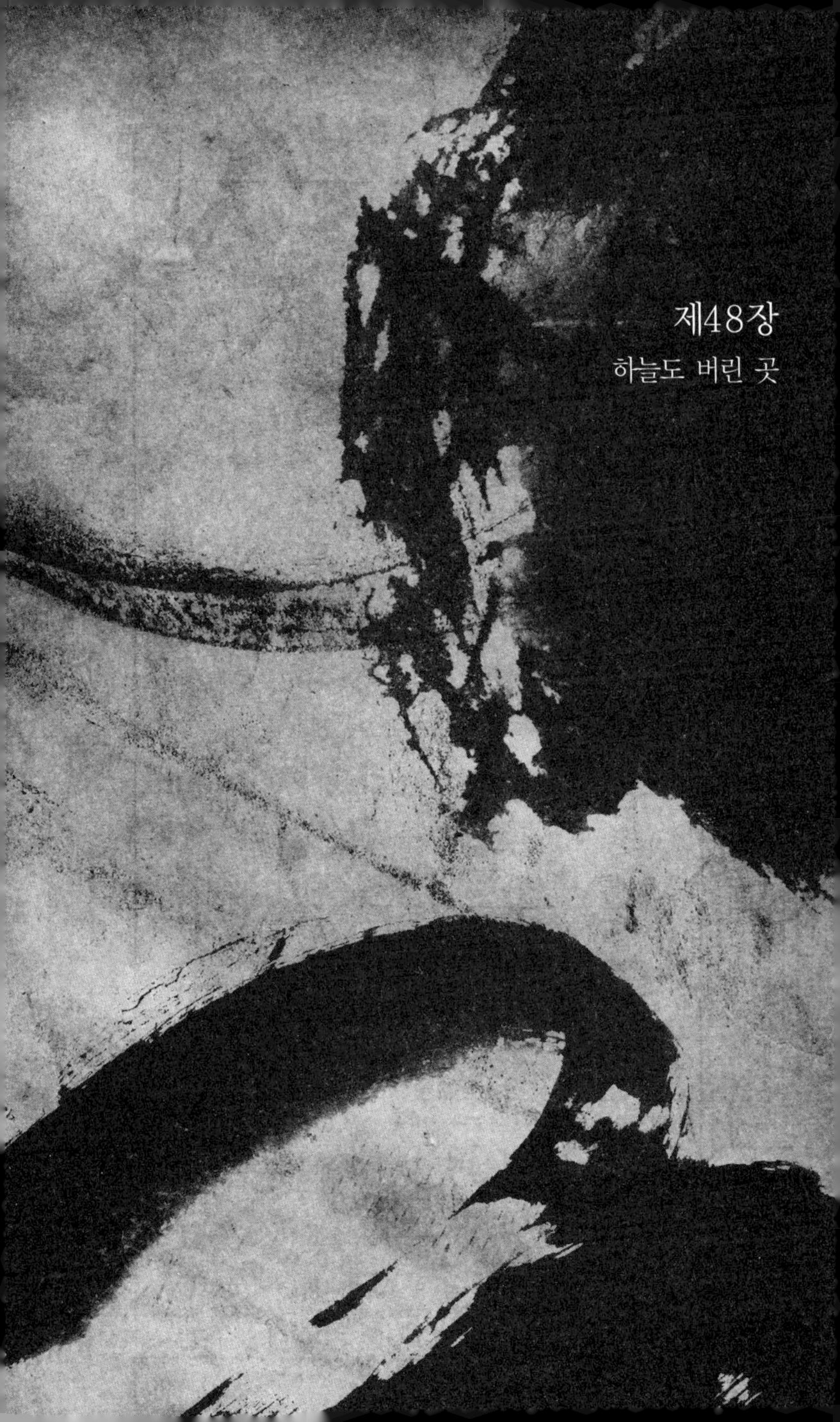

제48장

하늘도 버린 곳

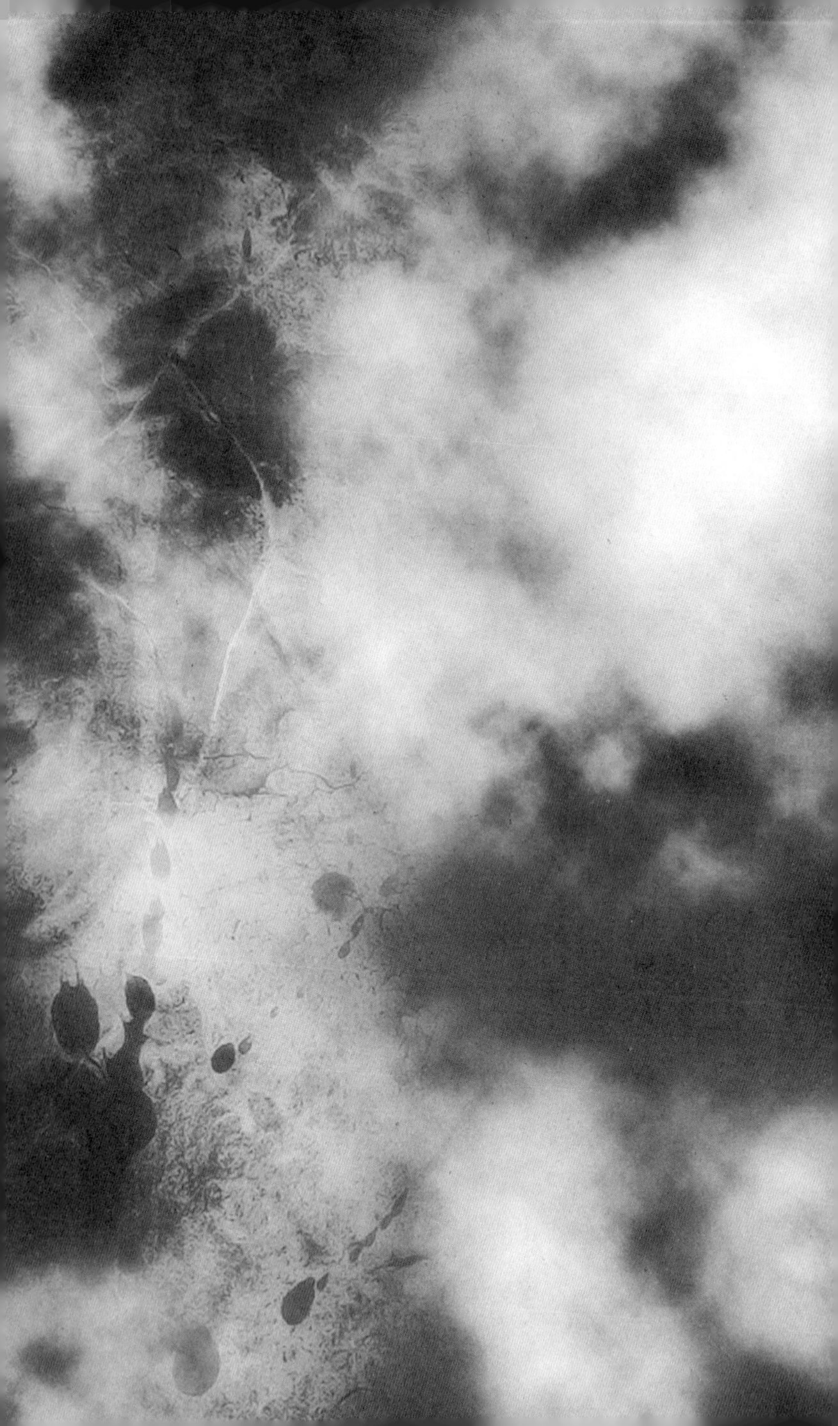

1

연일 이어지는 따스한 봄볕에 더해 이틀 전 새벽에 내린 비로 후원의 꽃들은 싱그럽게 만개했다. 초로인은 집무실 의자에 앉아서 열린 창밖의 후원 풍경을 물끄러미 보았다.

톡, 톡, 톡…….

그의 손가락이 천천히 움직이며 책상을 두드렸다.

시간은 천천히 흘렀다.

만약 초로인이 계속 책상을 두드리지 않았다면 따뜻한 날씨에 낮잠이라도 자는 것으로 보였으리라.

그는 그렇게 태사의에 몸을 묻고는 손가락 외에는 꼼짝도 하지 않았다.

톡, 톡, 톡…….

그 두드림이 어느 순간 끝났다. 그리고 이어져 나오는 깊은 한숨.

"휴우우우, 내가 오판했어. 하지만…… 설마하니 사람의 통찰력이 그 정도에 다다를 수 있을 줄은……."

자책 어린 음성이 그의 잇새로 흘러나왔다.

무림맹 총군사, 제갈천.

그는 다시 깊은 한숨을 뱉었다. 그러자 키득거리는 소리가 그의 옆에 자리한 원탁에서 나지막이 터져 나왔다.

"크크큭. 뼈아프시겠습니다, 총군사."

중년 남자의 음성.

그는 의자에 몸을 푹 기댄 채, 두 다리를 원탁 위에 두고 있었다.

꽤나 삐딱한 자세다.

무림맹주인 검황 단백우도 제갈천 앞에서 이런 자세를 취하진 못한다.

그러나 그는 했다.

그가 무림맹의 좌군사(左軍師)라서가 아니었다.

숨겨진 직책이 비원(秘園)의 명을 전달 및 수행하는 총사이기 때문이었다.

비원.

아주 오래전, 정파의 명숙 중 일부가 만든 비밀 조직으로 알려져 있다.

아니, 정확히 말하면 비밀 조직이 아니다. 무림인이라면 대부분 그 존재를 알고 있으니까. 또한 비원의 회원 중 절반을 세인들은 이미 알고 있으니 말이다.

회원 수는 불과 열둘로 알려져 있다.

그러나 이 열두 명이 있는 비원에 의해 세상의 많은 것들이 정해진다는 말이 세간에 떠돌았다. 다만 그들이 정확히 무슨 일을 하는지 세상이 모를 뿐이다.

그저 친목을 도모하는 단체라고 말하는 사람도 있고, 문파 간 분쟁이 있을 때 중재하는 곳이라는 말도 있었다.

칠백 년 전, 무림맹을 탄생시킨 핵심 인사들이 비원이라는 풍문도 있었다.

그리고 일부 음모론자들은 그들이 무림맹 뒤에 숨어서 사실상 무림맹을 지배하며 천하 무림을 경영하고 있다는 주장도 했다.

중요한 건 온갖 억측만 떠돌 뿐, 그 어떤 것도 확실하게 규명된 것이 없다는 점이다.

그럼에도 일부 무림인들은 이 모호한 조직인 비원을 가끔 술자리에서 언급했다.

왜냐하면 회원 중 알려진 여섯 명. 그들 중 다섯이 정파 십대 고수에 속했기 때문이었다.

그래서 사람들은 남은 다섯 명의 십대 고수에게 혹시 비원이 아니냐는 질문을 던지고는 했다. 하지만 그들은 손사래를 치며 부인했다.

제갈천은 고개를 옆으로 돌려 그를 향해 말했다.

"물론 뼈가 아프네. 하지만 다시 과거로 돌아간다고 해도 나는 똑같은 결론을 내렸을 것이네. 또한 똑같은 명을 내렸을 것이고."

중년인은 어깨를 으쓱하고는 들고 있던 서찰을 원탁 위로 팽개쳤다. 그 원탁은 무수한 서찰과 서류로 가득했다. 그 대부분은 모용린이 보낸 것이었다.

"그랬겠지요. 그리고 지금처럼 빙봉과 백호단, 현무단을 무림서생에게 바치고 한탄하고 있겠지요. 안 그렇습니까? 총군사 나으리."

그의 이어지는 무례한 언행에 제갈천은 어금니를 깨물었다. 하지만 속으로 노염을 삭였다.

이런 건방진 모습을 하루이틀 본 것도 아니었다. 대외적으로 그는 자신에게 깍듯했지만 이렇게 둘만 있는 자리에서는 거드름을 피웠다.

좌군사가 말을 이었다.

"어디 그뿐입니까? 사천 무림의 방파들은 이제 무림서생에게 홀딱 빠져 있습니다. 원래라면 본맹이 구원의 동아줄이 되어야 하는데 겨우 스물다섯의, 그것도 뒷배도 하나 없는 천한 출신의 풋내기에게 말입니다. 이게 무슨 개망신입니까?"

"입이 열 개라도 할 말이 없네."

"크크큭, 어쨌거나 아쉽게 되셨습니다. 당문을 끌어들인 공로로 비원의 회원이 될 자격에 성큼 다가섰는데 모두 물거품이 되어 버렸으니 말입니다."

좌군사의 비아냥에 제갈천이 입술을 잘근잘근 깨물다가 대꾸했다.

"솔직히 자네도 무림서생이 천마검을 저지할 것이라고는 예상 못하지 않았나?"

그 질문에 좌군사가 말문이 막혀 눈살을 찌푸렸다. 그제야 제갈천은 처음으로 엷은 미소를 머금었다.

"그리고 빙봉이 무림서생에게 붙었는지 여부는 아직 선부른 판단이네."

좌군사가 혀를 찼다. 뿐만 아니라 발을 휘이 저어 원탁 위의 보고서들도 찼다.

"이 서찰들을 보고도 그런 말씀을 하시는 겁니까? 그녀는 총군사께서 내린, 무림서생을 파악하라는 명에 일체 아무것도 쓰지 않았습니다. 그저 무림서생이 세운 공만 나열했어요."

"……."

"중요한 건 무림서생이 우리와 함께 갈 수 있는 사람이냐는 것인데 그것을 빠트렸습니다. 왜겠습니까? 무림서생이 우리와 다르다는 것이죠. 그리고 이건 빙봉이 무림서생을 보호하기 위해 그 사실을 숨긴다는 뜻입니다."

제갈천은 콧잔등을 문지르며 눈을 빛냈다.

"바로 그 점이 이해가 가지 않는다는 말이네. 빙봉 그 아이가 왜 무림서생을 보호하려는 것인지. 보고서를 이런 식으로 작성하면 우리가 그녀의 속셈을 간파하지 못할까?"

"……."

"아니네. 빙봉은 멍청한 아이가 아니야. 우리를 등지면 파멸뿐이란 것을 모를 아이가 아니란 말이네."

좌군사는 잠깐 침묵하다가 말했다.

"모르지요. 방금 총군사께서 하신 말씀을 빙봉이 노렸을지도."

"그런 식으로 생각하면 끝이 없네. 불확실한 의심은 또 다른 의심만 낳는 법이지."

좌군사는 '쳇!' 하며 입맛을 다시고는 물었다.

"그래서 하고 싶은 말의 요지가 뭡니까?"

"어쩌면 빙봉은 아직 무림서생의 실체에 대해 접근하지 못한 것일 수도 있어. 그래서 있었던 전투 내용만 줄줄이 보고한 것일지도 모르지."

사실 확률이 높은 얘기는 아니었다.

빙봉이라면 사람의 속내를 간파하는 건 어렵지 않게 할 능력이 있었다. 그런 생각을 하는 좌군사를 향해 제갈천이 말했다.

"무림서생은 진짜네. 나조차 무림서생의 머릿속을 들여다 보고 싶은 심정이야. 보고서들을 읽었으니 자네도 충분히 느끼고 있잖나? 나는 그것을 읽는 내내 무림서생이 제갈공명의 현신일지도 모른다는 망상까지 했다네."

"……."

"그러니 빙봉도 그를 제대로 파악하는 데 애를 먹고 있는 건지도 모르지. 무림서생이 사천에서 보여 준 두뇌라면 사람을 속이는 건 일도 아닐 테니까."

좌군사는 삐딱하게 앉은 자세를 유지하며 손깍지를 꼈다. 그리고는 눈을 감고 침묵하다가 입을 열었다.

"뭐, 일단 빙봉이나 무림서생을 향한 판단은 잠시 보류해도 나쁘지 않겠지요. 지금 그것보다 중요한 건, 사천 무림에서 전쟁이 장기화되게 하려던 우리의 원래 목적이 실패했다는 겁니다."

제갈천은 다시 콧잔등을 문질렀다.

"마교와 흑천련의 선봉이 깨졌을 뿐이지. 그들의 본대가 결국 다시 올 거네."

천마검과 마교주가 분열한 것을 알고 있었다. 그러니

서로의 세력이 충돌할 터, 어느 정도의 시간은 걸릴 것이다.

좌군사가 고개를 주억거렸다.

"압니다. 그렇기에 윗분들이 참고 계신 것이지요. 명심하십시오. 가뜩이나 개나 소나 패왕의 별이 되겠다고 호시탐탐 기회를 노리고 있습니다. 하지만 총군사께서도 알고 계시듯이 패왕의 별은 늘 떠 있었습니다. 바로 비원이지요."

"잘 알고 있다네."

"비원이 안전판이 되어서 강호의 유구한 역사를 지켜왔어요. 지금 그걸 사방에서 승냥이들이 노리고 있는 겁니다. 분수도 모르는 승냥이들이 헛된 꿈을 꾼다면 판을 깔아 줘야지요. 숨어 있는 놈들이 하나둘 다 기어 나오도록."

"……."

"뭐. 일단 그렇다는 겁니다. 그나저나 무림서생은 어떻게 할 겁니까? 그가 사군사 자리를 수락했다고 들었는데."

결국 다시 무림서생으로 대화가 돌아왔다. 일단 보류하자고 했지만 허투루 넘길 사안이 아니기에.

어쨌거나 골치 아픈 일이었다. 마교의 간자라고 확신하고 제안한 것이었는데 간자가 아니었다.

그렇다고 무림서생이 백현각의 사군사로 들어오는 것을 방관한다면 그가 봐서는 안 될 기밀을 보게 될 가능성이 있었다.

그의 성향조차 파악하지 못한 지금 그것은 위험천만한 일이었다. 물론 꼼꼼히 방비를 하겠지만 그가 보여 준 두뇌를 생각하면 조심, 또 조심할 필요가 있었다.

"일단 그는 무림인으로서 살아가기 위해서 준비할 시간을 요청했네."

"무림인으로 준비할 시간요? 무슨 준비를 한단 말입니까?"

좌군사가 의아한 표정으로 묻자 제갈천이 쓴웃음을 깨물었다.

"주변 정리할 시간도 필요하고…… 무림에 대해 아는 게 너무 없어 공부를 하면서 무공을 조금이라도 익히고 싶다고 했다네."

제갈천의 말에 좌군사가 잠시 멍한 표정을 지었다가 웃음을 터트렸다.

"크크큭, 큭큭큭. 그거 진짭니까? 스물다섯에 무공에 입문하겠다는 그 거짓말 같은 말이?"

"……."

"크크큭, 재미있는 녀석이군요. 하긴 어느 한쪽이 지나치게 특출 나면 다른 쪽으로는 멍청한 놈들이 많지요."

"글쎄, 나는 그렇게 생각하지 않네."

좌군사가 손깍지를 풀고 제갈천을 직시했다.

"그럼 총군사께서는 어떻게 생각하시는 겁니까?"

"사천 무림의 문파들을 더욱 자신의 손아귀 안에 단단히 움켜쥐기 위해 작업하려는 것이 아닐까?"

제갈천의 판단에 좌군사의 눈에 이채가 스쳤다.

"흐음, 과연 총군사이십니다. 그게 훨씬 설득력이 있군요. 무공을 익힌다는 핑계로 시간을 벌고 자신의 세력을 공고히 한다라……. 생각보다 더 골치 아픈 녀석일지도 모르겠군요."

제갈천은 동의하는 낯빛으로 말을 받았다.

"우리로서도 나쁘지는 않네. 우리 역시 시간을 두고 그 녀석의 행보를 지켜볼 수 있을 테니까. 그래서 성향을 파악해 우리 쪽이라면 끌어들이는 것도 나쁘지 않다고 보네. 그만한 머리라면 많은 도움이 될 테니까."

좌군사가 고개를 끄덕이며 소리 없이 웃었다.

"그렇게 된다면 더할 나위 없겠지요. 문제는 우리와 다를 경우지요."

"그렇지."

"흐음, 그렇다면 암살이 가장 확실하긴 한데……."

좌군사의 말에 제갈천은 정색하며 고개를 저었다.

"자네는 너무 과격하네. 자칫 실패하면 그 여파를 감당할 자신이 있는가? 가뜩이나 그의 인기가 하늘을 찌르는 마당에 말일세."

"인기라는 건 곧 사그라지는 법이지요."

"인기도 인기지만 사천의 문파들이 가만히 있지 않을 것이네. 그럼 우리끼리 싸우는 볼썽사나운 꼴이 벌어질 터인데…… 자존심 강한 비원의 명숙들께서 그런 상황을 용납하시겠나? 모두 진노하실 일이지."

비원이 진정으로 원한 건 독립성이 강한 사천의 문파들을 무림맹에 의지하게 만들려는 것이었다. 비원은 정파 간 다툼을 원하지 않았다. 그래 봐야 돌아올 명예는 없으니까.

정파 외의 다른 곳과 전쟁이 일어나고 그렇게 해서 많은 곳들이 무림맹에 그리고 실제로는 비원에 의지하는 세상. 그것이 그들이 꿈꾸는 것이었다.

좌군사는 입맛을 다시다가 물었다.

"그럼 무림서생이 우리와 다른 길을 간다면 어떻게 하실 겁니까?"

"그냥 무시하면 되지. 우리는 많은 이들을 그렇게 두잖나. 일일이 간섭하고 통제하는 건 어리석은 짓이네. 그랬다면 비원은 예전에 진즉 무너졌을 것이지. 힘이 있기에 아량을 베풀 수 있는 곳이 비원 아닌가?"

"제 말뜻은 그게 아니지 않습니까? 그가 우리가 가려는 길에 걸림돌이 되거나 우리의 대척점에 섰을 경우를 말하는 겁니다. 아량을 베풀 수는 있어도 이빨을 들이미는 짐승은 목을 날려 온 것이 또한 비원의 역사입니다. 명예를 지키기 위해서는 피를 두려워해서는 안 되지요."

"……."

"그놈은 단순히 무공이 센 고수가 아닙니다. 머리를 쓰는 놈입니다. 또한 그 머리로 세력을 만드는 인간. 불과 한 달 만에 사천의 정파들이 그에게 넘어갔다는 건 결코 무시할 수 없는 일입니다."

좌군사의 말마따나 그런 인간이 가장 무서운 자였다.

제갈천이 빙그레 웃었다.

"어쨌든 상대하는 방법은 같네. 힘이 센 놈은 힘으로 눌러 주면 되듯이 머리가 좋은 자는 제 꾀에 넘어가게 만들면 되네."

"……?"

"이번에 내가 내 꾀에 넘어가 사천 무림의 방파들을 녀석에게 바친 것처럼 말일세."

좌군사의 눈에 이채가 스쳤다. 제갈천이 자신의 무능을 계속 인정하는 것이 영 그답지 않아서였다. 그건 다시 말해서 무림서생에게 받은 충격이 그만큼 크다는 반증이었다.

제갈천은 쓴 미소를 머금고 말을 이었다.

"무림서생이 기존 질서를 부정하고 개혁을 꿈꾼다면 투철한 사명감에 불타겠지. 만약 그가 그런 인물이라면 제 무덤을 파게 될 거네."

"묘책이라도 있는 겁니까?"

"무림맹 절강 분타주."

좌군사의 눈이 화등잔만 해졌다. 그러나 그것도 잠시 그의 입에서 비릿한 소성이 터졌다.

절강 무림.

국지전이 끊임없이 일어나는 곳이다.

정파, 사파 그리고 왜구(倭寇).

"크크큭, 과연 총군사시군요. 그런데 무림서생이 받아들이겠습니까? 그 머리 비상한 놈이 순순히 죽을 자리로 갈까요?"

"상관있겠나? 가지 않으면 우린 그의 성향이 우리와 크게 다르지 않다는 것을 확인하는 계기가 되겠지. 그럼 시간을 두고 회유하면 되네. 반대로 받아들인다면…… 우리와 반대쪽일 터이니 그곳에서 죽어 주면 되는 것이고."

좌군사가 손뼉을 치며 웃다가 말했다.

"정말 묘책입니다. 다만 사천의 문파들이 모두 반대할 겁니다. 가능하겠습니까?"

그의 말대로 사천의 정파들은 천류영을 그 지옥으로 보내려 하지 않을 것이다. 더구나 사천과 절강은 대륙의 정반대 쪽. 돕는 것도 여의치 않다.

"우린 강요하지 않네. 여러 가지 제안을 할 것이네. 그 제안 중에는 편안하고 출세가도를 달릴 수 있는 것들이 많이 있을 것이고. 선택은 무림서생이 하겠지."

"정말 이래서 제가 총군사님을 좋아할 수밖에 없단 말입니다. 하하하하……."

좌군사가 손뼉을 치며 대소를 터트렸다. 제갈천 역시 겉으로는 미소를 함박 머금었다. 그러나 그가 좌군사를 보는 눈은 차갑게 식어 있었다.

'품위라고는 모르는 천박한 놈.'

그런 제갈천의 생각을 아는지 모르는지 좌군사는 한참을 웃다가 말했다.

"어쨌든 비원에서는 무림서생에게 아주 후한 보상을 하라고 지시했습니다."

호의를 보이는 것이다. 천류영의 인기가 천하를 진동하는 이때 무림맹이 그에게 인색해서야 욕만 먹게 될 일이다. 쓸 때는 써야 한다. 그게 비원이었다.

또한 비원은 그렇게 해서 수많은 인재를 포섭해 왔다.

제갈천이 고개를 주억거렸다.

"무림맹에서 지불하는 사상 최고의 돈벼락이 그에게 떨어질 것이네."

좌군사가 비릿하게 웃고는 말했다.

"가난뱅이에게 그 엄청난 돈이 주어진다면……."

그는 말을 흐렸다가 눈을 빛내며 계속 말했다.

"사람은 의외로 잘 변하기도 하지요. 기대가 됩니다. 무림서생은 어떨지, 크크큭."

제갈천이 동조의 표정을 지었다. 기실 의지가 굳건한 많은 사람들도 결국 돈에 의해 타락한 것은 사실이니까.

2

진산표국 사태가 끝난 후 며칠 동안 천류영은 강행군이었다.

먹고 자는 시간을 제외하면 거의 대부분을 달리거나 근력 운동에 힘썼다. 그리고 저녁 두 시진 동안은 무림에 관한 지식을 모용린으로부터 배웠고, 그 이후로도 새벽까지 홀로 공부했다.

점심 식사를 가볍게 하고 연무장으로 나가려던 천류영에게 빙봉의 호위무사인 위충이 다가왔다.

"천 공자, 우군사께서 잠시 뵙자고 하십니다."

천류영은 의아한 표정을 지었다. 어지간한 일이라면 저녁에 어차피 만날 터이니 그때 말해도 될 텐데.

"지금요?"

"예."

"알겠습니다, 함께 가지요."

그가 모용린의 집무실로 들어가자 그녀가 손수 끓인 차를 다탁에 놓으며 반겼다.

"어서 오세요. 차 한잔 하자고 불렀어요."

천류영이 싱긋 웃고 그녀의 맞은편에 편하게 앉았다. 저녁마다 두 시진이란 시간을 함께 하면서 둘은 어느새 격식을 굳이 따지지 않을 정도로 가까워져 있었다.

"무슨 일입니까?"

"차 한잔 하자고 불렀다니까요."

"그 거짓말 진짭니까? 그러지 말고 용건을 말해 주십시오. 풍운과 구위 사범이 절 기다리고 있을 겁니다."

진산표국의 구위 보표.

그는 천류영에 의해 전격적으로 개인 사범이 되었다.

천류영의 그 결정에 수많은 사람들이 경악했다.

그라면 절정 고수에게 사사를 받을 수 있었다. 당장 곁에 풍운도 있었고 한추광도 있었다.

어디 그뿐이겠는가?

천류영에게 도움을 받은 문파들이 소매를 걷어붙이고 도울 준비를 하고 있는 상황이었다.

그런데 작은 표국의 보표를 무공 사범으로 원하다니.

구위조차 말도 되지 않는 황송한 일이라며 덜덜 떨기까지 했다.

그러나 천류영의 고집은 누구도 말릴 수 없었다. 구위가 도망가려고 하자 무릎까지 꿇은 것이다.

진퇴양난에 빠진 구위는 결국 천류영의 요청을 받아들일 수밖에 없었다. 무림서생이 무릎까지 꿇었는데 거절했다가는 무슨 욕을 먹을지 모르기에.

모용린은 천류영을 특유의 차가운 눈빛으로 주시하다가 알 수 없는 사람이라는 표정을 지었다.

"구위 보표가 정말 천 공자에게 필요한 사람인가요?"

"그 얘기는 이제 그만하죠."

천류영이 지겹다는 표정을 지으며 일어날 기미를 보이자 모용린이 냉큼 화제를 돌렸다.

"세 가지 용건이 있어요."

"……."

"첫째! 아, 말하려니까 조금 화나네요. 진산표국과 흑룡관의 일을 모조리 저한테 밀어 놓은 건 좀 심하지 않나요?"

그녀의 차갑고 신경질적인 볼멘소리에 천류영이 뒤통수를 긁적였다.

"그건…… 빙봉을 믿으니까. 그리고 그런 일처리는 저보다 빙봉이 훨씬 빠르고 정확하게 처리해 줄 것 같아서……."

"말이라도 못하면 밉지나 않죠."

"하하하, 미안합니다."

"됐어요. 천 공자가 진산표국의 새로운 국주로 천거한 진일수를 찾았어요. 낙양상단에서 서기로 일하고 있었더군요."

천류영이 반색했다.

"벌써요? 대단하군요."

천류영은 진심으로 감탄했다. 무림맹의 정보망이 뛰어나다는 것은 알고 있었지만 이 정도일 줄은 몰랐던 것이다.

진일수.

진산표국, 전대 국주의 서자였다. 원래 그는 진산표국에서 천류영과 함께 일을 했었지만 진담휘가 국주에 오르면서 쫓겨났었다.

"진일수 형님이라면 진산표국을 제대로 다시 일으켜 세울 겁니다. 군자라고 부를 수 있는, 정말 훌륭한 인품을 가진 분이지요. 능력도 출중한 분입니다."

모용린은 차향을 음미하며 엷은 미소를 지었다.

"사정을 들은 그 사람이 꼭 천 공자를 만나고 싶다고 전해 왔어요."

"예, 당연히 독고세가로 가기 전에 봐야지요. 제 출발을 조금 연기하더라도 꼭 뵐 겁니다. 정말 좋은 분입니다."

모용린은 차를 마시며 천류영을 응시했다.

"아깝지 않아요? 그냥 천 공자가 삼켜도 됐을 텐데? 충분한 명분이 있었는데."

천류영이 반박하려고 하자 모용린이 손사래를 쳤다.

"농이에요. 내가 도둑놈이냐는 말을 하려고 했죠?"

"풋, 이제 제 머릿속에 사시는군요."

"그는 천 공자와 동업을 생각하고 있더군요."

천류영은 놀라 눈을 휘둥그레 떴다. 그 모습에 모용린이 엷은 미소를 짓고 말을 이었다.

"그 사람 입장도 생각해 줘야 할 거예요. 이제 진산표국은 천 공자의 그늘에서 벗어날 수 없어요. 천 공자가 아무리 아니라고 해도 사람들은 그 생각을 떨쳐 낼 수가 없을 테니까."

"음……."

"진일수는 허울뿐인 국주가 되느니 천 공자와의 막역한 관계를 내세우는 게 앞으로 표국을 운영하는 데 더 낫다고 생각한 것이죠. 군자인지는 모르겠지만 똑똑한 사람이에요."

"……."

"어차피 천 공자도 성도에 다시 오면, 그때마다 진산표국에 들릴 생각이 있죠? 옛 동료들 보려고."

"예."

"그럼 진일수의 제안을 받아들이세요. 그건 그 사람을 위한 일이기도 합니다."

천류영은 잠깐 생각하다가 고개를 끄덕였다. 당분간 이름만 빌려주는 것도 나쁘지는 않겠다는 생각이 들었다. 차츰 시간이 지나면서 진일수 형님이 자리를 잡으면 자신은 자연스럽게 물러나면 될 일이었다.

"알겠습니다, 그렇게 하지요."

천류영은 차를 한 번에 절반을 마시고는 이맛살을 찌푸렸다. 너무 뜨거운 탓이었다. 그리고는 어서 다음 용건을 말해 달라는 표정을 지었다.

그 모습에 모용린이 질린 표정을 지었다.

"정말 다도(茶道)를 모르는 사람이네요. 제가 대체 몇 번을 말해요. 차를 마실 때는 여유를 가지고……. 관두죠, 소귀에 경 읽기지. 하지만 이 말은 꼭 해 주고 싶어요. 요즘 천 공자는 마치 팽팽하게 당겨진 실 같아요. 수면 시간이 한 시진 정도밖에 안 된다는 말이 돌던데, 사실인가요?"

천류영은 대꾸 없이 어깨만 으쓱거렸다.

"사실이군요. 그렇게 하루 종일 몸을 혹사하고 게다가 저녁부터 새벽까지 공부하고……. 과유불급이라고 했어요. 적당한 휴식도 취해야 능률이 오르는 법입니다."

"예, 명심하겠습니다. 그럼 두 번째 용무는 뭐죠?"

모용린은 고개를 절레절레 저으며 포기한 표정으로 질문을 받았다.

"제가 얼마 전에 했던 말 기억해요?"

"……?"

"상상, 그 이상의 보상을 받게 될 거라고."

그녀의 말에 천류영은 머쓱한 표정을 지었다. 사실 지금도 한 달 전에는 꿈도 꾸지 못했던 생활이었다.

하루 세 끼마다 하얀 쌀밥에 고기반찬이 나오는 것을 보면 여전히 적응이 되지 않았다.

이런 상황에서 독고세가나 이런 저런 문파에서 흘러나오는 얘기들이 있었다. 귀를 막아도 자연스럽게 자신의 귀에까지 들어오는 말들.

일 년에 만 냥을 받게 될 것이라는, 듣는 것만으로도 숨이 턱턱 막히는 이야기였다. 원래 자신이 벌던 수입의 이십 배가 넘는 금액이다. 그런데 문제는 이게 한 문파에서 지급될 액수란 점이었다.

당문이나 청성, 점창 등에서도 적지 않은 금액을 주려 한다는 얘기가 떠돌았다.

이게 소문이다 보니 천류영이 먼저 나서서 그럴 필요 없다고 말하기도 어려웠다.

자칫 그럴 생각이 없었다는 말이 돌아오면 그 무슨 개망신인가? 더 나아가 마치 돈을 요구하는 파렴치한으로 보이기 십상이었다.

그래서 천류영은 그냥 귀를 막고 자신의 일에만 열중하고 있었다.

모용린은 묘한 미소를 지으며 일어나 자신의 책상으로 걸었다. 그리고 서랍을 열어 하얀 봉투를 꺼내 돌아와 앉았다.

"사실 후할 것이라고는 예상했지만 저도 놀랐어요."

"그게 뭡니까?"

"무림맹에서 천 공자에게 보내는 선물이랍니다. 상당한 금액이 적혀 있는 전표. 저도 사람인지라 금액을 보고는 '그냥 이걸 가지고 튀어?' 라는 생각을 찰나지만 했을 정도예요."

"……."

"농이에요. 어쨌든 저는 여기에 많은 의미가 담겨 있다고 생각해요. 이걸 단순한 보상으로 생각하지 않았으면 한다는 뜻이에요. 유혹이죠, 아주 치명적인. 그래서 사실 걱정도 들어요."

천류영은 뜸을 들이는 모용린을 보면서 한 차례 심호흡을 했다.

"대체 얼마이기에?"

모용린은 봉투에서 전표를 꺼내서 다탁에 내려놓았다. 그리고 그 전표를 천류영의 앞으로 밀었다.

그 전표에 적힌 액수를 본 천류영은 잠시 멍해졌다.

실감이 나지 않았다. 입이 절로 떡 벌어졌다.

"시, 십만 냥……."

천류영이 고개를 들어 모용린을 보았다. 그리고 눈빛으로 물었다. 이게 진짜냐고?

모용린은 쓴 미소를 짓고 말했다.

"은자가 아니라 금자입니다. 황금 십만 냥."

"……!"

"은자로 이백만 냥이지요."

천류영은 머리가 어지러워졌다. 눈동자가 흔들렸다. 심장이 멈출 것 같았다. 얼추 계산해도 이 돈이면 일 년 동안 수만 명을 먹여 살릴 수 있는 엄청난 금액이었다.

그는 새삼 돈의 위력을 절감했다.

전쟁터에서도 흔들리지 않았다. 그런데 이 전표 한 장에 천류영은 정신이 가물가물해졌다.

천류영은 머리를 세차게 몇 번 흔들었다. 그리고 다시 전표를 보고는 입술을 잘근잘근 깨물다가 물었다.

"가짜 아닙니까? 혹시 장난치시는 겁니까?"

모용린은 소리 없이 실소를 뱉었다.

하지만 천류영의 지금 심정이 이해도 갔다. 자신조차 이 금액을 보고는 기함했으니까. 몇 번이나 잘못 본 것은 아닌지 확인했으니까.

"천 공자를 상대로 사기 치는 건 지금 천하인들을 우롱하는 것과 같아요. 정파인에게 명분과 체면은 목숨과도 같은 것임을 잊지 말아요. 특히나 정파의 구심점이라 할 수 있는 무림맹입니다."

"……."

"천 공자, 제 말 잘 들어요. 제 생각엔…… 이건 무림맹이 천 공자를 시험하는 겁니다. 한 사람을 파악하는 데 있어서 가장 쉽고 빠른 방법이 바로 돈이거든요."

"……."

"솔직히 지금 무공 수련하고 싶은 생각 안 들죠? 열심히 공부하려는 마음이 싹 가시죠?"

그녀의 물음에 천류영은 손을 들어 한 차례 얼굴을 쓸었다. 그리고는 턱을 손에 괸 채 침묵하자 모용린이 고소를 머금고 말했다.

"이 돈으로 인해 천 공자는 주변 사람을 괜히 의심하게 될 수도 있어요. 다가오는 사람들을 보면 돈을 노리는 건 아닐까라는 생각이 먼저 들 테니까. 그렇게 사람을 불신하고 돈만 믿게 되는 것, 전형적으로 돈으로 망가지는 사람들의 모습입니다."

천류영은 묵묵히 전표만 보았다. 잠시 기다리던 모용린이 다시 말했다.

"또한 이만한 거액을 준다는 의미는 천 공자를 경계하

고 있다는 걸 뜻합니다."

그제야 천류영이 고개를 들어 모용린을 직시하며 물었다.

"경계요?"

그녀는 안도의 한숨을 삼켰다. 방금 전 흔들리던 천류영의 눈동자가 다시 평소로 돌아왔기 때문이었다.

가슴속은 어떨지 몰라도 적어도 신색은 회복한 것으로 보였다. 그녀는 고개를 끄덕이며 답했다.

"예. 지금 세인들에게 천 공자의 인기는 정말로 대단해요. 그걸 돈으로 희석시키려는 의도도 있는 거예요."

천류영의 입가에 묘한 미소가 피어올랐다.

"이렇게 어마어마한 보상을 받으면 시기하는 사람들도 많이 생길 것이라는 뜻이군요."

"맞아요. 어쨌든 이런 거액의 보상은 무림맹 칠백 년 역사 동안 처음이에요. 그건 그만큼 맹의 수뇌부가 천 공자를 주시하고 있다는 뜻이기도 하지요. 시험과 포섭 그리고 경계의 의미가 다 있다고 보면 맞을 거예요."

천류영은 다시 전표를 내려다보다가 피식 웃고는 말했다.

"사실 잘 몰랐는데 이 전표를 보니 새삼 유명인이 되었다는 것이 실감되는군요."

"……."

"잘 쓰겠다고 전해 주십시오."

천류영은 전표를 돌돌 말아 바지춤의 주머니에 넣고는 물었다.

"세 번째 용건은 뭡니까?"

그의 담담한 모습과 말투에 모용린은 잠시 말문을 잃었다.

이렇게 빨리 평상심을 찾을 것이라고는 예상하지 못한 것이다.

그녀가 천류영의 표정을 뚫어지게 살피며 물었다.

"오후 수련…… 계속할 건가요?"

"당연한 말씀을. 이미 늦었으니 어서 가야 합니다."

정말로 평상심을 찾은 건가? 벌써?

그녀는 묘한 호기심이 발동했다.

"그 전표 가지고 있으면 불편할 텐데. 저에게 맡기겠어요? 그럼 제가 천중전장(天中錢莊)에 천 공자의 이름으로 맡기죠."

천중전장.

천하의 돈을 이 할 가까이 가지고 있다는 거대 전장으로 그 휘하에 천중표국, 천중상단, 천중해운 등등 수많은 사업체를 가지고 있다.

비록 천대받는 상인 집단이나 가진 금력(金力)이 거대해서 어느 누구도 무시 못 하는 곳.

천중전장은 사람이 일정 규모 이상 모여 사는 도회지라면 흔하게 볼 수 있었다.

모용린이 말을 이었다.

"내키지 않으면 직접 하시고요. 어쨌든 그 전표를 지니고 다니는 건 불편할 거예요."

천류영이 주머니 속의 전표를 다시 꺼내 모용린 앞에 두었다.

"부탁 드립니다."

전혀 거리낌 없는 행동에 모용린은 피식 웃고 말았다. 돈의 유혹에서 정말 빠져나온 것이다.

"아! 생각해 보니 안 되겠네요. 이런 거액은 본인이 가야 해요. 그곳에 가면 천 공자의 용모파기를 자세하게 그릴 거예요. 그리고 그곳에서 패(牌)를 내줄 거예요."

"그렇습니까? 그런 건 잘 몰라서."

그러면서 다시 전표를 집어넣으려다가 고개를 저었다. 다시 전표를 내놓는 천류영.

"일단 빙봉께서 가지고 계십시오. 수련하면 땀에 젖을 테니까요."

모용린은 흥미로운 눈빛으로 물었다.

"흠, 이 돈으로 뭐할 거예요?"

"밥 사 먹을 겁니다."

"풋."

모용린은 손을 가리고 웃다가 고개를 절레절레 저었다.

"천 공자도 농을 할 줄 아는군요."

"진짠데……."

"재미있네요. 그리고 의외예요. 아무리 천 공자라도 며칠은 아무것도 못할 줄 알았는데."

천류영은 귀밑머리를 긁적거리며 대꾸했다.

"액수가 너무 큽니다."

"예?"

"금액이 너무 커서 놀라긴 했는데 실감이 잘 안 나서요. 차라리 백분의 일, 천분의 일을 주었다면 얼마간 마음고생을 했을지도 모르겠습니다. 이걸 정말 받아도 되나라고 말이죠."

모용린은 당황했다.

"그, 그게 그렇게 될 수도 있나요?"

"뭐랄까? 너무 엄청난 액수다 보니 이건 진짜 제 돈이 아니라는 생각이 들었습니다. 아니, 그렇게 쓰여야 할 것 같습니다. 이걸 제가 다 썼다간 천벌을 받을 것 같아요."

"……."

"어차피 죽을 때까지 펑펑 써도 다 쓰지도 못할 테고요."

그의 담담한 말에 모용린은 입술을 깨물었다. 웃음이 터져 나올 것 같았다.

무림맹의 수뇌부가 천류영을 흔들어 시험하려는 작전이 실패한 것이다.

그들이 지금 이 자리에서 천류영이 말하는 것을 들었다면 입에 거품을 물었을지도. 백분의 일, 천분의 일만 써도 됐을 것이라 한탄했을지도.

아무리 돈이 넘쳐 나는 무림맹이라고 해도 금자 십만 냥은 확실히 과했다. 물론 천류영을 시험하는 의미도 있지만 무림맹은 뭐했냐? 라는 비난을 피하기 위한 의미도 있다는 것을 안다.

그래도…… 과했다.

모용린의 웃음을 참는 표정에 천류영이 입맛을 다셨다.

"제가 통이 좀 작지요? 저도 몰랐습니다. 돈 앞에 이렇게 소심할지는……. 천 냥, 아니 백 냥만 하늘에서 떨어지면 소원이 없겠다고 빈 적도 있었는데."

그의 말에 모용린은 결국 웃음을 터트렸다. 이걸 총군사가 직접 봤어야 하는 건데.

"호호호. 아니, 아니에요. 그 반대지요, 호호호. 정말이지 천 공자는 사람의 예상을 뛰어넘는 능력이 탁월해요. 호호호."

그녀는 정말 오랜만에 크게 웃었다.

천류영은 쑥스런 얼굴로 그녀의 파안대소를 보다가 말했다.

"빙봉, 저 진짜 늦었습니다. 어서 마지막 용건을 말해 주시죠."

모용린은 고개를 끄덕이며 웃음을 멈췄다. 그리고 잠깐 심호흡을 하고는 정색했다. 어찌나 웃었던지 그녀의 얼굴이 붉어졌을 정도였다.

하지만 이내 평소의 차가운 신색이 얼굴에 드리웠다.

"사실 요즘 고민이 하나 있었어요."

천류영은 남은 차를 마시려다가 의아한 표정을 지었다.

"빙봉도 고민을 합니까? 저는 답이 척척 나오는 분인 줄 알았는데."

그의 농에 모용린이 살짝 눈을 흘기고는 말했다.

"총군사 입장이 되어서 생각해 보는 일이라서요. 천 공자가 사군사 자리를 받아들였으니 총군사께서는 어떻게 나올까 예상해 봤어요."

천류영 역시 찻잔을 다탁에 내려놓고는 정색했다.

그녀에게 이미 얘기는 들었다. 자신이 개혁적인 생각을 고수한다면 가장 먼저 총군사와 부딪칠 것이라고.

"말씀하십시오."

"누누이 말하지만 제가 천 공자를 돕는 건 여기까지예요. 이곳에서 헤어져 다시 무림맹으로 돌아가면 난…… 천 공자 편을 들 수가 없어요."

그녀는 말을 마치고 입술을 깨물었다. 사문을 생각해서

라도 다시 돌아가야 한다. 다시 총군사에게 잘 보이기 위해 일해야 한다.

그러나…… 그녀는 이제 예전과는 다를 수밖에 없음을 모르지 않았다.

이번 사천행은 너무 많은 것을 바꿔 버렸으니까.

그래도…… 다시 돌아가야 했다. 자신은 지켜야 할 것이 너무 많았다.

천류영은 고개를 끄덕였다.

"이해합니다."

모용린은 따스하게 말하는 천류영을 보며 묘한 기분에 휩싸였다. 한 번 쯤은 저번처럼 부탁할 줄 알았다.

도와달라고, 함께 하자고.

"천 공자, 당신…… 더 강해졌군요."

천류영이 빙그레 웃었다.

"아닙니다. 그저 누군가를 강요해서는 안 된다는 것을 깨달았을 뿐입니다. 빙봉은 빙봉의 자리에서 소중한 무언가를 지키기 위해서 열심히 산다는 것을 아니까요."

빙봉은 담담히 말하는 천류영을 말없이 바라보았다.

이 사람은 아직 모르고 있었다.

상대를 배려하고 스스로 홀로 선다는 것.

그것이 바로 강하다는 뜻임을.

그녀는 한숨을 삼키고 입을 열었다.

"제 사정을 이해해 줘서 고마워요. 그리고…… 이거 하나는 기억해 줘요."

"……?"

"제가 당신과 나중에 어떻게 얽힐지 몰라도…… 그래도 당신은 내 소중한 벗이라는걸. 이건 죽을 때까지 변하지 않을 것임을…… 기억해 줘요."

천류영은 환하게 미소 지었다. 그리고 찻잔을 술잔처럼 들어 올리며 말했다.

"당연하지요."

3

모용린은 한결 홀가분해진 표정으로 입을 열었다.

"좋아요. 그럼 본론을 얘기하죠. 제가 며칠간 머리를 굴린 결과 사군사 자리를 받아들인 천 공자에게 총군사가 내밀 가능성이 가장 높은 제안을 추려 봤어요. 주변 정리할 시간을 넉넉히 달라 했으니 아직 먼 얘기겠지만 미리 생각하고 대비해 두는 것이 좋을 거예요."

그녀는 잠시 차로 목을 축이고는 일사천리로 말을 이었다.

"우선, 천 공자를 백현각으로 불러들일 수 있어요. 곁에 두고 지켜보는 건 흔하게 쓰는 방법이니까. 그리고 어쨌든 백현각의 사군사이니 그곳에서 일을 해 봐야 되지 않겠어요?"

"그렇겠군요."

"아니면 바로 무림맹 분타에 책사로 나아가 일할 수도 있고요. 천 공자는 이미 세상이 검증한 사람이니까 가능해요."

"……."

"이건 어느 지역이 되느냐에 따라 달라지기 때문에 조언을 다 하자면 며칠 밤을 새워도 모자랄 거예요."

"까짓 뭐 새지요."

천류영의 호기로움에 모용린이 소리 없이 웃고는 다시 차를 마셨다.

"물론 그럴 수는 있어요. 하지만 굳이 그럴 필요를 느끼지 않아요. 천 공자라면 어디서든 잘해 나갈 테니까."

"과찬입니다."

"그리고 결국 총군사에게 천 공자의 성향을 들킬 테니까. 그렇게 결론이 나니 딱히 제가 할 수 있는 게 없더군요."

천류영은 정색했던 표정을 풀고는 남은 차를 다 마시고 물었다.

"그럼 이 얘긴 왜 꺼낸 겁니까?"

"한 가지만 명심하세요."

"……?"

"표행으로 절강성에 가 본 적 있나요?"

그녀의 질문에 천류영이 찻잔을 내리다가 일시 멈췄다. 그리고 다시 움직여 찻잔을 놓고는 말했다.

"아뇨, 동남쪽으로는 강서성의 파양호까지만 가 봤습니다. 절강성으로는 모든 표국, 상단이 가길 꺼려 하지요."

"예, 맞아요. 그곳으로는 절대 가면 안 됩니다. 절강 무림은…… 지옥이에요. 이게 제가 천 공자에게 드릴 수 있는 최선의 조언이에요."

천류영은 묵묵히 고개를 끄덕일 뿐 아무 대꾸도 하지 않았다. 그러자 모용린이 말을 이었다.

"총군사는 천 공자를 판단하기 위해서 여러 제안을 할 겁니다. 그리고 절강성으로 파견할 안(案)을 끼어 넣을 공산이 커요. 만약 그렇다면 그 제안엔 달콤한 말들이 들어가 있을 겁니다."

"……?"

"천 공자의 뛰어난 능력을 모든 사람들이 두려워하는 절강성에 가서 펼쳐 보지 않겠는가? 피가 마르지 않는 그곳에서 도탄에 빠진 민초를 구해 보지 않겠는가? 다시 한 번 무림의 영웅이 되어 주겠는가? 뭐, 이런 식으로 말이죠."

천류영은 쓴웃음을 깨물고 빈 찻잔을 보며 말했다.

"민초를 구하는 게 아니라 돕는 거겠지요. 그리고 영웅이 되고 싶다는 생각은 한 번도 한 적 없습니다. 그건 저와 너무 어울리지 않아요."

그의 반박에 모용린이 어이없다는 표정을 찰나 지었다. 천류영의 말이 진심인 것을 안다.

하지만 저자에 회자되는 '사천의 영웅들' 중 가장 상석에 있는 사람이 바로 천류영이다.

그는 단순히 반짝 인기를 끄는 유명인이라고 생각하고 있었지만 세상 사람들은 그를 이미 영웅으로 부르고 있는 것이었다.

그녀는 찻병을 들어 천류영의 찻잔에 차를 따르고 말했다.

"어쨌든 제가 지금 한 말 잊지 마세요. 총군사가 내밀 제안에 절강성 행이 있다면 그것만은 고르지 마세요. 벗으로서 진심으로 하는 조언이에요."

천류영은 따뜻한 찻잔을 양 손바닥으로 감싸 쥐었다.

"예, 친구로 그런 조언을 한다니 허투루 들을 수 없군요. 알겠습니다. 잊지 않도록 하지요."

그는 조금 전과 다르게 차를 천천히 마셨다. 그리고 입술을 우물거리다가 말했다.

"그런데 빙봉. 만약 제가 사군사로 해야 할 일 중에서 마음에 드는 것이 없으면 어떻게 합니까?"

"다 좋은 제안들일 거예요. 편하고, 하루 종일 천 공자가 좋아하는 독서와 수련만 할 수도 있고, 높은 사람들과 인맥을 쌓을 수도……."

그녀는 말을 멈추고 한숨을 뱉었다. 그리고 천류영을 직시하며 말을 이었다.

"제가 바로 이런 점이 걸려서 말을 꺼낸 거예요. 아무것도 모르고 사람들에게 도움이 되겠다 싶은 절강성 쪽을 턱하니 선택할까 봐."

"……."

"그곳은 지옥이라고 했잖아요. 하늘도 버린 땅이에요."

천류영은 자신도 모르게 그녀의 말을 따라했다.

"하늘도 버린 땅……."

그 말이 가슴에 아프게 박혔다.

"예. 정파와 사파가 팽팽하게 대치하고 있는 곳이죠. 그사이에서 왜구가 득세하고. 휴우, 살인과 방화 그리고 약탈과 기아(飢餓) 등등, 얘기를 시작하면 끝이 없어요. 그냥 현세의 지옥이라고 생각하면 돼요."

"그렇게 심합니까? 위험하다는 소문을 들은 적은 있지만…… 그 정도일 줄은 몰랐습니다."

순간 모용린은 자신의 의도와는 달리 천류영의 눈빛이 반짝이는 것을 보았다.

그리고 천류영의 깊숙한 곳에서 숨 쉬고 있는 군신의

본능을 느꼈다.

전형적인 외유내강(外柔內剛).

이 사람은 약자에게 약하지만 강자에 강하다.

평화를 사랑하지만 피를 두려워하지 않는다.

소소한 행복을 꿈꾸지만 거대한 도전을 회피하지 않는다.

그녀는 쐐기를 박아야 할 필요성을 느꼈다.

"수많은 협객들이 절강 무림으로 들어갔어요. 하지만 결국 그들 전부가 죽거나 불구가 되어 도망쳤지요. 몇 년 전까지 구파일방과 맞먹는 영광을 누리던 태극문이 왜 무너졌는지 아세요?"

"……."

"절강 무림에 진출했다가 그리 된 거예요. 팔백의 최정예들이 하룻밤에 모조리 죽었거든요. 전공을 세울 싸움이라면 눈을 밝히고 찾는 무림맹주도 절강성 쪽으로는 눈길도 안 줘요."

천류영은 이해가 안 간다는 낯빛으로 고개를 갸웃거렸다.

"어떻게 그럴 수가 있죠? 무림맹에서 대군을 이끌고 가면 되지 않나요? 그래도 정파의 전성기라는 시대인데."

"절강 무림은 무림맹과 사파의 주축이랄 수 있는 사오주가 대치하고 있는 경계 지역이에요. 천 공자의 말대로 하면 정사 간 엄청난 전쟁이 시작된다는 뜻이죠."

천류영이 한 손으로 허벅지를 치며 나직한 탄성을 흘렸다.

"아! 그렇군요. 무림맹 입장에서는 마교, 흑천련이나 다른 세력들이 뒤통수를 노릴 것을 감안하지 않을 수 없겠군요."

"맞아요. 그리고 절강성의 가장 큰 문제는 적군과 아군이 모호하다는 점이에요. 복마전이죠. 아무도 믿을 수 없는 곳. 은자 몇 냥에 객잔의 숙수가 독을 타고, 기녀가 취객의 목숨을 끊어요. 거리에 있는 모든 사람들이 자객으로 돌변할 수도 있는 곳이란 말입니다. 더 나아가 절강 분타의 수하 무사들까지 배신할 수도 있는 데예요. 아니, 확실하게 간자들이 있어요. 그것도 적지 않게."

천류영은 놀란 눈으로 침을 삼키고는 살짝 진저리를 쳤다.

"무시무시한 곳이군요. 소름이 돋을 것 같습니다."

그 표정을 본 모용린이 그제야 한숨 돌린 얼굴로 말했다.

"대대적으로 공격해 평정할 수도 없고 지금처럼 무림맹 분타만으로 치안과 질서를 유지하려 하기엔 터무니없이 개판인 곳. 사파, 왜구와의 신경전과 소소한 싸움으로 결코 적지 않은 무사들이 공공연하게 혹은 쥐도 새도 모르게 죽어 나가는 곳. 한 마디로 정의하면 어떤 처방도 듣지 않는, 백약이 무효인 곳이죠."

"……."

"다시 말합니다. 총군사가 천 공자에게 내밀 제안에 절강성 행이 있다면 그건 무조건 빼세요. 내가 벗으로서 당신에게 하는 이 조언을 부디 흘려듣지 말아요."

천류영은 잠시 모용린의 눈동자를 가만히 바라보다가 싱긋 웃었다.

"예. 고맙습니다, 빙봉."

모용린은 비로소 입가에 옅은 미소를 지었다.

"생각보다 시간을 많이 빼앗은 것 같네요."

천류영은 남은 차를 입안에 탈탈 털어 넣고는 자리에서 일어났다. 그 모습에 모용린이 인상을 찌푸렸다.

"제발 차를 그런 식으로 마시지 말라니까요."

"아! 실수! 미안합니다."

천류영은 뒤통수를 긁적거리며 혀를 날름거렸다. 그 어린아이 같은 모습에 모용린도 화를 잇지 못하고 피식 웃었다. 그리고 입맛을 다시며 말했다.

"아니에요. 천 공자는 내가 함께할 수 없다는 말도 이해해 주었는데 이건 정말 좀…… 웃기네요. 고작 차 마시는 것 가지고."

천류영은 문가로 이동하며 손을 흔들었다.

"저녁에 보죠."

"그래요."

천류영은 집무실의 문고리를 잡았다. 그 모습을 보던 모용린이 고개를 갸웃거렸다.

문을 열고 나가야 할 천류영이 자리에 못이라도 박힌 듯 서 있었다.

모용린은 그런 천류영을 뚫어지게 보다가 입술을 잘근잘근 깨물었다.

알 수 없는 불길한 예감이 근질근질 뒷목을 타고 올라오는 기분이었다.

잠깐이지만 길게 느껴지는 정적.

모용린이 결국 입을 열었다.

"천 공자."

"……."

"무슨 할 말이라도 남았나요?"

천류영은 어깨가 들썩일 정도로 크게 숨을 들이마셨다가 내셨다. 그리고 고개를 돌려 모용린을 보았다.

"빙봉."

"……?"

"뭐랄까? 조금 슬프다는 생각이 떨쳐지질 않아서요."

모용린의 눈이 가늘어졌다.

"뭐가 말이죠?"

"하늘도 버린 땅이라는 말이."

"……."

"하늘이 버렸다고 같은 사람들까지 외면한다는 것이 옳은 걸까요?"

"……!"

"그곳도 분명 사람들끼리 사랑하고 혼인하고 아이가 태어나는, 이곳과 똑같이 사람 사는 세상일 텐데."

"천 공자……."

"그러니까 이렇게 한 명, 한 명씩 외면하다 보니까 그곳이 지옥이 된 건 아닐까라는 생각이 듭니다. 하늘이 먼저 버린 것이 아니라…… 사람들이 외면해서 하늘도 버린 것은 아닐까요?"

"……."

"빙봉. 저는…… 잘 모르겠습니다. 빙봉의 말만으로도 그곳에서 할 수 있는 것이 없다는 것을 충분히 알았습니다. 그러니까…… 그러니까……."

천류영은 입술을 꾹 깨물었다가 말을 이었다.

"이렇게 외면해도 괜찮은 걸까요?"

모용린은 대꾸하지 못했다. 그저 멍하니 슬픈 눈빛을 짓는 천류영을 바라만 보았다. 그러다 그 아픈 눈빛을 감당하지 못하고 눈을 감았다.

삐걱.

문이 열렸다. 그리고 천류영이 나가는 소리가 들렸다.
탁.
문이 닫혔다.
그럼에도 모용린은 눈을 뜨지 못했다.

밖으로 나간 천류영은 문가에 있는 호위, 위충뿐만 아니라 풍운과 구위를 보았다.

셋 모두 복잡한 심경이라는 표정이 역력히 드러난 얼굴이었다. 아마 안에서 한 얘기를 들은 것이리라.

천류영은 슬픈 기색을 털고 미소를 머금었다.

지금 해야 할 일은 수련이었다.

"늦었다고 여기까지 온 거야?"

풍운이 그런 천류영을 뚫어지게 보다가 씩 웃었다. 그 역시 지금 슬퍼하는 감정이 아무런 도움이 되지 않는다는 것을 알았다. 그래서 일부러 더 밝은 음성으로 대꾸했다.

"형님이 안 오시기에 알아보니까 이곳에 차 마시러 갔다고 해서 왔어요. 저도 한잔 얻어 마실까 해서요."

근래 풍운은 빙봉과 꽤 친해져 있었다.

"그래? 그런데 왜 안 들어오고."

"대화가 너무 진지한 것 같아서 들어갈 엄두가 나지 않더라고요."

천류영이 어깨를 으쓱하고는 귀밑머리를 긁적였다.

“어디부터 들었냐?”

“금자 십만 냥.”

“하하하, 나 부자다.”

“형님! 술 마시러 가요!”

“하하하, 안 된다. 수련해야지!”

천류영이 도망치듯 달리자 풍운이 뒤를 따랐다.

“제가 경공 펼치면 한순간에 잡히는 것 알죠? 당장 서요.”

“야, 나한테 지금 전표 없다. 빙봉에게 다시 맡겼다고.”

“내가 빌려줄 테니 이자 쳐서 갚아요.”

“와! 세상에 이런 억지도 있구나.”

“어디까지 도망치려고 그래요? 술 안 사 주면 절강성까지라도 쫓아갈 테니 알아서 해요.”

그 말에 천류영이 갑자기 뚝 멈췄다. 그리고 뒤돌아 지척까지 다가온 풍운을 보고 정색했다.

“쉽게 생각할 일이 아니야. 빙봉은 진심으로 날 걱정해서 한 조언이야.”

“어쨌든 형님은 기회가 되면 절강성에 갈 거잖아요.”

“이곳, 그러니까 독고세가나 사천의 많은 분들은 마교와 흑천련을 대비해야 하기에 절강성에 갈 수가 없어. 그곳과 여기는 대륙의 정반대."

"……."

"사방이 적인 곳에서 혈혈단신으로 일을 도모해야 한다는 뜻이지. 빙봉의 얘기처럼 그리 간단하게 생각할 문제가 아니야."

"혈혈단신은 아니죠. 형님과 저 둘이잖아요."

천류영은 입술을 꾹 깨물었다가 진중하게 물었다.

"진담이냐?"

풍운 역시 정색했다.

"농담하는 것으로 보여요?"

둘은 마주 보고 잠시 침묵했다. 그리고 이내 천류영이 빙그레 미소 지었다.

"만약 내가 거기에 가게 되고, 네가 그곳까지 따라와 준다면 거하게 사 주마."

풍운도 화답했다.

"약속한 겁니다."

"그래, 하지만 오늘은 수련이다."

"좋습니다, 하하하."

둘이 어깨동무를 하고는 아래층으로 내려가는 계단으로 사라졌다.

뭔가 엄청난 거래가 마치 장난처럼 순식간에 일어난 듯했다.

그 모습을 계속 지켜보던 구위는 자신도 모르게 손을 들어 가슴에 댔다.

먹먹함, 묘한 흥분 그리고 따스한 기분.

위충이 그런 구위를 보고 말을 건넸다.

"전염됐군요."

"예?"

구위가 당황해 묻자 위충이 엷은 미소를 지었다. 그리고 천류영이 사라진 계단 쪽을 보면서 말했다.

"천 공자와 있으면 심장이 종종 아픕니다. 전장에 있을 때는 끝없이 심장을 널뛰게 하고, 평소에는 이런 식으로 종종 심장을 쿡쿡 쑤셔 주거든요. 그러니 천 공자와 계속 지내면 오래 살지 못할 겁니다. 후후후."

위충의 농에 구위가 고개를 주억거렸다. 왜 분타의 사람들이 천류영을 보며 그렇게까지 존경의 눈빛을 짓는지 조금 더 이해한 기분이었다.

전장에서의 모습뿐만이 아니라 평소의 이런 모습도 크게 역할을 했으리라.

위충이 다시 물었다.

"그래도 좋지 않습니까?"

"……?"

"저런 분과 함께 있을 수 있는 순간이. 뭐랄까? 분명 천 공자께서 우리를 지휘하고 살렸는데…… 반대로 우리가 천 공자를 돕고 있다는 느낌도 들게 하거든요."

"……."

"그럼 내가 왠지 쓸모가 있다고 느껴집니다. 아주 귀한 사람처럼도 느껴지지요. 그런 기분 모르실 겁니다. 내가 지금 아주 잘하고 있다는 보람 같은 것이 마구 샘솟는 기분."

구위가 고개를 끄덕이며 그의 말꼬리를 받았다.

"저도 조금은 들여다본 느낌입니다. 그리고…… 그것만으로도 이미 빠져 버린 것 같군요."

"우리 천 공자님을 잘 도와주십시오."

평소의 구위라면 '제가 무슨?' 이라며 질겁했을 것이다. 하지만 지금은 달랐다.

"작은 도움이라도 꼭 드리고 싶군요. 열심히 하겠습니다."

구위는 당당하게 앞으로 걸었다. 그런 구위의 귀로 위충의 혼잣말하는 소리가 들렸다.

"천 공자께서 절강성에는 가시지 말아야 할 텐데, 그런 일이 벌어지면 안 되는데. 아무리 풍운 소협이라고 해도 겨우 두 명이…… 안 되는데."

진심으로 천류영을 걱정하는 것이 역력하게 느껴졌다. 구위가 눈을 빛냈다. 그리고 중얼거렸다.

"둘이 아니라 셋이 될 겁니다."

그가 계단으로 사라지자 복도에 홀로 남은 위충이 어깨를 으쓱대며 소리 없이 웃었다. 그는 내공까지 끌어 올려 청력을 높인 상태였다.

"나까지 넷이라네."

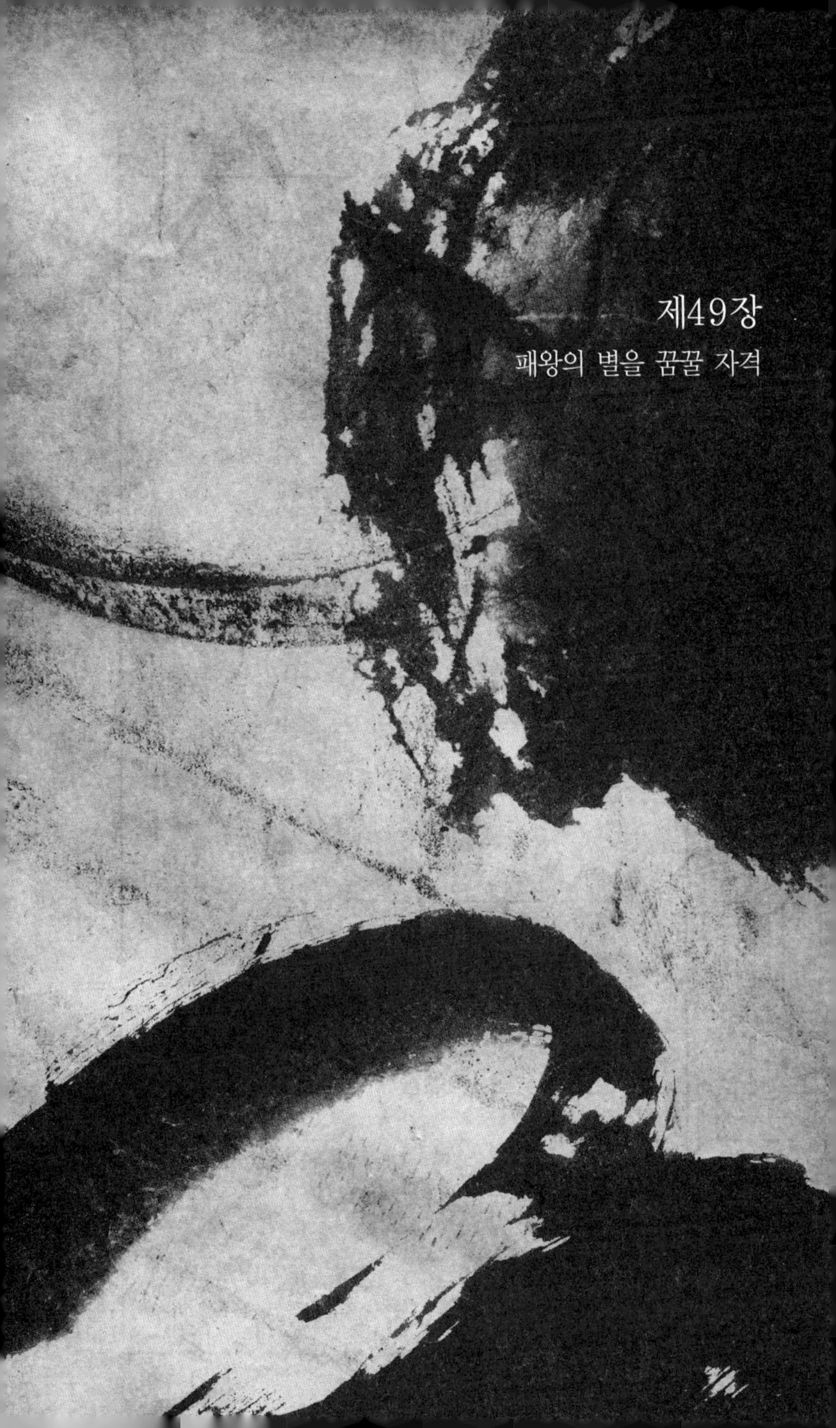

제49장

패왕의 별을 꿈꿀 자격

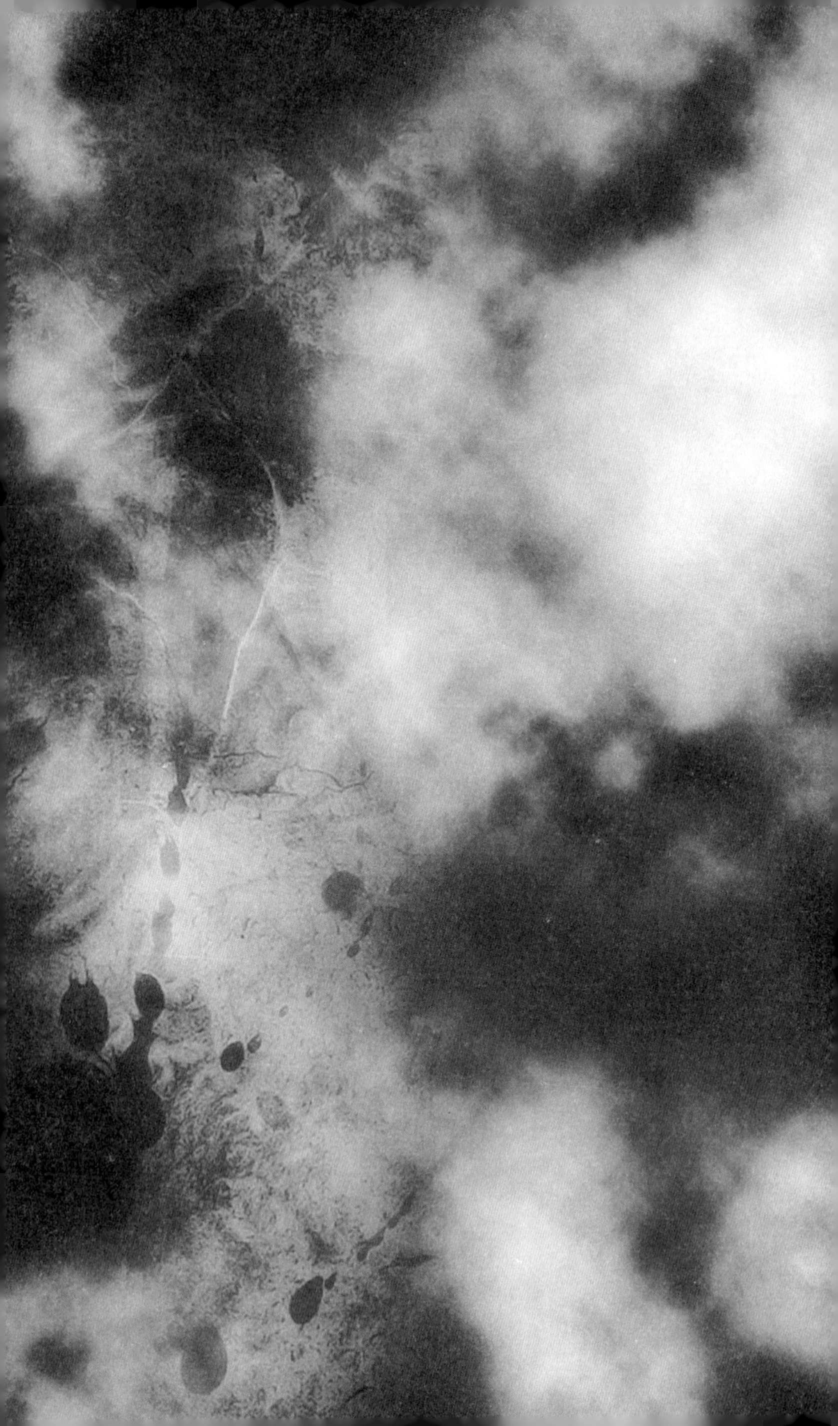

1

환청이다.

어디에선가 자신을 부르는 듯한 목소리들.

머리가 깨질듯 아팠다. 괴이한 환청과 더불어 전신에서 느껴지는 고통의 감각들이 두통을 더욱 악화시켰다.

백운회는 서서히 의식을 차리는 중이었다.

그는 여전히 눈을 감고 있었다. 그 감은 눈 위로 환상이 펼쳐졌다.

산 정상.

섬뜩한 이빨을 가진 강시견들이 달려들었다. 붉은 안광의 철강시들도 나타났다.

저주스러운 마물들이 갑자기 나타나 가뜩이나 지친 수하들을 물어뜯었다.

백운회는 태어나 처음으로 하늘을 우러러 기원했다. 자신이 부셔 버리겠다고 외친 그 하늘을 향해서.

한 번만, 딱 한 번만 봐달라고.

이곳에 있는 천랑대원들은 결코 이렇게 허망하게 죽으면 안 된다고.

그러나 하늘은 그런 백운회를 구경만 할 뿐이었다.

백운회는 남은 한 줌의 진기까지 끌어내며 칼을 휘둘렀다.

베고 가르고 또 베었다. 그러던 어느 순간 관태랑의 목소리가 들렸다.

"죄송합니다. 더 이상 버틸 수 없을 것 같습니다."

그 외침에 백운회는 고개를 뒤로 돌렸다. 뇌황의 피 묻은 칼이 햇살에 번쩍였다. 그 아래 관태랑이 쓰러져 있었다.

뇌황이 백운회를 보며 씩 웃었다.

"천마검, 잘 봐라. 너를 따르는 놈들의 최후가 어떤 것인지."

쇄애액.

뇌황의 칼이 허공을 갈랐다.

그 순간 백운회는 환상에서 깨어났다. 무의식 속에서

부유하고 있던 그가 의식을 차렸다.

번쩍.

그의 눈이 떠지면서 기광이 폭사했다.

백운회를 내려다보고 있던 배교의 부교주 환환이 '헉!' 소리를 내며 뒷걸음질을 쳤다. 그러다가 제 꼴이 민망했는지 이맛살을 찡그리며 헛기침을 해 댔다.

"흠흠, 뭔 놈의 사람 눈빛이……."

백운회도 미간을 찌푸렸다.

가물거리는 시야.

그건 아무래도 좋았다. 문제는 아까부터 괴이한 소리가 귓가에 이는 이명을 뚫고 파고들고 있다는 점이었다.

뭐랄까?

마치 머릿속을 철사로 꼭꼭 조이는 듯했다. 불개미 떼가 머릿속을 기어 다니는 듯싶었다.

백운회는 그 고통에 찰나 부르르 떨었다가 천천히 입술을 열었다.

"여긴…… 어디지?"

정말 나직해서 집중하지 않으면 듣기 어려운 음성.

환환은 다시 백운회 곁으로 다가와 말했다.

"저승이 아니고 이승이니 걱정하지 마라. 넌 아직 살아 있다."

백운회는 몸을 움직이려고 했다. 그러나 꼼짝도 하지

않았다. 그리고 이내 자신의 팔과 다리 그리고 허리가 쇠사슬에 묶여 고정되어 있음을 깨달았다.

"풀어라."

그의 말에 환환은 찰나 말문을 잃었다.

설마하니 이런 말이 나올 것이라고는 전혀 상상도 못한 것이다. 그는 멍한 표정을 지었다가 낮게 웃음을 터트렸다.

"크크큭, 크크크큭. 정말 명물이군. 풀라고? 그래, 곧 풀어 주지. 다만 노예의 맹약이 먼저다."

그는 고개를 돌려 백운회를 중심으로 앉아 있는 열 명의 교도들에게 명했다.

"의식을 차렸으니 본격적으로 시작하라."

명이 떨어지기 무섭게 주문을 외는 목소리들이 커졌다. 단순히 목소리만 커진 것이 아니다. 공력이 들어가기 시작한 그 음성은 일종의 음공(音功)이었다.

"바야옴나 사하울 자흐라니……."

백운회의 전신이 파르르 경련을 일으켰다.

숨 쉬는 것도 어려울 정도로 무지막지한 고통이 머릿속에서 일었다. 셀 수 없는 불개미 떼들이 뇌를 파먹는 듯했다.

"끄으으으윽."

그리고 배교도들의 주문은 백운회의 머릿속에서 활자화

되는 영상을 만들었다.

—복종하라.

—노예가 되어 평안을 찾아라.

—네 의식과 무의식으로 네 앞에 있는 분을 주인으로 받아들이고 섬겨라.

부들부들 떨리는 백운회의 얼굴이 삽시간에 시뻘겋게 변했다. 검은 동공이 사라지고 흰자만 남았다. 침이 입가를 타고 내려갔다.

그러길 일각. 그리고 이각.

뒤에서 지켜보고 있던 한사녀가 한숨과 함께 질린 표정을 지었다.

"환환, 더 이상은 버티지 못한다. 아니, 벌써 한계를 넘었어."

환환은 이를 악물고 억눌린 목소리로 답했다.

"그럼 네가 다시 깨우면 되겠지."

"이렇게 실신하면 다시 정신을 차리는 데 얼마나 걸릴지 몰라. 지금 천마검의 체력이 얼마나 바닥인지 모르는 건가? 이러다가 실신이 아니라 죽으면 네가 책임질 거야?"

환환은 이를 갈았다.

이건 정말이지 말도 안 되는 일이었다.

사지 멀쩡한 체력을 가진 인간도 이 저주술에는 반의

반 각도 버티지 못한다. 그 어떤 고수도 예외는 없었다. 그리고 천마검은 체력이 형편없는 상황이라 의지도 바닥일 것이다.

그런데 놈은 벌써 이각이 넘는 시간을 굴복하지 않고 버티고 있었다.

환환이 노염을 참지 못하고 버럭 소리를 질렀다.

"천마검! 말해라, 나는 노예라고!"

백운회의 몸에 있는 힘줄이 툭툭 불거져 마치 터질 듯 부풀어 올랐다. 그의 악문 잇새로 신음이 흘렀다. 코에서 혈흔이 비치고 눈의 실핏줄이 터졌다.

그렇게 시뻘겋게 변한 눈에서 피눈물이 흘렀다.

"끄으으으윽……."

"독한 놈. 당장 내가 너의 주인이라고 말해라! 그럼 고통은 사라지고 평안을 찾을 수 있단 말이야!"

한사녀는 손을 들어 이마를 짚고는 고개를 절레절레 저었다.

천마검도 믿기지 않지만 환환도 미친 짓을 하고 있었다. 마치 자존심 대결 양상으로 흐르고 있었다.

시간은 어느새 이각을 넘어 삼각을 향해 치달았다.

이젠 노예의 맹약을 하더라도 그 후유증을 생각해야 할 터였다. 주인의 명령을 제대로 이해하지 못하는 멍청한 놈이 탄생할 수도 있었다.

시간은 계속 흘렀다. 그리고 삼각을 넘어섰다.

주문을 외는 배교도들이 지쳐 식은땀을 비 오듯 쏟아냈다. 오히려 그들이 먼저 쓰러질듯 위태위태한 모습이었다.

한사녀는 도저히 지켜볼 수 없어서 앞으로 나섰다.

"환환, 당장 중지해."

여전히 세찬 경련에 빠져 있는 천마검을 쏘아보던 환환이 이를 악물었다.

"한사녀, 물러나라."

"당신이 책임질 거야?"

"……."

"책임질 거냐고 물었어!"

그때 백운회의 입술이 열렸다.

"나는……."

순간 환환이 주먹을 불끈 움켜쥐었다. 혼잣말로 나직하게 외치듯 속삭였다.

"됐어!"

백운회의 붉어진 흰자에 검은 동공이 서서히 내려왔다. 여전히 경련을 일으키는 그는 그 검은 눈동자로 환환을 직시했다.

"나는……."

"……."

"나는…… 천마검 백운회야."

"……!"

환환은 자신도 모르게 오싹함을 느꼈다. 한기가 몸을 덮쳤다.

천마검의 눈빛.

마치 그 안광만으로도 사람을 죽일 수 있을 것만 같았다. 숨까지 턱하니 막혔다.

한사녀도 입을 쩍 벌리고 백운회를 보다가 기가 막혀 탄식을 흘렸다.

"하아아, 이건 정말이지…… 말도 안 돼. 하, 하하하."

너무 비현실적인 상황을 목도하니 오히려 웃음이 나왔다.

쿵, 쿵쿵.

주문을 외던 배교도들 몇몇이 피를 토하고 쓰러졌다.

그렇게 주문이 멈췄다.

환환은 탈진한 교도들을 훑고는 다시 백운회를 보았다. 그의 불타던 눈빛이 차갑게 가라앉았다.

"좋아, 천마검. 인정해 주지. 너라는 놈, 패왕의 별을 꿈꿀 만한 자격이 있는 진짜 괴물이란걸."

백운회는 대꾸하지 못했다. 기절한 것이다. 그러나 환환은 이를 갈며 말을 이었다.

"그래서 반드시 널 갖는다. 갖고 말겠어. 그래…… 전설의 강시왕이 탄생하려면 이 정도는 되어야지. 그게 우리가 네놈을 선택한 이유기도 하고."

환환은 뒤돌아섰다. 그리고 한사녀를 잠깐 응시하다가 입구에 있는 수하를 향해 시선을 던졌다.

눈길을 받은 그가 고개를 숙이며 입을 열었다.

"하명하실 것이라도 계십니까?"

"교주님께 연통을 넣어야겠다. 상황을 설명하고 이동 장소를 옮겨야겠어."

"준비하겠습니다."

그가 밖으로 나가자 한사녀가 백운회에게 다가가 맥을 짚었다. 그리고 다행이라는 듯이 한숨을 내쉬고는 말했다.

"환환, 천마검을 강시왕으로 부리려면 이런 식으로는 안 돼. 이 인간…… 부러질지언정 굽힐 자가 아니야. 다른 방법을 고민해야 해."

"그 어떤 인간도 뇌를 갉아먹는 고통을 이겨 낼 수는 없다."

물론 환상이다. 그러나 당하는 사람은 실제와 똑같은 고통을 겪는다.

"예외가 있다는 것을 방금 보고는 무슨……."

환환은 그녀의 말허리를 끊었다.

"한 번뿐이었다. 이런 고통을 계속 극복할 수 있는 사람이 있다면 그건 인간이 아니야."

한사녀는 잠시 침묵하다가 물었다.

"그래도 계속 실패한다면?"

"태음산으로 갈 것이다. 그때까지는 지금처럼 시도해 본다."

절강성 태음산(太陰山).

대륙에서 사기(死氣)와 음기(陰氣)가 가장 짙은 장소로, 워낙 음침하고 숲이 울창해 사람들이 찾지 않는 산.

배교의 주문과 사술의 힘이 극대화되는 곳이다.

성공하면 충실한 노예로서의 강시왕이 탄생할 것이고 그곳에서도 계속 실패한다면 실성했을 인간 하나를 죽일 수밖에.

* * *

쾅!

거대한 주먹이 두꺼운 오동나무 탁자를 쪼갤 듯 내려쳤다. 아니, 실제로 오 촌(五寸:약 15㎝) 두께인 탁자에 금이 쩍쩍 번져 갔다.

그런데 그 주먹.

기형적으로 컸다. 예닐곱 살 먹은 아이의 머리통보다 더 큰 거대한 주먹이었다.

그 손의 크기와 걸맞게 사내의 덩치도 장대하다는 말로

는 부족할 지경이었다.

무려 팔 척에 가까운 거구.

치렁치렁한 흑발을 어깨 밑까지 드리운 그는 문가에 부복한 중년인을 보면서 이를 악물었다.

그의 잇새로 굵직한 음성이 흘러나왔다.

"방금 한 말, 다시…… 해 보아라."

부복한 중년인은 거구의 부리부리한 쌍 목에서 쏟아져 나오는 강렬한 안광을 감당하지 못하고 고개를 떨어트렸다.

"무상(武相). 천마검이 이끄는 마교와 흑천련의 선발대는 사천에서 패해……."

쾅!

다시 주먹이 탁자를 내려쳤다. 결국 오동나무 탁자는 거력을 견디지 못하고 주저앉았다. 탁자 위에 있던 찻잔들이 요란한 소리를 내며 깨져 나갔다.

잠시 정적이 흘렀다.

기다란 탁자의 좌우로 앉아 있던 이십여 노인들은 씁쓸한 표정으로 침묵했다. 보고를 올린 중년인은 말을 잇지도 못하고 방금 자신이 무상이라 부른 사내의 눈치만 살폈다.

무상, 손거문(孫巨門). 그의 나이 서른셋.

사오주.

사파의 다섯 기둥이라 불리는 천응문, 사룡문, 흑호문, 흑살궁, 고음교의 다섯 수장이 비밀리에 키운 제자다.

사파 최고수 다섯의 공동전인(共同傳人).

세상은 그의 존재를 모른다.

사오주 내에서도 극소수만이 알고 있었다.

타고난 신력과 근골. 게다가 그는 다섯 사부의 무공을 이 년 전인 불과 서른한 살 때 십성까지 익힌, 무공에 관한한 독보적인 천재이기도 했다.

세인들은 아직 모르지만 사파 무림 사상 전무후무한 고수의 탄생이었다.

손거문의 눈가가 파르르 떨렸다. 그리고 굵은 입술이 다시 열렸다.

"천마검. 마교의 살아 있는 전설이라더니 고작 사천 무림도 삼키지 못하고 패했단 말인가? 멍청한 새끼 같으니라고."

으드득.

그의 이 가는 소리가 섬뜩하게 허공에 울렸다.

사오주는 마교와 흑천련이 중원 무림을 혼돈에 빠트리길 원했다. 그럼 최후의 승자는 바로 자신들이 될 테니까.

그런 야심이 시작 단계에서부터 빗나가 버린 것이다.

그때 손거문의 옆 상석에 나란히 앉아 있던 여인이 입을 열었다.

"사형, 아직 보고는 끝나지 않았습니다."

색기가 끈적끈적 묻어 나오는 고혹적인 음성.

야월화(夜月華).

스물여덟 살, 사오주에서 문상(文相)의 직책을 가지고 있다.

그는 손거문과 다르게 노출되어 있었다.

사오주를 실질적으로 이끄는 인물. 정파에 천재 책사인 빙봉 모용린이 있다면 사파엔 문상 야월화가 있다는 말이 있었다. 그리고 그녀는 사파제일화(邪派第一花)로도 유명했다.

사파에서 가장 아름다운 여인.

그녀의 말에 손거문의 굵은 검미가 꿈틀거렸다.

"더 들을 필요가 있나? 마교와 흑천련의 수천 정예라는 것들이 사천 무림도 장악하지 못하고 패퇴했다고 말했잖아! 머저리 같은 것들."

짜증이 가득한 성난 음성이다. 그에 야월화가 진득한 미소를 머금었다.

"사형, 당장이라도 오만한 정파인들을 짓밟고 천하각지에 사오주의 깃발을 꽂고 싶겠지요. 하지만 영웅호걸이라면 때를 기다릴 줄 알아야 하는 법입니다. 숱한 인재들이 그 때를 기다리지 못해 역사의 뒤안길로 사라졌음을 잊지 마세요."

역시나 색기가 물씬 풍기는 음성이다. 그런데 그녀의 외모는 달랐다. 갸름한 얼굴에 반짝거리는 큰 눈, 그리고 백옥처럼 하얀 피부와 붉은 입술은 청순하기 그지없었다.

손거문은 답답하다는 낯빛으로 가슴을 치며 대꾸했다.

"때를 기다려라. 때를 기다려라. 너도 앵무새처럼 그 말만 반복하는구나. 대체 언제까지 그 때라는 것을 기다려야 한단 말이냐? 너는…… 혹시 정파가 두려운 게냐?"

야월화의 아미가 일그러졌다. 손거문이 그런 사매를 보며 다그쳤다.

"물었다. 너도 정파가 두려운 것이냐?"

"사형, 제가 두려워하는 것이 있다면 오직 사형뿐입니다. 사형만을 두려워하고 사형만을 존경합니다. 아시잖습니까?"

"내가 원하는 건 입에 발린 말이 아니다. 사매, 다르게 묻겠다. 너는 나를 믿지 못하는 것이냐? 나도 천마검이라는 멍청이처럼 정파에 당할 것이라고 생각하는 거냐?"

지켜만 보고 있던 노인들이 끼어들었다. 그들은 다섯 사파의 장로들이었다.

"무상, 그 무슨 황망한 말인가?"

"어느 누가 자네를 믿지 못한다고 그런 말을 하나?"

"문상의 말은 조금 더 확실한 때에 나서야 한다는 말이라네. 자신감과 자만은 다른 것이지. 누가 뭐래도 현 정파의 힘은 무시할 수 없네. 돌다리도 두드리며 건넌다고, 조심해서 나쁠 게 무언가?"

"이번 마교는 선봉이었을 뿐이야. 그들은 다시 올 것이야. 그런데 자네가 먼저 나서면 마교만 좋은 일 시켜 주는 꼴이 되어 버릴 것이네."

여기저기서 말들이 쏟아졌다. 손거문을 믿는다는 격려와 함께 문상의 말이 옳으니 잠시만 더 기다려 보자는 조언들이었다.

장로들이 일제히 나서자 손거문도 더 이상 반발하지 못하고 입술을 꾹 깨물었다. 야월화가 한숨을 쉬고 그를 향해 부드럽게 말했다.

"사형, 중요한 건 최후에 웃는 자가 되는 거예요."

"……."

"패왕의 별이 될 사람은 오로지 사형뿐. 저는 그 사실을 추호도 의심한 적이 없어요. 부디 가슴의 화를 삭여 나중에 분노로 폭발시키세요. 그리고 그날은…… 결코 멀지 않을 겁니다. 절 믿으시죠? 제 이름으로 약속 드립니다."

손거문은 팔짱을 끼고 침묵했다.

마치 작은 산이 금방이라도 용암을 분출할 듯한 느낌이 들게 하는 그였다. 세상 어느 누구라도 그 앞에 서면 압도되는 감정을 느낄 수밖에 없으리라.

야월화는 더 이상의 말은 무의미하다고 판단하고는 시

선을 문가로 던졌다.

"계속 보고하세요."

고개를 떨구고 있던 중년인이 다시 입을 열었다. 그리고 그의 입에서 사천에서 있었던 전황이 줄줄이 흘러나왔다.

그 시간이 무려 반 시진.

모두가 침음하며 중년인의 말에 귀를 기울였다. 처음엔 심드렁하던 손거문조차 어느 순간부터 눈을 빛내고 있었다.

마침내 중년인의 보고가 다 끝났다. 그러나 아무도 입을 열지 못했다.

충격이 내실을 장악한 것이다.

사룡문의 장로 한 명이 깊은 한숨을 뱉더니 기가 차다는 낯빛으로 입을 열었다.

"그러니까 무림서생이란 청년 한 명으로 인해 전쟁의 결과가 바뀐 것이군. 허! 거참."

좌중의 시선이 어지럽게 흔들렸다.

마교와 흑천련의 전력이 기대보다 못 미친다고 생각했는데 그게 아니었다.

천마검은 소문처럼 뛰어난 자였다. 청성파를 불태우고 당문의 무형지독을 무력화시킨 그의 책략은 소름이 끼칠 정도였다. 다만 그는 불운했다.

손거문의 잇새를 비집고 피식 실소가 흘렀다.

"크큭, 재미있군. 사매, 무슨 생각을 그리하는 거지?"

턱을 손에 괸 채 생각에 골몰하던 야월화가 뜻 모를 한숨을 뱉고 말했다.

"마교가 분열하지 않았다면 마지막 승부가 어떻게 났을까요?"

손거문이 생각할 필요도 없다는 듯이 답했다.

"무림서생, 확실히 인상적이긴 하군. 하지만 요행이 따르는 잔머리는 한계가 있는 법이야. 결국 천마검이 이겼겠지. 나는 무림서생보다 오히려 풍운이란 녀석이 더 흥미로워. 겨우 스무 살에 절정 혹은 그 이상의 경지라니……."

그는 잠시 말을 멈췄다.

자신이 절정의 경지에 들어선 것은 스물세 살 때였다. 당시 그 사실을 안 다섯 사부와 극소수의 사람들은 모두 흥분해 눈물을 흘렸었다.

약관의 천재 검사, 풍운.

손거문은 고개를 저었다. 아무리 녀석이 대단하더라도 자신에게는 미치지 못할 것이다.

만약 놈이 십 년 먼저 태어났더라면 호적수가 되었을지도 모르겠지만…….

그는 잠깐의 상념을 접고는 혀를 차며 말을 이었다.

"그나저나 아쉽게 됐군. 천마검이라면 내 호적수가 될 만하다고 생각하고 있었는데. 겨우 아군의 배신에 나가떨어지다니."

보통 호적수가 사라지면 남은 자는 쾌재를 불러야 한다. 그러나 손거문은 달랐다. 진심으로 천마검이 무너진 것을 아쉬워했다.

왜냐하면 천마검의 소문은 비밀리에 키워지던 손거문의 가슴을 늘 뜨겁게 달궜으니까.

그래서 언젠가부터 그는 천마검을 자신과 견줄 만한 상대로 인정했었다. 그리고 자신이 천마검의 목을 베는 순간을 종종 상상했다.

야월화는 그런 손거문을 물끄러미 보았다.

사형은 무림서생의 전술을 요행이 따른 잔머리라 치부했지만, 자신이 보기엔 달랐다. 사람의 심리에 정통한 진짜배기만이 할 수 있는 대범한 전술이었다.

손거문은 팔짱을 풀고 거뭇한 턱수염을 쓸다가 미간을 찌푸렸다.

"젠장, 그럼 이제 어떻게 되는 거지? 천마검이 죽었더라도 그를 추종하는 세력이 적지 않은 것으로 알고 있는데."

야월화는 무림서생에 대해 생각하다가 사형의 말을 듣고는 고개를 주억거렸다.

"예. 사형의 예상처럼 마교와 흑천련은 당분간 내전에 들어가겠지요."

손거문은 다시 가슴을 그 큰 주먹으로 치며 울분을 토했다.

"결국 내전이 끝나고 다시 그들이 침공할 때까지 나는 손가락만 빨고 있어야 한단 말인가?"

"그리 긴 시간은 아닐 거예요. 길어야 이삼 년? 빠르면 일 년 내에 끝날 수도 있어요. 천마검이 죽은 이상 마교주 쪽으로 돌아서는 이들이 적지 않을 테니까."

손거문은 앉아 있던 자리에서 일어났다. 그 거구가 일어나자 사람들은 거대한 벽이 앞을 가로막는 듯한 착각에 빠졌다.

"답답하구나, 답답해. 천하의 군소 사파들은 사오주가 일어나기만을 학수고대하고 있을 터인데, 우리는 이렇게 때를 기다린다는 핑계로 세월이나 낚고 있어야 하다니."

야월화는 손거문의 피가 얼마나 뜨거운지 잘 알고 있기에 위로의 말을 건넸다.

"사형은 요즘 다섯 사부님들의 무공을 하나로 만드는 신공(神功)에 열중하고 있잖아요. 우선 그것에 열심히 매진하셔야……."

그녀의 말을 손거문이 끊었다.

"그것도 이젠 거의 마무리 단계다. 일 년 정도면 끝날 것이야."

별 거 아닌 것 같이 뱉은 말에 야월화와 이십여 노인들의 눈이 찢어질 듯이 커졌다.

손거문이 무학의 천재라는 사실은 이미 잘 알고 있었다. 다섯 수장이 직접 고르고 고른 인물이었고, 그가 커가는 과정을 지켜보았으니까.

하지만 사파 최고수 다섯 명의 독문무공을 온전히 제것으로 만든 게 불과 이 년 전이다. 그런데 이제는 그 무공을 하나로 만드는 일을 벌써 끝내 가고 있다니!

아무리 사파 사상 최고의 무공 천재라고 해도 족히 오륙 년은 더 기다려야 한다고 생각했거늘.

모두가 숨조차 제대로 내쉬지 못하고 몸을 부르르 떨었다. 어떤 노인은 감격에 차 눈물까지 흘렸다.

야월화도 경악했다가 정신을 수습하고 물었다.

"사형, 진담이세요?"

손거문은 발걸음을 뗐다. 그리고 창가로 다가가 창문을 열어젖혔다.

교교한 달빛과 함께 시원한 바람이 내실 안으로 쏟아져 들어왔다. 손거문은 창밖의 하늘에 떠 있는 패왕의 별을 보며 말했다.

"사매, 나는 패왕의 별이 될 것이다. 천상천하 유아독존, 천하인들이 나를 우러르게 할 것이다. 사파 천하를 이

룩할 것이야."

"예, 알아요. 그리고 그리 될 것이에요."

"그런 내가 언제까지 눈치나 살펴야 하는가? 천마검, 그는 비록 실패했지만 행복했을 것이다. 누구보다 치열하고 뜨겁게 살다 갔으니까."

"사형……."

"사매, 나는…… 세상을 향해 거칠게 포효하고 싶단 말이다. 나 역시 천마검처럼 무사로 살다 무사로 죽고 싶다. 그런데 정파와 마교가 싸우다가 만신창이가 되고 그 피폐해진 뒤통수를 노린다면……."

손거문은 고개를 돌려 야월화를 직시하며 말을 이었다.

"내가 최후의 승자가 된다 한들 세인들이 과연 나를 패왕의 별이라 인정하겠는가?"

"……!"

2

손거문은 오른손을 자신의 가슴에 가져다 댔다.

"내 심장은 너무 뜨거워 폭발할 지경이다. 사매, 나를 믿어 줄 수 없나? 나는 싸우고 싶다. 그리고 나는 이길 것이다."

콰직.

그가 왼손으로 잡고 있던 창턱이 부서졌다. 단단한 돌벽의 일부가 종잇장처럼 찢겨져 가루가 되어 흩날렸다.

사람들은 손거문의 거대한 등을 보며 숨을 죽였다.

야월화 역시 충격을 받은 얼굴이었다. 그러나 그녀는 장로들과 달리 단지 사형의 말이 기개가 넘쳐서가 아니었다. 그의 말이 간과하고 있던 중요한 사실을 깨닫게 한 것이다.

야월화는 자리에서 벌떡 일어나 손거문의 곁으로 다가갔다. 그리고 자신의 허벅지보다 더 굵은 그의 팔뚝을 잡으며 말했다.

"사형의 웅지(雄志)는 알아요. 하지만 우선 지금 연마하고 있는 신공부터 완성시키세요. 그게 먼저예요."

"사매, 얼마 남지 않았다고……."

그의 말허리를 야월화가 끊었다.

"완성시키면 함께 절강성으로 가요."

"……?"

야월화의 눈이 빛났다. 그녀의 머릿속이 팽팽 돌아갔다.

"그곳에서부터 사형의 전설을 시작하는 거예요."

마침내 손거문의 눈빛 속에서 희열이 드러났다.

"절강성에서?"

야월화가 빙그레 웃었다.

"예. 무림맹 절강 분타를 난도질해 버리는 거죠. 사파가 죽지 않았다는 것을 천하에 알리기에 그만한 곳은 없어요."

문상 야월화의 말에 내실이 찰나 침묵에 잠겼다. 그리고 이십여 장로들 중 한 명이 우려스러운 표정으로 입을 열었다.

"문상, 작은 싸움들이야 그곳에서는 늘 있었으니 별문제가 되지 않아. 하지만 무림맹의 분타를 부순다는 건 아직은 위험한 생각이야."

그건 무림맹과 전면전을 하겠다는 선포나 다름없었다. 다른 노인들도 고개를 끄덕이며 동의한다는 낯빛이었다.

산전수전 다 겪은 그들은 정파의 힘이 결코 녹록치 않다는 것을 잘 알고 있었다.

정파는 화수분(河水盆)과 같았다. 드러나 있는 문파와 고수들을 제거하면 또 다른 자들이 등장했다. 이번 사천 무림의 전쟁에서 무림서생이나 풍운이라는 신성(新星)들이 나타난 것처럼.

야월화가 장로들을 훑으며 말했다.

"예. 저 역시 아직 무림맹과 전면전을 하는 건 시기상조라고 생각합니다. 자칫 마교에게 달콤한 열매를 넘겨줄 수 있으니까요. 하지만 방금 사형의 말을 듣고 중요한 것을 깨달았습니다."

우려를 제기한 장로의 눈이 가늘어졌다.

"중요한 것을 깨달았다?"

"예. 지금 천하 무림인들은 모두가 패왕의 별을 기다리고 있습니다. 그런데 끝까지 우리가 숨어 있다가 마지막 순간 나타나 승리를 빼앗듯 쟁취하면, 사형의 말처럼 천하인들이 과연 우리를 인정할까요? 천하에 흩어져 있는 군소 사파들도 우리를 반길지언정 속으로는 조소할 겁니다. 그들조차 패왕의 별로 인정하지 않을 겁니다."

장로들의 눈동자가 흔들리는 가운데 야월화의 진득한 목소리가 커졌다.

"우리가 무림을 일통하는 것만큼 중요한 것이 있습니다. 일통 이후! 사파 천하를 유지해야 합니다. 군소 사파들이 제 발로 우리 밑에 들어오게 해야 합니다. 그런데 아무도 우리를 패왕의 별로 인정하지 않는다면, 우리는 정파나 마교의 잔당들에게 끊임없이 시달리게 될 겁니다. 그들은 계속해서 패왕의 별을 꿈꾸며 우리를 집요하게 괴롭힐 겁니다."

"……."

"그리고 그런 상황이 지속된다면 웅크리고 있던 녹림이나 다른 세력에게 패왕의 별의 자리를 빼앗을 명분이 주어질 수도 있습니다. 그럼 그들도 세상 밖으로 나오겠지요."

야월화의 말에 많은 이들이 신음을 흘렸다.

강호를 일통하는 것만 생각했었다. 그것만으로도 머리가 꽉 차다 못해 터질 듯했다. 그러나 지금 야월화의 말은 그 이후의 상황을 논하고 있었다.

패왕의 별이 승리를 훔치는 자에게 돌아간다면 다른 이들도 훔치려 할 것이리라.

특히나 그녀의 말이 설득력 있게 다가온 것은 잠자고 있는 호랑이, 녹림십팔채가 존재했기 때문이었다.

대머리인 장로 한 명이 입을 열었다.

"그래, 녹림이 있었지. 상황이 문상의 말대로 흐른다면 녹림도 분명 나올 거야. 아니, 어쩌면 녹림은 최후의 최후까지 기다리려는 속셈일지도 모르지."

야월화가 싱긋 웃고는 말했다.

"예, 그럴 수도 있습니다. 그렇기에 우리는 지금까지 고수했던, 기다리는 전략을 철회하고 세상으로 나가야 합니다. 세인들에게 사형이 패왕의 별 후보로 인식되어야 합니다. 그래야 나중에 최후의 승자가 되는 순간 사형이 패왕의 별로 인정받을 수 있습니다."

민심은 천심이다.

세상이 인정한다면 사람은 알아서 모여든다. 인재들이 제 발로 찾아온다. 군소 사파들도 진심으로 복종할 것이다.

그리 되면 녹림은 쉽게 준동하지 못할 것이다. 또한 정파와 마교, 흑천련의 잔당들이 연합을 하거나 녹림과 힘을 합칠 명분도 없다.

고음교의 장로가 감탄스러운 표정을 지었다가 이내 심각한 얼굴로 입을 열었다.

“문상, 네 의견에 동의한다. 하지만…… 아무리 그래도 우리가 먼저 무림맹 절강 분타를 무너뜨리는 것은 위험천만한 일이야. 인정하기 싫지만 현 시대는 정파의 전성기다.”

야월화는 어깨를 으쓱하고 말을 받았다.

“걱정하지 마십시오. 무림맹은 총력전을 하지 못합니다. 뒤에 마교가 있으니까요.”

장로들의 눈빛이 달라졌다. 그들의 머릿속도 핑핑 돌아가기 시작했다.

지금까지는 떨어질 과일을 받아먹을 생각만 하고 있었다. 그런데 직접 따야 한다는 것으로 전제가 바뀌자 생각도 적극적으로 변했다.

야월화가 말을 이었다.

“그들은 마교를 상대할 병력을 상당 부분 남겨 두어야 하기에 적당한 전력만을 보낼 겁니다.”

그녀의 말에 내실 안 모두의 입가에 비릿한 미소가 떠올랐다.

적당한 병력.

그럼 정파인들은 결코 자신들을 이길 수 없으리라.

손거문이 잠시의 침묵을 깨고 말했다.

"우리는 계속 승리를 거두게 될 거야. 내가 선두에 서서 오는 족족 다 부셔 주지."

야월화가 붉고 도톰한 입술을 깨물고 환하게 웃었다.

정파는 총력전을 결코 하지 못할 것이니 각개격파가 될 것이다.

그들이 뒤늦게 수습이 어려운 것을 깨닫고 총력전으로 나온다면 맞서 싸우기보다 수성에 힘쓰면 된다. 그러면서 외교로 마교를 끌어들이면 전쟁의 주도권을 자신들이 거머쥘 수 있다.

그렇다!

이것이 바로 패왕의 별로 나아가는 길이다.

세상으로부터 패왕의 별 후보로 인정받는다면 쓸 수 있는 패가 많아진다.

"사형 덕분에 갇혀 있던 제 생각이 깨어났어요."

그녀는 말을 하면서 속으로 생각했다. 물론 사형의 말로 깨어난 것은 사실이었다. 그러나 그전에 무림서생이라는 자가 호승심을 자극한 것도 무시할 수 없다는 것을.

손거문이 빙그레 웃었다.

"후후후, 그럼 이제 나는 신공의 마무리에 매진해야겠군."

야월화가 고개를 끄덕였다.

"일 년 후 어느 날, 절강에서 우리는 대업을 향한 첫발을 내딛게 될 거예요. 그 제물은 무림맹 절강 분타가 될 것이고 말이죠. 사형께서 절강 분타주의 목을 날리면서 천하는 사형을 그리고 우리를 주목하게 될 겁니다."

"기대되는군."

손거문의 눈에서 기광이 쏟아졌다.

*　　　*　　　*

위문단으로 떠났던 사람들이 속속 복귀하면서 사천 분타는 다시 활력을 되찾았다.

마교, 흑천련을 상대로 치열한 전쟁을 함께 치른 사천의 무림인들은 매우 친밀해져서 저녁이면 삼삼오오 어울려 술자리를 갖는 일이 빈번했다.

술자리가 잦은 까닭엔 아쉬움이 숨겨져 있었다. 이제 곧 각자의 자리로 돌아가야 하는, 이별의 시간이 다가오고 있기 때문이었다.

수련과 공부에 매진하던 천류영도 저녁의 술자리만큼은 마다하지 않았다. 그 역시 짧은 시간이었지만 함께 목숨을 걸고 싸웠던 전우들과의 작별은 아쉬웠기 때문이었다.

태양이 저물며 붉은 노을이 지기 시작하는 저녁.

쫘아아악.

풍운이 우물에서 물을 퍼 천류영에게 퍼부었다. 엎드려 등목 하던 천류영이 시원하다는 표정으로 일어섰다.

"후하아아, 이제야 살 것 같군. 이젠 다시 술 마시러 갈 시간이구나."

구위가 수건을 내밀며 말을 건넸다.

"대단하십니다. 저는 정말로 천 공자처럼 수련하는 사람은 처음 봤습니다."

그의 말에 천류영은 의아한 얼굴로 물었다.

"그게 무슨 말입니까?"

풍운이 다시 물을 길어서 자신의 머리에 쏟아붓고는 말했다.

"집중력을 말하는 거예요."

천류영은 여전히 무슨 말인지 모르겠다는 표정을 지었다. 그러자 구위가 말을 받았다.

"예를 들어 천 공자가 오백 번씩 휘두르는 베기와 막기 그리고 찌르기의 기본 동작들이 그렇습니다. 단 일합도 전력을 다하지 않은 것이 없어서 조금 무서울 정도입니다."

그러면서 구위는 천류영의 손을 보았다. 물집이 잡히다 못해 결국 찢어지기까지 했다. 그런데도 천류영은 대충이 없었다. 붕대를 감고 계속 전력을 다했다.

구위는 스스로에게 절로 부끄러워졌다.

자신이 저렇게까지 치열하게 검을 휘두른 적이 며칠이나 있었던가?

천류영은 우물가 옆의 벚꽃 나무에 걸쳐 두었던 상의를 입으며 웃었다.

"난 또 무슨 말이라고. 적지 않은 사람들이 그렇게 하지 않습니까? 더구나 저는 늦게 시작했으니 더더욱 한눈을 팔면 안 되니까요."

그의 말에 풍운이 어깨를 으쓱하며 쓴 미소를 지었다. 구위가 고개를 저으며 답했다.

"그런 사람 없습니다. 천 공자가 오늘 한 여섯 가지 동작. 그것을 오백 번씩 총 삼천 회. 그 삼천 번을 모조리 전력으로 하는 사람을 저는 지금껏 본 적이 없습니다."

하루 정도는 그러려니 했다. 사흘은 작심삼일이니 했다. 그런데 벌써 이십여 일 내내 초지일관이었다. 그것도 오전엔 산악 행군을 포함한 지독한 육체 수련 다음에 행해지는 오후 일과였다.

천류영은 멋쩍게 미소 짓고는 대꾸했다.

"당문의 보물인 만액환단 덕분에 체력이 상승했기 때문일 겁니다. 그리고 독고가주님께서 사사해 주신 내공심법도 한 몫 했을 테고요."

독고무영은 천류영에게 호원공(護原功)이란 내공심법

을 전수했다. 그건 독고세가에 있는 여러 개의 내공심법 중 하나였다.

물론 천류영은 독고세가의 제자가 아니다. 그렇기에 그는 독고세가에서 가장 유명한 독고공(獨孤功)이나 운양기(雲陽氣)를 익힐 수 없었다.

독고세가뿐만 아니라 여러 문파에서 자신들의 제자가 아닌 천류영이 익힐 만한 내공심법을 내놓았다.

많은 사람들은 천류영이 당문이나 청성 혹은 곤륜의 심법을 택할 것이라 생각했다. 그러나 그는 독고세가의 호원공을 선택했다.

익히는 데 가장 빠르고 심신을 보호하는 데 주력하는 내공심법이다. 그러나 공격 시 응집력이나 파괴력이 현저하게 약해서 아무리 오랜 시간을 익혀도 결코 진기를 밖으로 끄집어낼 수 없는 이류의 내공심법.

죽을 때까지 검을 익혀도 검기를 펼칠 수 없다는 뜻이다.

이런 천류영의 선택에 사람들은 탄식했다. 무공을 모르는 천류영이 구위 보표를 무공 사범으로 낙점한 것처럼 엉뚱한 일을 저질렀다고 평했다.

오죽했으면 독고무영도 자신이 호원공을 내놓은 이유가 다른 문파에 기죽기 싫어서, 우리에게도 이렇게 여러 가지의 다양한 내공심법이 있다는 것을 보여 주고 싶었던 것뿐이라고 실토했을까.

독고무영은 차라리 다른 문파의 것을 선택하라고 설득했지만 결국 천류영의 고집이 여간 아니라는 것만 다시 알게 되었다.

천류영이 만액환단과 호원공에 공을 돌리자 구위는 고개를 저었다.

“아닙니다. 천 공자의 이런 집중력은 체력이나 내공의 문제가 아니라 의지 문제입니다. 저는 지금 천 공자의 의지가 믿겨지지 않는다는 것을 말하고 있는 겁니다. 사실 아무리 기초 동작이라고 해도 삼천 번을 휘두름에 단 한 번도 집중력을 잃지 않는다는 것은 불가능에 가깝습니다.”

구위가 거듭 칭찬을 늘어놓자 천류영이 그만하라며 손사래를 쳤다.

“그래 봤자 저는 아직 삼류에도 미치지 못합니다.”

풍운이 불쑥 끼어들었다.

“그건 형님 말이 맞아요. 삼류는 무슨? 그냥 수습 무사지. 아니, 아직 무사란 말도 과분하지, 킥킥킥.”

구위가 눈살을 찌푸리며 반박했다.

“풍운 소협, 저는 천 공자의 현 수준을 말하려는 게 아닙니다. 만약 천 공자께서 초심을 잃지 않고 십 년을 정진한다면 분명 일류 그 이상도 바라볼 수 있다는 것을 말하고 싶은 겁니다. 비록 늦게 시작했지만……."

풍운이 천류영을 보면서 구위의 말허리를 끊었다.

"그런데 안력과 집중력은 초절정. 믿기지 않지만 나보다 낫죠."

우물가에 독고설이 등장했다. 술자리에 부르려고 온 것이다. 그녀는 풍운의 말을 듣고 끼어들었다.

"그건 나도 인정. 세상에 어느 누가 고수가 싸우는 것을 잠깐 보고 약점을 파악할 수 있을까?"

구위는 그녀의 말이 무슨 뜻인지 몰라 고개를 갸웃거렸다. 그러나 곧 포권을 취하며 허리를 깊이 숙였다.

"검봉을 뵙습니다."

며칠 전 그녀를 처음 보았을 때 놀랐던 기억이 아직도 구위의 뇌리에 생생했다.

구위의 나이 서른아홉.

더구나 그는 표국에서 일했기에 천하를 떠돌며 아름답다는 여인이나 기녀는 숱하게 보았다. 그 수많은 미녀들을 머릿속에서 단숨에 지워 버리게 한 만행을 저지른 주인공이 바로 독고설이다.

독고설이 왜 무림오화이고, 그 무림오화 중에서도 가장 돋보인다는 말이 떠도는지 그제야 알았다.

이런 미녀라면…… 성격이 개차반인들 어떠리라는 생각이 뇌리를 스쳤었다.

독고설이 엷은 미소를 지으며 구위에게 말했다.

"편하게 대하라고 했잖아요. 천 공자의 무공 사범이신데 그렇게 저자세로 나오면 제가 불편합니다."

"예……."

구위는 쓴 미소를 지었다. 위문단에서 돌아온 사람들이 자신을 바라보는 시선을 모르지 않았다.

네 주제에 감히 천 공자의 무공 사범을?

그나마 다행이라면 독고설은 그러지 않았다. 그녀는 처음에는 입술을 꾹 깨물고 자신과 천류영을 보다가 이내 피식 웃고는 말했었다.

"천 공자, 당신이 원한다면 그렇게 하세요."

구위는 대체 왜 세인들이 이런 선녀 같은 여인에게 편월이라는 별호를 붙였는지 이해가 되지 않았다. 그래서 어제 술자리에서는 술김에 독고설에게 말도 건넸었다.

"독고 소저, 저는 정말 까닭을 모르겠습니다. 왜 소저 같은 분에게 편월이라는 별호가 생겼는지 말입니다. 역시 소문은 믿을 것이 안 되나 봅니다."

그 순간 구위는 심장이 덜컹 내려앉았다. 독고설이 갑자기 눈부시게 하얀 웃음을 지으며 섬섬옥수로 자신의 팔을 잡은 것이다.

"호호호. 역시 우리 천 공자는 사람 보는 안목이 있다니까요. 왜 구위 보표님을 무공 사범으로 선택했는지 알겠어요."

"예?"

"저도 제가 왜 편월이라고 불리는지 정말 모르겠다니까요. 호호호, 우리 친하게 지내요. 그리고 천 공자 잘 부탁드려요. 정말, 정말로 잘 부탁 드려요."

황홀한 순간이었다.

경국지색이라, 한 여인의 미모가 나라의 운명까지 흔들 수 있다는 말을 그는 믿지 않았다. 그런 역사적 사실들은 전적으로 사내가 못나서라고 생각했다.

그러나 구위는 깨달았다.

정말 아름다운 여인은 세상에서 가장 무서운 무기가 될 수도 있음을. 어쩌면 그래서 미인계라는 단순한 책략이 고금을 통해서 가장 많이 쓰였는지도.

어쨌든 구위는 그렇게 즐거운 시간을 보내고 오늘 아침에 일어났다. 그리고 한숨이 늘었다.

이제 독고설까지 천 공자를 어떻게 가르칠 것인지 지켜보겠다는 말을 한 것이나 다름없었다.

그러니 자연스럽게 독고설을 본 구위는 몸이 위축되었다.

시선이 아래로 깔리고 어깨와 가슴이 웅크려졌다. 그런

구위를 본 풍운이 고개를 절레절레 젓고는 앞으로 나섰다.

이젠 진실을 말할 때였다. 더 이상 구위를 이렇게 방치하는 것은 못할 짓이었다.

3

"아직은 말할 필요가 없다고 생각했는데 안 되겠네요. 안 그래요? 형님."

천류영이 고개를 끄덕였다.

"그래, 어느 정도 수련이 궤도에 오른 다음에 말하고 싶었는데 지금 구위 사범을 보고는 생각을 고쳐먹었다."

천류영의 허락이 떨어지자 풍운은 호기로운 표정으로 말을 시작했다.

"구위 아저씨, 왜 그렇게 자신이 없으세요? 형님이 구위 아저씨를 점찍은 데에는 그럴 만한 이유가 있는 거예요."

"그게 뭡니까?"

구위는 진심으로 궁금했다. 사실 그동안 머리를 꽤 굴려 봤지만 당최 그 답을 알 수가 없었다.

간절히 답을 원하는 구위를 향해 풍운이 말했다.

"형님은 자신이 익히려는 무공의 커다란 그림을 우리들의 도움 없이 이미 그려 버렸어요. 황당한 일이죠. 예, 정말 황당한 일이에요."

풍운은 천류영이 쓴웃음을 깨무는 모습을 흘깃 보고는 말을 이었다.

"쉽게 말하면 집을 지을 때처럼 완성된 모습을 먼저 정한 거죠. 그리고 지금은 상상한 집을 완성하기 위해 필요한 재료들을 조달하는 과정인 거예요. 그 필요한 재료에 구위 아저씨의 무공이 들어 있는 거고요."

구위는 고개를 갸웃거렸다. 무공을 익히는 것과 집을 짓는 것을 어떻게 비교할 수 있단 말인가? 그런 생각을 짐작한 풍운이 실소를 흘렸다.

"조금 이상하죠? 학문이나 무공은 어려서부터 윗사람들이 시키는 대로 그냥 기초부터 하나씩 배워 가는 거니까. 하지만 형님은 늦게 시작했으니 그것을 만회하기 위해서, 나름 고심 끝에 그런 파격적인 선택을 한 거라고 생각해요. 나 역시 흥미가 동해 지켜보는 중이고요."

독고설이 손으로 갸름한 턱을 매만지며 대화에 끼어들었다.

"그럼 구위 사범을 선택한 것처럼 본가의 호원공을 고른 이유도 천 공자가 그린 집의 재료에 가장 적합했기 때문이라는 거네?"

천류영이 풍운 대신 답했다.

"그렇습니다."

독고설은 잠시 침묵하며 천류영을 물끄러미 보다가 물었다.

"천 공자가 홀로 그렸다는 그 그림은 어떤 거죠?"

천류영이 빙그레 웃었다.

"예전에 사한현으로 가는 마차 안에서 말하지 않았습니까? 나 때문에 누군가가 다치거나 죽는 것이 싫다고."

"예, 생각나요. 그런 말을 했었죠."

"저는 이기기 위해 무공에 입문한 것이 아닙니다. 지지 않기 위해서입니다. 그래서 심신을 보호하는 것이 주목적인 귀가의 호원공을 선택한 겁니다."

자신을 지키는 수비에 치중하겠다는 말이었다.

풍운이 다시 얘기를 시작했다.

"구위 아저씨를 사범으로 선택한 것도 마찬가지예요. 대부분 문파들의 무공은 공수의 조화에 치중하죠. 하지만 실제 수련시간을 분석해 보면 열에 여덟은 공격에 할애해요."

독고설과 구위는 묵묵히 고개를 끄덕였다. 당연한 것이다. 어차피 대결이란 것은 상대를 제압하기 위함이니까.

"그러나 상단이나 표국은 달라요."

표국의 무사들은 어떤 세력을 먼저 공격하는 일이 거의 없다.

그들이 칼을 쓰는 주(主)목적은 사람이든 물건이든 지

키기 위해서이다. 물론 싸움이 일어나면 공격을 하지 않을 수 없지만 아무래도 그들의 무공은 수비에 치중되어 있다.

풍운이 구위를 향해 계속 말했다.

"그러니까 수비 지향적인 구위 아저씨의 무공이 형님에게 필요한 거예요. 삼 년 동안 진산표국에서 아저씨의 무공을 종종 본 형님이 선택한 거죠."

구위가 침을 꼴깍 삼키고 천류영을 보며 물었다.

"천 공자, 풍운 소협의 말이 사실입니까?"

천류영은 미소를 지으며 고개를 끄덕였다.

"맞습니다."

독고설과 구위는 고개를 주억거렸다.

이해할 수 없는 천류영의 선택들이 사실은 일정한 목표를 가지고 있는 것임을 깨달았다.

구위는 그제야 혼자 끙끙 앓던 고민을 풀었다는 듯이 환한 미소를 머금었다. 그러나 이내 걱정스러운 눈빛으로 물었다.

"물론 제가 익힌 무공이 수비에 상당히 치우쳐 있기는 합니다. 하지만 싸우게 될 일이 있으면 공격을 하지 않고는 이길 수가 없는데……. 정말 제 무공으로 괜찮겠습니까?"

천류영이 쓴웃음을 깨물고 답했다.

"물론 계속 수비만 할 수는 없겠죠. 그럼 농락당하기 십상이니까."

"알고 계시면서 왜?"

"그래서 나름 회심의 한 수를 준비하고 있습니다."

회심의 한 수.

그 말에 독고설과 구위는 웃어야 할지 울어야 할지 망설였다.

천류영이 나름 구체적인 목표를 세우고 차근차근 준비하고 노력하는 모습은 높이 평가할 만하다. 그러나 아직 형편없는 수준의 그가 거창하게 회심의 한 수라고 말하니 괴리감이 든 것이다.

풍운이 빙그레 웃고는 입을 열었다.

"그 한 수가 뭔지 저는 알아요."

순간 천류영의 눈가가 파르르 떨렸다. 마치 독심술이라도 익혔냐는 표정이었다.

"그것까지 안다고?"

구위가 궁금증을 참지 못하고 물었다.

"그게 뭡니까?"

"지금 형님이 선택한 그림을 완성하면서도 형님의 장점을 살릴 수 있는 거죠."

독고설이 물었다.

"천 공자가 공격에 가진 장점? 그게 뭐지?"

"상대의 약점을 빨리 파악하는 안력과 집중력이잖아요. 형님은 수비로 치중하다가 일검을 노릴 생각이에요. 수비하는 동작을 흩트리지 않으며 최소한의 몸짓만으로 할 수 있는 가장 빠른 직선의 공격으로 뭐가 있을까요?"

독고설과 구위의 눈이 동시에 빛났다. 그리고 둘이 동시에 말했다.

"찌르기."

"찌르기."

풍운이 엄지를 추켜세웠다.

"맞아요. 천류영 형님은 단 하나의 공격 초식만을 가지려는 거예요. 그것도 가장 단순한 찌르기. 정말 단순하죠."

정말 단순하다는 말에 천류영의 고개가 밑으로 추락했다. 그런 천류영을 보면서 풍운이 말했다.

"하지만 때로는 그런 단순함이 가장 위협적이기도 하죠. 뭐, 회심의 한 수라고까지 말하긴 조금 그렇지만, 형님이 그려 가는 그림을 고려하면 나쁘지는 않다고 봐요."

독고설과 구위는 천류영을 보며 눈으로 물었다. 풍운의 말이 사실이냐고.

"맞습니다."

그리고는 고개를 돌려 풍운을 향해 물었다.

"아무리 그래도 내가 찌르기를 선택한 것을 어떻게 알

았지?"

"형님이 어제 새벽에 나와서 바람 쐬는 모습을 봤거든요."

"아! 그렇구나."

천류영이 맥 빠진 표정으로 피식 웃자 독고설이 말했다.

"풍운, 좀 더 자세하게 설명해 줘."

"별 거 아니에요. 형님이 나무를 발로 차더라고요. 그 충격에 떨어지는 벚꽃의 꽃잎들을 목검으로 찌르는 것을 봤어요."

"뭐야? 난 계속 추론했는지 알았는데 훔쳐본 것을 바탕으로 말한 거였어? 그럼 그렇지."

독고설도 맥 풀린 표정을 지었다. 그러나 곧바로 궁금한 얼굴로 돌아갔다.

"결과는 어땠어?"

기실 떨어지는 꽃잎을 칼로 정확히 찌르는 건 상당한 수준에 올라야 가능하다.

기본적으로 쾌검이 되어야 한다.

나풀거리며 떨어지는 꽃잎의 방향과 속도를 예상할 수 없기에 그렇다.

고수들처럼 엄청난 속도를 내어야 하는데 지금 천류영의 수준으로는 어림 반 푼어치도 없는 일이다.

그렇다면 남은 방법은 하나다. 어려워도 방향과 속도를 감안해 정확하게 찌르기.

그게 천류영 같은 초심자에게 가능할까?

불가능하다. 아니, 불가능해야 옳았다.

그런데 이상하게 기대가 됐다.

천류영이 워낙 불가능한 상황을 가능으로 만든 전력이 있기에 무공에서도 왠지 그럴 수 있을 것 같았다.

또한 그의 타고난 안력과 집중력은 어느 고수 못지않으니까!

천류영은 민망하다는 듯이 고개를 저으며 돌아섰다. 그 모습에 궁금증이 더욱 커졌다.

구위가 말했다.

"운이 좋았다면 열에 둘 정도 성공했겠지요. 아직 천 공자의 실력으로는……."

풍운이 입을 열었다.

"없어요. 하나도 못 맞췄어요. 푸하하하!"

천류영은 고개를 푹 숙이고 뒤통수를 긁적거렸다. 풍운의 웃음이 이어졌다.

"흐흐흐, 한 삼십 번 나무를 쳤어요. 그때마다 꽃잎이 무수히 떨어지는데 하나도 못 맞췄어요."

구위가 안타까운 어조로 말했다.

"그 정도라면 운으로라도 한두 번은 맞을 만한데."

천류영의 고개가 더 떨어졌다.

독고설이 그런 천류영을 변호하고 나섰다.

"떨어지는 꽃잎을 정확히 맞추는 건 일류 무사도 쉽지 않은 일이니 상심하지 말아요. 저는 언젠가 천 공자가 떨어지는 꽃잎들을 모조리 맞추는 날이 올 것이라 믿어요."

그녀는 천류영에게 다가가 슬며시 팔을 잡았다.

"천 공자, 이제 수련 시간은 끝났으니 어서 가요. 모두가 기다리고 있을 거예요."

"예."

천류영은 계면쩍은 얼굴로 독고설을 따라 발을 뗐다. 때마침 조전후와 남궁수가 우물가로 다가왔다. 천류영 일행을 데리러 간 독고설이 오지 않자 궁금해서 나온 것이다.

그때 풍운이 말했다.

"잠깐요."

그의 제지에 독고설이 아미를 찌푸렸다. 조전후가 손을 흔들며 물었다.

"어이, 풍운! 오후 수련 끝난 거 아냐? 죽엽청 마시자고, 흐흐흐흐."

풍운이 조전후를 향해 씩 웃고는 말했다.

"방금까지 하던 대화 때문에 확인할 게 있어서요. 예전부터 궁금해서 한다한다 하면서도 깜박했거든요."

풍운은 목검을 두 개 쥐고 하나를 천류영에게 내밀었다. 천류영은 의아한 표정을 지으면서도 목검을 받아 들었다.

"형님, 독고 누님 말처럼 지금 형님의 수준으로 떨어지는 꽃잎을 맞춘다는 것은 말도 안 되는 일이에요. 더구나 어제 새벽엔 바람도 꽤 불었고요."

풍운은 어느새 진지한 표정을 짓고 있었다. 그의 말이 이어졌다.

"형님의 안력과 집중력은 무인으로서 상당한 재능이에요. 그래서 그걸 제대로 확인하고 싶어요. 이제 슬슬 기초에서 기본 수련으로 넘어갈 때도 됐으니까."

천류영도 풍운이 진지한 것을 느끼며 정색하고 물었다.

"내가 뭘 어떻게 하면 되지? 너와 비무라도 하라는 건가?"

"푸흐흐흐, 설마요. 그건 한참 나중 일이겠지요. 일단 지금 할 건 아주 간단해요."

풍운은 자신이 쥐고 있는 목검을 천류영을 향해 앞으로 쭉 뻗고는 말을 이었다.

"검첨, 즉, 검의 끄트머리를 형님의 목검으로 맞춰 보세요. 검집이 있다고 생각하고 옆구리에 차고 있다가 뽑으면 되요."

말이 떨어지기 무섭게 천류영은 자신의 목검을 뽑았다.

딱.

풍운이 요구한대로 검첨끼리 맞닿았다.

하지만 그 광경에 조전후가 배를 잡고 폭소를 터트렸다. 남궁수도 쓴웃음을 지으며 민망한 표정을 지었다.

풍운은 미간을 찌푸리며 고개를 저었다.

"그렇게 천천히 하면 누가 못해요. 전력을 다한 빠르기로요."

"아! 미안."

천류영은 머쓱한 표정으로 웃으며 목검을 회수했다. 곁에서 독고설이 보고 있다가 혀를 찼다.

방향과 속도를 알 수 없는 꽃잎을 찌르는 것만큼은 아니지만 지금 풍운이 요구하는 것 역시 아주 까다로운 일이다.

특히나 천류영 같은 초심자에게는.

그래서 풍운이 다시 천류영을 골린다는 생각에 발끈하려고 했다. 그런데 그 순간 천류영이 힘껏 뻗은 목검이 풍운의 검첨을 정확히 찍었다.

딱!

지켜보는 사람들의 눈에 이채가 스쳤다. 다만 풍운은 어느 정도 예상했다는 듯이 고개를 끄덕이며 말했다.

"한 번은 요행일 수 있죠. 다시 해 봐요, 지금처럼 전력으로."

"그래."

천류영은 목검을 회수하고 다시 힘차게 뻗었다.

딱!

"한 번 더요."

딱!

"또 한 번."

딱!

사람들의 눈동자가 점점 더 흔들렸다.

허공에 멈춰 있는 점.

그 점을 전력을 다한 속도로 정확히 가격한다는 것은 초심자로서는 거의 불가능에 가까운 일이었다. 그건 일류 검사나 가능한 일이었다.

그들은 천류영의 타고난 재능을 확인하며 감탄스러운 표정을 지었다.

풍운은 목검을 회수하고는 묘한 미소를 지었다.

"좋아요. 그럼 제가 일정한 속도로 목검을 휘두를 거예요. 방식은 똑같아요. 검첨을 맞추면 돼요. 준비됐어요?"

천류영은 왠지 흥이 나서 호기롭게 답했다.

"그래."

풍운은 목검을 수평으로 휘둘렀다.

빠르지도 그렇다고 느리지도 않은 적당한 속도.

천류영은 그 움직이는 목검을 뚫어지게 주시하며 눈을

빛냈다. 그리고 자신의 목검을 힘차게 뿌렸다.

딱!

독고설과 구위의 눈이 어느새 화등잔만 해졌다.

다음엔 풍운이 사선으로 그었다. 그리고 천류영의 목검이 발검 했다.

때로는 수평, 때로는 수직으로 그리고 원을 그리기도 했다.

그리고 천류영은 계속해서 발검 했다.

딱, 딱, 딱, 딱, 딱…….

풍운이 목검을 휘두르는 속도가 조금씩 빨라졌다. 그리고 천류영은 계속해서 뻗어 나와 맞췄다.

그리고 어느 순간 목검의 속도가 제법 빨라지자 마침내 천류영의 목검이 허공만 때렸다.

그에 지켜보던 이들이 자신도 모르게 안타까운 탄식을 뱉고 꼭 쥐고 있던 주먹을 스르르 풀었다.

"아!"

천류영도 아쉬운 표정을 지었다. 그러다가 제 모습을 보고 화들짝 놀랐다. 방금 등목을 했는데 전신이 다시 땀으로 범벅이었다. 얼마나 집중했는지 알 수 있는 대목이었다.

어느새 땅거미가 제법 짙어져 주변이 어둑어둑해지고 있었다.

풍운은 묘한 표정으로 천류영을 보다가 입을 열었다.

"정말 회심의 한 수가 될 수 있겠네요."

다른 사람도 아닌 천하가 놀란 고수인 풍운이 인정했다. 그에 천류영의 얼굴이 환해졌다.

"부단히 노력하면 나름 쓸 만하겠지?"

풍운은 그런 천류영을 물끄러미 보며 입술을 우물거렸다. 뭔가 하고 싶은 말이 있는 거다. 그에 천류영이 고개를 갸웃거리며 물었다.

"왜 무슨 문제라도 있어?"

"……."

"뭐야. 네가 그렇게 굳은 표정으로 입술을 꽉 깨물고 있으니까 어쩐지 겁난다."

조전후가 의아한 표정으로 물었다.

"천 공자가 아주 잘했는데 너는 표정이 왜 그래?"

남궁수도 고개를 갸웃하며 물었다.

"풍운 소협, 무슨 문제가 있는 겁니까?"

독고설과 구위 역시 풍운을 이해할 수 없다는 눈빛으로 주시했다. 사람들의 시선을 한 몸에 받은 풍운은 옅은 한숨을 천천히 내쉬었다.

"별 문제 없어요."

다시 천류영의 얼굴이 밝아졌다.

"하하하, 고맙다. 내 열심히 수련해서 네 기대에 어긋

나지……."

풍운이 씁쓸한 표정으로 천류영의 말꼬리를 삼켰다.

"별 문제 없는 것, 바로 그게 문제예요, 형님. 이건 아닌 듯싶어요."

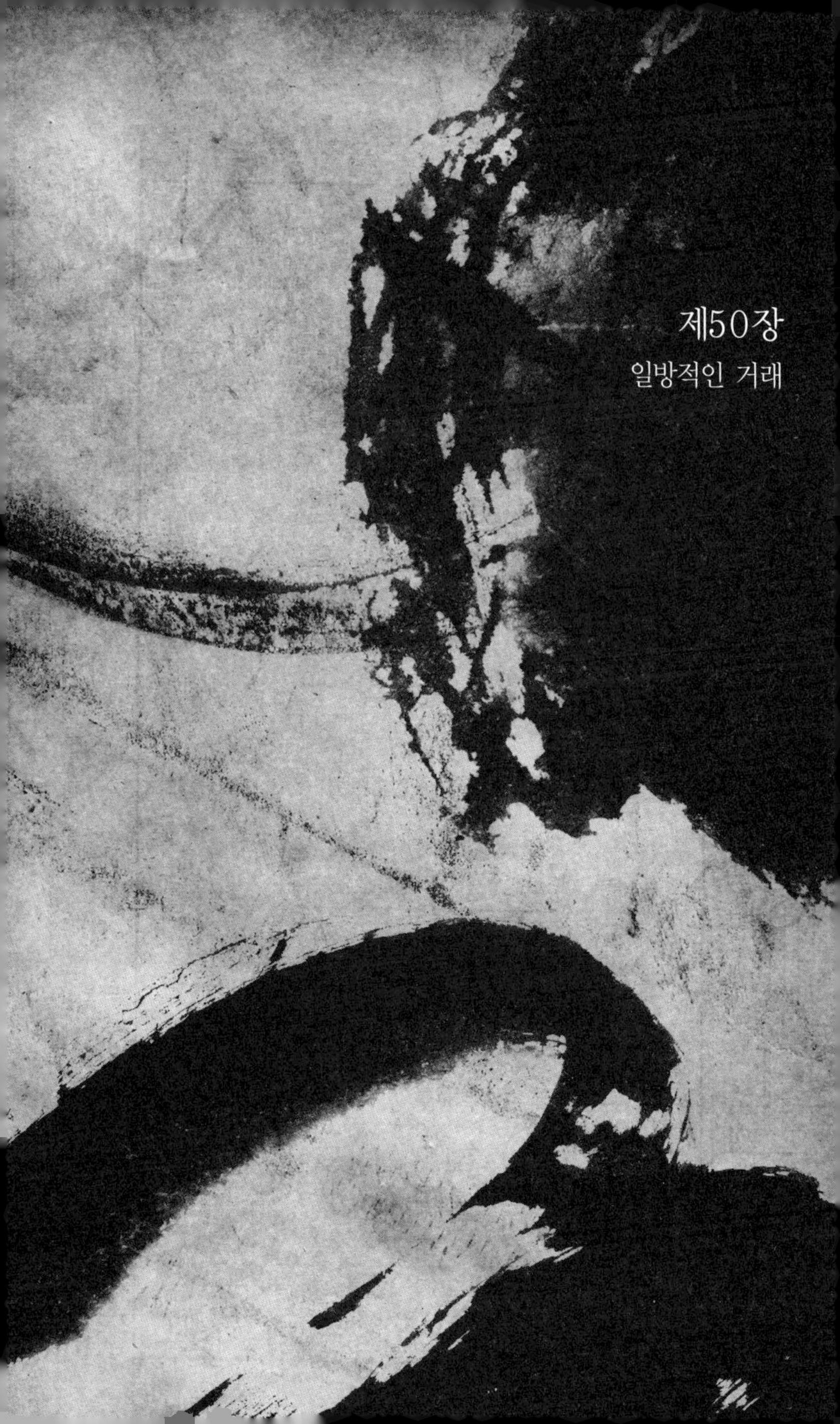

제50장

일방적인 거래

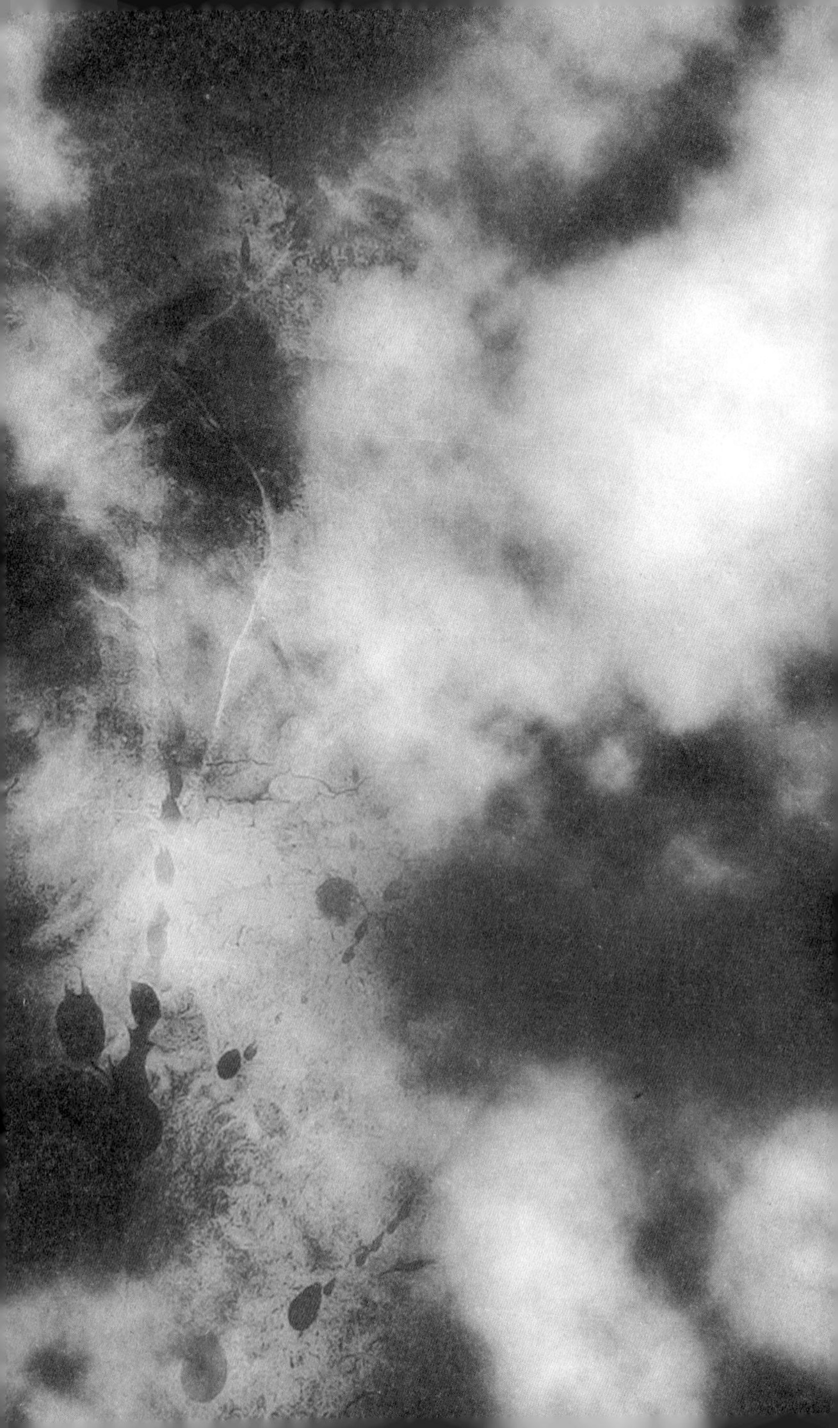

1

천류영의 입가에서 웃음이 사라졌다. 그는 의아한 표정으로 물었다.

"응? 그건 또 무슨 말이야? 아무 문제도 없는 게 문제라니?"

풍운이 한숨을 쉬고 답했다.

"저는 형님이 무공에 재능이 있다는 걸 어느 정도 짐작하고 있었어요. 저를 놀라게 한 적도 있었거든요. 그래서 형님이 이미 완성한 그림을 따라 수련해도 나쁘지는 않을 거라고 생각했죠."

"그런데?"

"하지만 재능이 이 정도일 줄은 몰랐어요. 그래서 무공을 제대로, 그러니까 정석으로 익혔으면 좋겠어요. 재능이 너무 아까워요."

예상 못한 말이었을까?

천류영은 기뻐하다가 당혹스러운 표정을 지으며 귀밑머리를 긁적였다.

"내 방법은 영 아니냐?"

"형님이 그린 그림은 너무 극단적이에요. 물론 이류 수준까지는 빨리 도달할 수 있을 거예요. 하지만 결코 고수의 반열에 오를 수는 없어요."

"……."

"그러나 정석대로 부단히 수련하면 십수 년 내에 고수가 될 수 있어요."

천류영이 살짝 미간을 찌푸리며 대꾸했다.

"내가 말했다시피 나는 고수가 되려는 것이 아니라 지지 않으려는 것뿐이야."

풍운이 고개를 저으며 정색했다.

"솔직하게 말할게요. 형님이 생각한 방식으로 수련하면 아무리 오래 노력해도 고수 만나면 바로 깨져요."

천류영이 입맛을 다시며 쓴웃음을 머금었다. 그러자 독고설이 위로했다.

"놀라운 재능을 발견했으니 축하할 일이에요. 우울해할 게 아니라. 그리고 아직은 기초 수련만 하느라 첫 단추도 꿰지 않았잖아요. 호원공은 익힌 지 얼마 되지 않아서 지금 멈춰도 별 무리는 없을 거고요."

남궁수가 고개를 주억거리면서 맞장구쳤다.

"그런 재능을 가지고 있는데 무공을 그딴 식으로 익힌다는 것은 말도 안 되는 일이지. 내가 분명히 말하는데 첫 단추를 잘못 꿰면 평생 후회할 거다."

그의 진심 어린 조언이었다. 그러자 천류영이 말을 받았다.

"충고 고마워. 하지만 당분간은 계속 이렇게 해 볼게."

사람들이 아연한 얼굴로 천류영을 보았다. 이건 누가 보아도 고집을 피우고 있는 것이다.

세상이 인정한 고수인 풍운과 오룡삼봉의 수석을 다투는 창천룡 남궁수가 아니라고 말하는데도 말이다.

조전후가 답답해 주먹으로 가슴을 쳤다. 그리고 입을 열려는 것을 독고설이 제지했다.

"답이 나온 상황인데 모두가 달려들어 무안하게 만들 필요는 없잖아요. 천 공자는 무공에 대해 잘 모르니까 이런 실수도 하고 그러는 거죠."

그리고는 풍운에게 한쪽 눈을 찡긋했다.

"네가 고수로서 그리고 무공 선배로서 얘기를 잘해 줘."

그녀는 천류영에게 한바탕 잔소리를 하고 싶어 하는 남궁수와 조전후를 억지로 끌고 가며 구위 사범에게도 말했다.

"구 사범님도 함께 가시죠."

누구의 부탁인데 거절하겠는가? 구위는 독고설이 자신도 챙긴다는 생각에 입이 귀까지 걸렸다.

"예, 그렇게 하겠습니다."

그렇게 독고설이 사람들을 데리고 사라졌다. 그녀 입장에서는 아무리 천류영이 틀렸다고 하더라도 여럿이 떼로 그에게 달려드는 광경이 보기 싫었던 것이다.

천류영과 풍운 사이로 어색한 침묵이 흘렀다.

땅에 내려선 어둠은 어느새 짙어져 완연한 밤이 되었다.

두 명의 무사가 우물가에 있는 둘을 보고는 인사를 하고 근처에 화톳불을 피웠다. 그리고 그 둘이 총총 사라질 때까지 침묵은 계속 이어졌다.

그런데 독고설이 홀로 다시 나타났다. 천류영이 없는 술자리는 그녀에겐 의미가 없었으니까.

독고설은 웃으며 둘을 보고 말했다.

"자자, 얘기는 다 끝났겠지?"

질문을 던지며 그녀는 깨달았다. 아직도 천류영이 고집을 꺾지 않고 있음을.

"분위기가 왜 이래? 설마 지금까지 서로 대화가 없었던 거야?"

풍운은 이해가 안 간다는 얼굴로 천류영을 직시하다가 말문을 열었다.

"형님이 그린 그림을 무시하는 게 아니에요. 혹시 자존심 상한 거예요?"

비로소 천류영이 고개를 저으며 말했다.

"자존심? 아니다, 그런 거. 나는 무공 입문하는 초심자고 넌 최고의 고수 중 한 명이야. 내가 어떻게 너에게 자존심을 세우겠어."

"그런데 왜 그렇게 심각한 표정을 짓고 고집을 부려요. 이건 형님답지 않아요."

"하나만 묻자."

풍운이 한숨을 삼키고 대꾸했다.

"말하세요."

"내가 무공을 정석으로 익혀 고수를 상대하려면 어느 정도의 세월을 얼마나 열심히 노력해야 할까? 내가 어느 순간 갑자기 적에게 당할까 봐 아군들이 조바심 갖지 않게 하려면 얼마만큼의 시간이 필요할까?"

풍운이 당황해 답하지 못했다. 독고설도 쓴웃음을 깨물며 고개를 젓고는 입을 열었다.

"천 공자, 그건 우물에서 숭늉 찾는 격이에요."

풍운이 천류영의 질문에 외치듯 대답했다.

"요즘처럼 집중력을 잃지 않고 매일 수련하면 십 년. 그 안에 형님은 고수가 될 수 있어요. 그 누구도 무시할 수 없는 무인이 될 거예요."

천류영의 입꼬리가 올라갔다. 그런데 그 미소가 기뻐서인지 씁쓸해서인지 분간이 되지 않았다.

기실 풍운의 말은 엄청난 것이다. 뒤늦게 무공에 입문한 천류영이 불과 십 년 안에 고수가 될 수 있다고 확언한 것은.

독고설조차 놀란 표정을 숨기지 못했다.

그러나 천류영은 전혀 기쁜 내색 없이 담담한 얼굴로 물었다.

"매일 이렇게 십 년?"

"형님, 그게 얼마나 엄청난 건 줄 아세요? 평생 노력해도 고수의 반열에 오르지 못하는 사람들이 태반이에요."

천류영이 풍운의 말꼬리를 삼켰다.

"알았다, 고민해 보마."

풍운은 기가 막혀 말문을 잃었다. 당최 왜 이렇게 고집을 피우는지 이해가 되지 않았다. 독고설도 부지불식간에 실소를 뱉었다.

그녀가 천류영 곁에 바짝 붙어 물었다.

"시간이 너무 오래 걸린다고 생각하니 초조한 건가요?"

천류영이 인정했다.

"예."

독고설은 솔직히 어처구니가 없었다. 무림인인 자신의 입장에서 지금 천류영의 모습은 행복에 겨워 투정하는 것으로밖에 보이지 않았다. 천류영이 보여 준 재능은 가지고 싶다고 가져지는 것이 아니었다.

"대체 뭐 때문에 그렇게 초조한 건데요?"

"저에게 권력이, 힘이 생긴다면 하고 싶은 일이 있었습니다. 바로 저처럼 힘들어 하는 사람들을 돕는 거죠."

그의 말에 풍운은 절강성을 떠올렸다. 독고설도 마찬가지였다. 어제 모용린이 그녀에게 천류영을 만류해 달라는 부탁을 했던 것이다.

풍운과 독고설이 흔들리는 눈동자로 천류영을 보는 가운데 그의 말이 이어졌다.

"그런데 십 년이란 긴 시간을 무공에만 매진하라니. 그건 다시 말하면 그 시간 동안 어려운 처지에 있는 그들을 잊고 살아야 한다는 말이니까."

풍운과 독고설은 입맛을 다시며 한 가지를 확실하게 깨달았다.

천류영은 결코 진짜 무림인이 될 수 없다는 것을.

무림인이라면 무공에 환장해야 하는 법이거늘.

독고설은 피식 웃으며 속으로 생각했다.

어쩌면…… 지금까지 없었던 신(新)무림인이 될지도 모르겠다는.

독고설이 고개를 주억거리며 천류영의 팔을 잡았다.

"천 공자가 원하는 대로 하세요. 솔직히 저는 천 공자가 강해지는 거 별로 바라지 않거든요."

그녀의 말에 천류영과 풍운이 눈을 동그랗게 떴다. 그러자 독고설이 시원한 웃음을 터트렸다.

"호호호, 왜냐하면 그래야 제가 천 공자를 늘 곁에서 지켜 줄 수 있으니까."

풍운은 황당한 얼굴로 독고설을 보며 혀를 내둘렀다.

하지만 그도 이내 피식 웃고 말았다.

천류영의 재능이 아깝긴 했다. 하지만 독고설의 말처럼 천류영이 가진 책사의 재능에 비하면 아무것도 아니었다.

그때 한 초로인이 그들에게 부리나케 달려왔다.

정문의 문지기였다.

"천 공자님, 여기 계셨군요. 한참 찾았습니다."

그는 천류영 앞에 멈춰서 목례를 하고는 말했다.

"천 공자님을 찾는 손님이 계십니다."

사실 근래 사천 분타엔 천류영을 만나고 싶다는 사람이 하루에도 수십 명씩 찾아왔다. 일종의 유명세였다.

독고설이 입술을 삐죽 내밀고 대신 답했다.

"또 안면이나 익히려는 사기꾼 같은 사람 아닌가요?"

실제로 모두 그랬다. 진짜 천류영과 알고 지냈던 사람은 한 명도 없었다.

문지기가 난감한 얼굴로 말했다.

"아주 화려한 마차를 타고 오셨습니다. 여덟 마리의 말이 끄는 마차인데, 그 마차 크기가 대단히 크고……."

이른바 힘 좀 쓴다는 고관대작으로 보인다는 말이었다. 그러니 문지기 입장에서는 함부로 내치기 곤란했을 터이고.

그는 눈치를 살피며 말했다.

"성함이 아광이라는 분입니다."

독고설이 천류영을 보며 물었다.

"아는 사람이에요?"

천류영은 어깨를 으쓱하며 고개를 저었다.

"처음 듣는 이름입니다."

문지기가 급히 말을 이었다.

"저번에 너무 급하게 헤어지는 바람에 술 한잔 하지 못한 게 아쉽다면서, 네 가지 이유에 대한 보답으로 이번엔 꼭 술을 대접하고 싶다는 말을 전해달라고……."

천류영이 바로 문지기의 말을 끊었다.

"지금 어디에 있습니까?"

"정문의 언덕 아래에 있습니다."

천류영이 빙그레 미소 지으며 말했다.
"알겠습니다. 옷을 갈아입고 곧 가겠다고 전해 주십시오."
문지기는 안도의 한숨을 쉬고는 따라 미소 지었다.
"아는 분이셨군요. 예, 그리 전하겠습니다."
천류영이 발을 떼자 독고설이 눈을 빛내며 속삭였다.
"그 사람이죠? 아소채의 광혈창 채주. 아! 그러고 보니까 아광이란 이름은 아소채와 광혈창의 앞글자군요."
귀를 쫑긋 세우고 있던 풍운이 놀라 말했다.
"우와아! 형님은 녹림의 채주도 아세요?"
천류영과 독고설이 동시에 돌아서며 검지를 입가에 댔다.
"쉿!"
"쉿!"
풍운이 머쓱한 얼굴로 천류영 옆으로 붙었다. 천류영이 독고설을 보며 물었다.
"소저께서는 어떻게 광혈창 채주인지 아셨습니까?"
"네 가지 이유요. 그때 그 객잔에서 두 가지 이유를 듣고 남은 두 가지 이유를 들으려고 성월루에서 술을 샀었잖아요."
천류영이 새삼스러운 시선으로 독고설을 보았다. 워낙 싸우는 모습만 보아서 깜빡하고 있었다. 그녀가 문무를 겸비했다는, 오룡삼봉의 뛰어난 인재라는 것을.

독고설이 풍운을 보며 말을 이었다.

"상대는 녹림의 십팔호걸 중 하나인 절정 고수 광혈창이야. 호위를 단단히 해야 돼."

천류영이 발걸음을 멈추고 그런 둘을 보며 말했다.

"저 혼자 가도 될 것 같은데……."

독고설이 눈에 쌍심지를 켰다.

"그렇게 자신의 위치에 대해 자각하지 못하니까 진산표국에 끌려갔던 거죠."

"……."

천류영은 입이 열 개라도 반박할 말이 없었다.

"위에 알리지 않고 우리들만 따라갈게요."

천류영은 나직이 한숨을 뱉고 잠시 침묵하다가 물었다.

"검봉께서 저와 함께 간다면…… 검봉은 원하지 않는 운명 속으로 끌려 들어갈 수도 있습니다."

"그게 무슨 뜻이죠?"

"저와 광혈창 그리고 검봉이 하나의 운명으로 엮어질 수도 있다는 뜻입니다. 그래도 따라가시겠습니까?"

사뭇 그의 음성이 무거웠다. 그래서 독고설은 쉽게 답하지 못하다가 물었다.

"제가 빠지면 천 공자와 광혈창만 엮이는 건가요?"

천류영은 고개를 돌려 풍운을 잠시 보며 생각하다가 말

했다.

"대신 풍운이 엮이겠지요. 아니면 저 혼자일 수도 있고. 거기까지는 예측이 되지 않네요."

"함께 가겠어요."

천류영은 입술을 잘근잘근 깨물다가 고개를 주억거렸다.

"알겠습니다. 검봉에게 피해가 가는 일은 없도록 하겠습니다."

독고설은 천류영이 자신을 배려하는 따스함에 기분이 좋아져 함박 웃다가 말했다.

"그런데 가는 동안 남은 두 가지 이유에 대해 말해 주면 안 돼요?"

"제 곁에 호위로 있으면 자연스럽게 알게 될 겁니다."

"그런가요? 하지만 그가 내가 있는 곳에서 천 공자와 대화를 하겠어요?"

"그는 스스로 사내다움에 취한 호걸이니까요."

"호오, 그렇단 말이죠."

독고설의 눈이 반짝거렸다. 그 모습을 보며 천류영은 단단히 주의를 주었다.

"겉모습일 뿐입니다. 녹림십팔호걸 중 일인이에요. 그 자리는 힘만 세다고 오를 수 있는 자리가 아닙니다. 뜨거운 웅지와 함께 수많은 고심들이 머릿속에 똬리를 틀고 있다고 봐야 맞지요."

독고설이 실망한 기색으로 대꾸했다.

"그럼 저는 밖에서 망만 보겠군요."

"아뇨. 검봉은 동석이 가능할 겁니다. 그래서 제가 아까 저와 광혈창과 함께 엮인다고 말한 거죠."

"정말 동석할 수 있다는 거죠? 호호호, 제가 미녀라서 그런 건가요?"

천류영은 고개를 저으며 말했다.

"아닐 걸요."

"그냥 그렇다고 말해 주면 어디 덧나요? 어쨌든 알았어요."

"대신 약속해 주십시오. 광혈창 채주와의 일은 누구에게도 말하지 않겠다고. 그렇지 않다면 저는 결코 소저와 동행하지 않겠습니다."

"제 청화란 별호를 걸고 맹세해요."

"검봉으로 해 주십시오."

독고설이 살짝 이맛살을 찌푸렸다가 고개를 주억거렸다.

"고마워해야 하나요? 이제 저에 대해 많이 아시네요. 어쨌든 맹세해요, 검봉의 별호를 걸고."

"광혈창 채주에게는 사문을 걸고 맹세해야 할 겁니다."

"그럼 동석을 허락한단 말이죠?"

천류영이 묘한 미소를 머금었다.

"뭐, 그게 소저를 동석하게 만들 계기는 될 겁니다."

그러면서 혼잣말로 중얼거렸다.

"그게 아니더라도 소저를 마차 안으로 들일 겁니다."

천류영은 옷을 갈아입기 위해 발걸음을 서둘렀다.

*　　　*　　　*

마차의 마부석에 앉아 있던 초로인은 언덕을 내려오는 천류영을 보고는 반색하며 자리에서 뛰어내렸다. 그는 풍운과 독고설을 경계하면서도 천류영을 향해 손을 내밀었다.

"반갑군, 천류영. 내 자네가 보통 사람이 아닌 줄은 알았지만, 허허허."

천류영이 손을 내밀어 악수를 했다.

보통 무림인들은 악수를 하지 않는다. 상대에게 손을 내준다는 건 위험천만한 일이니까.

그러나 일부 녹림인들은 악수를 즐겨 했다. 그건 자신이 손을 내주는 것 정도는 두려워하지 않는 사나이라는 뜻이기도 했으며 동시에 상대를 신뢰한다는 의미를 가지기도 했다.

"반갑습니다, 부두령."

"허허허, 석 달이 조금 안 됐나? 사람 팔자 시간문제라더니. 어쨌든 나는 자네가 크게 될 줄 알고 있었지."

"그렇습니까? 고맙습니다."

"처음엔 동명이인이 아닌가 생각했네. 하지만 자네의 첫인상이 너무 강렬했던지라 분명 동일인일 것이라 확신했지. 허허허, 어쨌든 우리의 예감이 맞았군."

실상 반신반의했다는 말이다. 그러나 천류영은 속으로 웃었다. 녹림십팔호걸 중 한 명인 광혈창이 그리 쉽게 움직일 리 없었다. 분명 이곳에 오기 전에 정보를 수집했을 터였다.

어쨌거나 배포는 인정해야 했다. 정파인들이 우글거리는 사천 분타 앞에 딸랑 부두령 한 명만 대동하고 등장하다니.

그때 독고설이 인상을 쓰고 있다가 차갑게 말했다.

"예를 갖춰 주십시오. 이분은 사천의 영웅이신 무림서생, 천 공자이십니다."

그녀의 말에 천류영과 부두령이 동시에 당황했다. 풍운도 너무 과하다는 생각에 살짝 진저리를 쳤다.

부두령이 인상을 쓰면서 대꾸하려는 찰나 마차 안에서 걸걸한 음성이 흘러나왔다.

"그녀의 말이 맞다."

그리고 거대한 마차의 문이 활짝 열리며 광혈창이 모습

을 드러냈다.

그러면서 마차 안에서 불빛이 밖으로 새어 나왔는데 하필 독고설에게 그 빛이 쏟아졌다.

순간 부두령의 눈이 찢어질듯 커졌다. 숨이 턱 막혔다.

건방진 계집이라고 생각했는데 자신이 태어나 처음 보는 절세가인이었다. 너무 청초하고 고혹적이라 심장이 멎는 듯했다.

2

광혈창도 독고설을 보고는 찰나 멈칫거렸다.

그러나 이내 미소를 지으며 천류영을 향해 두 팔을 짝 벌렸다.

"반갑네, 천 공자. 하하하. 이렇게 호칭하면 되겠소? 낭자."

독고설은 광혈창을 응시하며 정중하게 포권을 취했다.

"검봉 독고설입니다."

광혈창과 부두령이 다시 멈칫거렸다.

부두령의 얼굴이 딱딱하게 굳어 갔다. 광혈창은 그 정도는 아니었지만 입가의 미소가 지워졌다. 그는 풍운을 보며 말했다.

"그쪽 청년은 뉘신지?"

풍운이 포권을 취했다.

"풍운입니다."

광혈창의 얼굴도 굳었다. 그는 천류영에게 시선을 옮겨 물었다.

"무슨 뜻이지? 나를 사로잡고 싶다는 건가?"

두말하면 입이 아프게 유명해진 풍운과 오룡삼봉의 검봉.

이들이 달라붙으면 승산을 장담하기 어렵다. 무엇보다 고함만 지르면 정파의 고수들이 벌떼처럼 달려들 것이다.

그러나 광혈창의 입꼬리는 씨익 올라갔다. 해볼 테면 해보라는 자신감의 표출이었다. 허세로 보일 수도 있으나 광혈창다운 모습이기도 했다.

천류영이 손사래를 치며 앞으로 나섰다. 그리고 아직까지 양팔을 완전히 거두지 않은 그와 포옹을 나누며 말했다.

"섭섭합니다. 제가 생명의 은인을 그렇게 대접하는 사람으로 생각하셨단 말입니까? 이 두 사람은 임시로 제 호위를 해 주고 있을 뿐입니다. 또한 제가 가장 신뢰하고 의지하는 사람들이기도 하고요. 믿어도 됩니다."

그 모습에 부두령이 가슴을 쓸어내렸다. 광혈창도 다시 웃음을 터트렸다.

"크하하하, 역시 자네야. 암, 그래야 자네답지. 그나저나 정말 대단하군. 풍운과 검봉이 호위라……. 보면서도 믿기지가 않는군."

광혈창은 웃으면서도 눈은 풍운과 독고설을 주시했다. 포옹을 푼 천류영이 살갑게 말했다.

"무슨 술을 준비하셨습니까?"

"응? 아! 크하하하, 금실주(金實酒)를 준비했네. 자네 입맛에 맞을지 걱정이군. 자, 마차 안으로 들어가세. 비싼 돈을 주고 빌려서인지 넓고 호화로운 게 돈 값을 하더라고. 자네를 만나려면 이 정도는 되어야 한다고 부두령이 하도 채근을 해 대서 간만에 돈 좀 썼네."

광혈창이 들어가라며 팔을 뻗었다. 그러자 천류영이 그가 인도하는 대로 마차 안으로 성큼 들어갔다.

그러자 그 뒤로 광혈창이 들어서려다 멈췄다. 그의 큰 덩치가 마차 입구를 다 가렸다.

"천 공자, 예전의 자네가 아닌 것은 알겠어. 하지만 나는 지금 그대와 둘이서만 대작하고 싶은데. 자네하고만 하고 싶은 대화가 있거든."

독고설이 날카로운 목소리로 끼어들었다.

"불가합니다."

광혈창이 피식 웃고는 고개를 돌려 독고설을 보았다. 여전히 차가운 눈빛의 그는 인위적인 미소로 대꾸했다.

"검봉 소저, 미안하지만 나는 그대에게 물은 게 아니라오."

마차 안의 천류영이 입을 열었다.

"그렇게 하지요. 독고 소저 그리고 풍운. 미안하지만 밖에서 좀 기다려 줘. 오래 걸리지는 않을 거야."

순간 광혈창의 입꼬리가 올라갔다. 그건 묘한 미소였다.

"음, 자네는 나에게 신뢰를 보이는데 나는 너무 내 생각만 했나? 천 공자, 정말 믿을 수 있는 사람들인가?"

이번엔 천류영의 입가에 묘한 미소가 스치고 지나갔다.

"그렇습니다."

"……."

"한 명만, 독고 소저를 들이시지요."

"검봉을?"

다시 광혈창의 입가에 흐릿한 미소가 피어났다가 바로 사라졌다. 기실 천류영이 말하지 않아도 그럴 생각이었으니까.

"그녀는 저와 채주님 간의 비밀을 알고 있습니다."

광혈창의 검미가 꿈틀거렸다. 그의 눈에서 희미하지만 기광이 스쳤다.

"이거 실망이군. 자네의 입이 그렇게 가벼웠나?"

마차 안에서 천류영은 광혈창이 자신을 쏘아보는 눈빛에 부드럽게 대꾸했다.

"제가 채주님과의 일로 인해 진산표국에서 내쳐졌습니

다. 그때 동료들과 송별회를 하며 술을 마시게 됐는데 우연히 검봉이 옆 자리에 있다가 들었지요."

광혈창이 소매 속의 손을 불끈 쥐었다. 울컥하고 화가 치밀었다. 하지만 겉으로는 태연하게 혀를 찼다.

"아무리 그래도 그렇지."

"동료 쟁자수가 앞의 두 가지 이유를 말했지만, 채주님과 저만이 알고 있는 남은 두 가지 이유는 아직 아무도 모릅니다."

"흠……."

"어쨌든 그녀는 제가 채주님과 모종의 비밀을 나눈 사실을 알고 있습니다. 그런데도 아무에게도 그것을 알리지 않았지요. 여인의 입은 믿지 못해도 검봉은 믿어도 됩니다."

독고설이 이때다 싶어서 끼어들었다.

"내 사문을 걸고 맹세하지요. 어떤 일이 있더라도 비밀을 엄수할 것을. 저는 지금 천 공자의 안위를 걱정하는 호위일 뿐입니다."

광혈창이 잠시 침묵하다가 피식 웃으며 마차의 입구에서 물러섰다.

"사문을 걸고 하는 맹세라……. 위선적인 정파인들을 많이 보긴 했지만 독고세가라면 믿을 만하겠지. 그리고 여인이 이렇게까지 나오는데 더 뻗대면 사내인 내 꼴이 우습겠고. 좋아, 소저도 들어오시오."

독고설은 묘한 기분이 들었다.

천류영이 동석할 수 있을 것이란 말은 했지만 내심 어려울 거라 생각했었다.

어쨌든 그녀는 기회를 놓칠 세라 냉큼 마차 안으로 올랐다. 그러자 광혈창이 풍운을 보며 말했다.

"그대까지 안에 있으면 내가 영 불편해질 것 같거든. 양해해 주게나. 여기 있는 부두령과 근처에 산보라도 갔다 오면 좋겠군."

풍운은 어깨를 으쓱하며 고개를 끄덕였다. 천류영이 이미 자신은 동석하기 힘들 것이란 언질을 주었기에 전혀 섭섭한 표정이 아니었다.

광혈창이 마차에 오르고 마차 문이 닫혔다.

환한 마차 내부에서 광혈창은 독고설을 보며 말을 건넸다.

"무림오화를, 그것도 청화를 실제로 보는 날이 올 줄은 몰랐소. 영광이외다."

그는 술병의 뚜껑을 따고는 독고설 앞에 잔을 놓았다.

"한잔 하시겠소?"

말술을 마시는 그녀다. 그녀는 절로 침이 꼴깍 넘어갔지만 고개를 저었다.

"호의는 감사하지만, 저는 지금 천 공자 호위의 임무를 하고 있습니다."

천류영이 웃으며 말했다.

"독고 소저, 그렇게 딱딱할 필요 없습니다. 한잔 하시죠."

"천 공자가 원한다면야."

그러면서 앞에 놓인 술잔을 냉큼 집어 들었다. 그 모습에 광혈창이 소리 없이 웃고는 술을 따랐다. 그리고 천류영과 자신의 잔에도.

"우선 한 잔 합시다. 천 공자와 나와의 기막힌 인연을 위해서. 그리고 이 자리를 빛내 주는 미녀를 위해서도."

셋은 화기애애하게 건배를 하고 술을 비웠다. 독고설이 호기롭게 말했다.

"이번엔 제가 따르죠."

세 잔에 다시 술이 채워졌다. 광혈창이 독고설을 보며 아쉬운 표정을 지었다.

"외모만큼이나 성격도 좋구려. 하하하, 그대 같은 미녀가 호위라니, 천 공자가 부럽습니다."

공치사가 아닌 진심으로 부러운 낯빛이었다.

"저 역시 사내다운 채주님이 마음에 드네요."

"고마우신 말씀이구려. 그나저나 소저를 안에 들이긴 했는데 막상 대화를 어떻게 해야 할지 고민이 되는군요."

우락부락한 그가 생긴 얼굴과는 다르게 걱정스러운 표정을 지었다.

"사문을 걸고 맹세했어요. 이곳에서 나눈 대화는 결코 새어 나가지 않을 것이니 편하게 말씀하세요."

"흠……."

광혈창은 머뭇거리며 좀처럼 입술을 떼지 못했다. 그러자 천류영이 묘한 미소를 짓고는 입을 열었다.

"녹림의 원칙은 먼저 건들지만 않으면 싸우지 않는다고 알고 있습니다."

"그렇지. 우리의 의부이신 총표파자께서 내린 명이지."

"만약 독고 소저가 여기서의 일을 외부로 흘리면 독고세가가 잠자는 호랑이인 녹림을 먼저 건드리게 되는 겁니다."

"……!"

"건드린다는 것이 꼭 싸움만을 일컫는 건 아니잖습니까?"

독고설은 당황했고 광혈창은 웃었다.

"크하하하, 역시 자네는 명쾌하단 말이지."

천류영이 미소 지으며 말을 받았다.

"그리고 채주님께서도 두 가지 이유를 고려해 검봉을 안으로 들이신 것으로 알고 있습니다."

순간 광혈창의 눈동자가 흔들렸다. 하지만 그는 담담한

어조로 물었다.

"그게 무슨 뜻인가?"

"첫째, 제가 검봉과 풍운을 호위로 데려온 것을 보고 당황하셨을 겁니다. 특히 풍운 녀석의 무위는 근래 꽤나 유명하지 않습니까?"

"재미있군. 계속 해 보게."

"물론 채주님께서는 이곳까지 절 찾아오실 정도로 담대하신 분이지만 한 무리를 이끄는 수장. 그리고 이곳은 사천 분타의 정문 앞. 최악의 경우를 대비할 필요성도 느끼셨을 테니까요. 제가 요즘 유명세를 치르기는 하지만 그래도 명문세가의 여식이 인질로는 더 유용하지 않겠습니까? 한 명보다는 두 명이 낫고요."

독고설은 인질이 되지 않을 자신이 있다고 말하고 싶었지만 참았다. 겉으로는 웃고 있지만 심각한 대화가 오가는 중이니까.

광혈창은 술잔을 들며 물었다.

"재미있으면서도 섭섭하군. 그 말은 달리 말하면 내가 풍운 소협은 두려워한단 말인가?"

"두려워하는 게 아니라 비상시에 불편하다는 말로 들어주시지요."

"하하하, 좋아. 그럼 두 번째 이유는 뭔가?"

천류영 역시 술잔을 들며 반문했다.

"이게 더 중요한 이유겠지요. 저와 채주님, 우리의 비밀이 새어 나갈 경우를 대비한 것 아닙니까?"

독고설은 고개를 갸웃거렸다. 비밀을 지키려면 사람이 적어야 좋은 것 아닌가?

광혈창은 고개까지 젖히며 술잔을 단숨에 비웠다. 그건 어떻게 보면 그 순간의 표정을 숨기기 위한 것 같아 보였다.

탁 소리 나게 술잔을 탁자에 내려놓은 광혈창이 물었다.

"그건 무슨 뜻이지?"

"예전에 저라면 채주님이 무서워 비밀을 실토할 수 없습니다. 그러나 지금의 저는 다르지요. 주변에 수많은 정파인들이 저를 지켜 주고 있는 상황. 제 신분이 변하면서 오히려 채주님과의 비밀을 이용할 수 있는 위치가 되어 버린 것이죠. 사실 절 찾은 이유 중에는 그런 불안감도 있었을 겁니다."

의아해하던 독고설은 나직하게 탄성을 흘렸다. 천류영의 말이 일리가 있었다.

광혈창은 팔짱을 끼고는 두 발을 들어 몸을 살짝 뒤로 젖혔다가 다시 숙이며 양발을 바닥에 쾅 찍었다. 마치 재미있어 죽겠다는 듯한 모습이었다.

"후후후, 불안감이라……. 계속 말해 보게."

"그런 상황에서 독고세가의 검봉이 호위로 등장했습니다. 채주님께서는 경계하는 모습을 보이셨지만 속내로는 반기셨을 겁니다. 풍운과 다르게 검봉은 독고세가라는 배경이 있으니까요."

"……."

"만약 제가 예전에 해 준 조언이 새어 나가 채주님께서 동료 녹림도에게 의심을 받고 궁지에 몰린다면, 채주님은 제가 독고세가와 짜고 녹림을 이용하려는 것으로 둔갑시킬 수 있을 테니까요."

광혈창이 잠시 침묵하다가 또다시 웃음을 터트렸다.

"하하하, 말은 쉽지. 하지만 동료들이 내가 그런 말을 한다고 믿어 주겠는가?"

"그러니까 검봉으로부터 자필문을 받아야지요."

광혈창의 얼굴에서 미소가 사라졌다. 그는 귀신이라도 본 듯한 눈으로 천류영을 직시하다가 묘한 한숨을 뱉고는 물었다.

"음…… 내가 검봉에게 어떤 내용의 자필문을 받을까?"

"부담을 주지 않으면서도 이 상황에 맞는 자연스러운 것이 좋겠지요. 기껏 독고 소저를 안에 들이고도 대화를 시작하기 어려워하는 모습을 그래서 보인 것 아닙니까?"

"……."

"오늘 여기에서 나눈 얘기를 죽을 때까지 누구에게도 말하지 않겠다는 내용이면 되겠죠. 검봉은 당연히 써 줄 테니까."

독고설은 거침없이 말하는 천류영을 멍하니 보다가 이내 고개를 끄덕였다. 동석하기 위해서 그런 내용이라면 써 줄 용의가 있다는 표현이었다.

천류영은 그런 독고설을 일견하고 광혈창에게 말했다.

"그럼 중요한 내용은 어디에도 없습니다. 그 내용을 채주님께서 가공하면 되지요. 저와 독고세가가 채주님을 회유해 녹림의 이중 간자로 만들려고 했다고 말입니다."

독고설의 눈이 휘둥그레졌다.

충분히 가능한 가설이었다. 정파 그리고 같은 사파의 무인들조차 녹림십팔채를 경계했다. 많은 이들이 녹림 간부 속에 간자를 심어 놓고 싶다는 생각을 했다.

잠자는 호랑이가 언제 깨어날지 모르기에 대비하고 싶은 마음은 책임감 있는 무림인이라면 누구라도 가지고 있었으니까.

기실 그녀가 천류영에게 접근했던 이유 중 하나도 녹림십팔채의 내부 동향을 알고 싶었기 때문이었다. 광혈창이 총표파자의 자리에 오를 수 있다는 쟁자수의 말을 듣고 천류영에게 다가섰었으니까.

천류영이 얘기를 마무리했다.

"물론 채주님께서는 단칼에 거절하고 자리를 박차고 나간 것이고요. 그렇게 녹림의 동료들에게 말하면 녹림의 칼은 저와 독고세가에게 향할 겁니다. 그리고 그 배후엔 무림맹이 있을 터이니 정파와의 전쟁을 선언하겠지요."

"……."

"뭐, 실제로 전쟁까지 이어지냐는 중요하지 않습니다. 채주님께서 저와 검봉을 협박할 수 있는 증거를 가질 수 있다는 것이 중요하죠. 그럼 저나 검봉은 채주님과 우리의 비밀을 결코 외부에 흘릴 수 없게 되지요. 서로의 약점을 틀어쥐게 되니까요."

광혈창은 미치겠다는 표정으로, 앉은 자세로 발을 동동 구르며 입술을 잘근잘근 깨물었다. 그러다 한숨을 한 차례 크게 뱉고는 천류영 앞에 놓인 잔에 술을 따랐다.

"자네는 여전히 날카롭군. 본채의 똑똑하다는 인간들이 몇 날 며칠을 밤새며 만든 책략을 너무 쉽게 간파해 버리다니. 저번의 그대는 감탄스러웠는데 지금은…… 솔직히 무섭다는 생각이 드네."

"별말씀을. 저는 서로 경계하지 말자는 의미로 말씀 드린 것뿐입니다. 가슴에 뭔가를 숨기고서야 제대로 된 대화를 할 수 있겠습니까?"

광혈창은 제 잔에도 술을 따르고 물었다.

"검봉이 호위로 나오지 않았다면 어떻게 되는 건가?"

"상관없습니다. 어쨌든 제가 유명세를 타고 있는지라 제법 명망 있는 사람이 호위로 나왔을 테니까요. 그리고 그는 정파인일 테고. 그거면 되는 거지요. 설사 저 혼자 나오더라도 상관없었겠지요. 저에게 자필문을 받으면 되는 거니까. 그러니까 배경이 있는 사람이 나오면 더 좋은 정도였겠지요. 채주님에게는 말입니다."

광혈창이 손뼉을 치며 낮게 웃었다.

"후후후, 차라리 귀신을 속이는 편이 낫겠군. 자네 하고는 정말로 적이 되고 싶지 않아. 진심이네."

그는 천류영을 뚫어지게 보았다.

이 청년을 가지고 싶다는 생각이 간절해졌다. 처음 만났을 때 자신의 수족으로 끌어들였다면…….

광혈창은 천류영을 그냥 보내 주었던 것이 새삼 뼈저리게 후회스러웠다.

그러나 어쩌겠는가?

불과 석 달여 만에 재회했지만 이제 천류영은 자신도 함부로 건드릴 수 없는 거목이 되어 있었다.

광혈창은 아쉬움을 떨쳐 내고는 뒤편에 준비해 두었던 종이와 붓 그리고 먹물 통을 꺼내 탁자에 놓았다.

"이것 참, 마치 이건 자네가 하라는 대로 하는 것 같아서 쑥스럽군."

천류영이 빙그레 웃으며 대꾸했다.

"채주님과 저 사이에 무슨 그런 감정을 가지십니까?"

광혈창이 미소 지으며 독고설에게 말했다.

"그럼 검봉께서 방금 천 공자가 한 말을 써 주겠소? 천 공자와 내가 서로 믿을 수 있게."

3

독고설은 지금껏 들은 얘기가 가슴에 걸렸다. 괜히 자신의 호기심으로 사문에 누가 될 일을 저지르는 건 아닌가 망설이며 광혈창에게 물었다.

"이해가 되지 않는 게 있어요. 천 공자가 채주께 했다는 네 가지 조언. 그것은 문서화 된 것이 아니잖아요. 그러니까 천 공자가 비밀을 흘려도 거짓말이라고 잡아떼면 되는 것 아닌가요?"

광혈창은 다시 팔짱을 끼며 고개를 저었다.

"높은 자리에 있는 자의 말은 그 어떤 증좌보다 무서운 영향력을 끼칠 수 있다오. 무림맹의 사군사가 된 천 공자가 내가 총표파자의 자리를 노리고 있다는 말을 한다면, 그것이 사실이든 거짓이든 나는 심각한 타격을 피할 수 없을 것이오."

"그래도 아니라고 부인하면……."

"나중에 서로 오해였다고 풀 수 있겠지. 뜬소문을 들은 것이라고 화해를 청하면 전쟁까지 가지도 않을 테고. 그럼 나만 서서히 몰락하게 되는 거요. 동료들에게 찍힌 의심이란 낙인은 쉽게 벗겨지는 것이 아니니까."

천류영이 독고설을 향해 말했다.

"채주께서는 총표파자가 되기 위해 움직이기로 결심한 겁니다. 그렇지 않았다면 저를 찾아오지 않았을 겁니다."

독고설이 눈을 빛내며 고개를 주억거렸다.

"대권을 노리니 위험해질 수 있는 것은 미리 정리하겠다는 거군요."

그녀의 얼굴이 굳었다. 자신이 방금 한 말이 가진 위험성이 느껴진 것이다. 어쩌면 천류영을 제거하겠다는…….

물론 이곳은 무림맹 사천 분타가 지척인 안방이다. 아무리 담대한 광혈창이라고 해도 그렇게 무식한 일을 벌일 리는 없었다. 그럼에도 독고설은 심장이 조여 오는 느낌이 들었다.

아주 작은 가능성이라고 해도 천류영이 위험할 수 있다는 것은 상상만으로도 끔찍했다.

천류영이 여유로운 표정으로 빙긋 웃으며 말했다.

"위험 요소를 차단한다는 이유도 있습니다만 제 조언이 필요해서 왔다는 뜻이기도 합니다. 그러니 자필문을 써 주십시오. 괜찮습니다."

독고설은 입술을 꾹 깨물고 천류영을 보며 고개를 끄덕

였다. 그의 미소를 보니 심장을 조이던 불안감이 눈 녹듯 사라졌다.

"예, 천 공자만 믿을게요."

그녀의 말에 천류영은 왠지 가슴이 뭉클해졌다.

이 여인을 생각하면 보통 세 가지가 떠올랐다.

강함과 아름다움, 그리고 자신을 위해 오열하던 모습.

그런데 방금 한 말은 또 다른 감정을 천류영의 가슴에 아로새겼다.

자신만 믿겠다고 말하는 독고설은 왠지 꼭 지켜 주어야만 할 것 같은 느낌이 들게 했다. 그러나 그런 생각을 고개를 저으며 흘려보냈다.

누가 누구를 지킨단 말인가?

오룡삼봉의 후기지수에 속하는 검봉 독고설이다.

세상이 고수라고 인정한 그녀를 무공 초심자인 자신이 어떻게 지키겠는가? 삼척동자도 비웃을 일이다.

저자에서 왈패라도 만난다면 자신이 아니라 그녀가 자신을 지켜 줄 것이다.

그럼에도 불구하고 천류영은 열심히 붓질을 해 나가는 독고설의 옆얼굴을 지켜보면서 이 여인을 지키고 싶다는 생각을 다 털어 내지 못했다.

독고설이 글을 쓰고 인장을 찍어 광혈창에게 넘겨주었다. 그러자 광혈창은 내용을 쓱 훑고 조심스럽게 탁자의 서랍을 열어 넣고는 말했다.

"천 공자 그리고 검봉, 이제 우리는 한 배를 탔소. 죽어도 같이 죽는다는 말이오. 그런 의미로 다시 한 번 건배합시다."

"좋습니다."

"좋아요."

술잔이 비워지고 다시 채워졌다. 광혈창은 천류영을 보며 피식거리다가 말했다.

"변방에서 조용히 살던 내가 자네를 만난 것이 행운인지 불행인지 아직도 모르겠군. 석 달여 동안 자네의 인생도 많이 변했지만 나 역시 마찬가지라네."

그는 아쉬움에 입맛을 다셨다. 원래는 자필문을 받은 후에 천류영이 한 얘기를 자신이 하면서 주도권을 잡으려고 했다. 그런데 상황이 묘하게 되어 버린 것이다.

천류영이 입을 열었다.

"방주채와 수한채의 갈등이 예상보다 훨씬 빠르게 고조되고 있다고 들었습니다."

"그렇다네. 그러지 않았다면 통합을 강조하는 내가 조금 더 자리를 잡을 수 있었을 텐데……. 아쉬운 일이지. 자네를 몇 달만, 아니, 한 달만 더 빨리 만났더라면 좋았을 것을."

광혈창은 진심으로 애석한 표정을 지었다.

"총표파자님께서 채주님을 호출하셨습니까?"

광혈창은 술잔을 들다가 멈칫하고는 피식 웃었다.

"무림맹의 정보력이 그 정도였나?"

"그럴 리가 있겠습니까? 그냥 돌아가는 상황과 채주님의 넋두리를 듣고는 한 번 추측해 본 것뿐입니다."

광혈창이 술잔을 만지작거리며 말했다.

"나는 자네의 조언에 따라 총표파자님과 채주들에게 선언했네. 더 이상 우리끼리의 분란은 위험하다고. 이런 식으로 나가면 누가 후임 총표파자가 되더라도 후유증이 클 수밖에 없고, 자칫 녹림이 두 쪽 날 수도 있다고. 그 덕분에 총표파자님과 다섯 곳의 채주들한테 용기를 내준 것에 대해 고맙다는 말을 들었지."

천류영이 귀밑머리를 긁적거리며 말을 받았다.

"문제는 채주님께서 그리 말했음에도 방주채와 수한채의 갈등이 이미 수습이 불가할 정도로 빠르게 나빠졌다는 것이겠지요. 일촉즉발의 위기가 다가오니 중립을 지키던 곳들도 방주채나 수한채에 붙기 시작했고요."

광혈창은 고개를 절레절레 저었다.

"자네 정말 녹림에 간자를 심어 두기라도 했나?"

"갈등이 봉합되기 어려울 정도로 격화되고 있다는 소문이 표국과 상단에 파다합니다. 언제 큰 싸움이 터져도 이상할 것이 없다는 반응이니 그런 흐름은 예상할 수 있지요."

광혈창의 표정이 우울해졌다.

"그렇다네. 어쨌든 나는 총표파자님과 다섯 곳의 채주들과 함께 끝까지 중립에 서겠다고 며칠 전에 선언했네. 그런데 곧바로 방주채와 수한채에서 동시에 전서구를 보내 왔어."

천류영이 고개를 끄덕이며 말을 받았다.

"중립도 적으로 보겠다는 협박이었겠군요."

빤한 수순이었다. 광혈창은 고개를 끄덕이며 술을 들이키고는 말했다.

"맞아. 그래서 내 편을 들어 주던 다섯 채주들까지 흔들리고 있는 것 같네. 자네의 그 좋은 머리로 이 난국을 타개할 묘책을 줄 수 없겠나?"

천류영은 갑자기 입을 닫아걸고는 술을 천천히 마셨다. 그리고 다시 술을 채우고 그 술도 천천히 음미하듯 마셨다. 마치 생각에 골몰하는 듯한 표정이었다.

그러나 그걸 곁에서 지켜보던 독고설은 속으로 한숨을 삼켰다. 술잔을 비울 때의 천류영의 입꼬리가 올라가 있었던 것이다.

이미 그는 생각을 다 끝낸 것이다.

아니, 어쩌면 그는 광혈창과 만나러 오기 전에 수많은 경우의 수를 생각했던 게 아닐까? 그리고 그가 생각한 그 많은 가정 속의 하나를 여유롭게 꺼내고 있는 것뿐일지도.

독고설은 그럴 것이라 생각했다. 그러자 등줄기를 타고 소름이 올라오는 듯해서 앞에 놓인 금실주를 천천히 마셨다. 그러자 놀랐던 가슴이 조금은 진정됐다.

피식 웃음이 새어 나왔다.

천류영의 이런 모습.

처음 본 것도 아닌데 볼 때마다 놀라는 자신이 왠지 한심하다는 생각마저 들었다.

역시 이 사람은 하늘이 내린 책사였다. 그깟 무공쯤이야 엉망으로 배우면 어떻겠는가!

아니, 아까는 농으로 말했지만 이 사람이 너무 강해지지 않았으면 좋겠다. 곁에서 늘 지켜 줄 수 있게. 그런 핑계로라도 붙어 있고 싶었다. 가능하다면 평생을…….

그녀가 짧은 상념에 빠진 사이 천류영은 또다시 한 잔을 비우고 입을 열었다.

"제 생각을 말씀 드리기 전에 먼저 여쭙고 싶은 것이 있습니다."

광혈창이 기다렸다는 듯이 바로 물었다.

"뭔가?"

"종표파자가 되는 게 목표입니까? 아니면 녹림을 지키는 것이 우선입니까?"

광혈창이 당황하다가 눈살을 찌푸리며 반문했다.

"똑같은 거 아닌가?"

"다릅니다. 총표파자가 목표면 많은 피를 흘려야 합니다. 의형이라는 채주들과 녹림의 동료 수하들을 적지 않게 잃을 겁니다."

"……."

"녹림을 지키는 것이 목표라면 피는 적게 흘릴 겁니다. 그러나 채주께서는 총표파자가 끝끝내 되지 못할 겁니다."

광혈창이 침묵에 들어갔다. 천류영은 그런 그를 재촉하지 않고 조용히 기다렸다.

독고설은 숨 막힐 듯한 이 분위기 속에서 천류영을 보았다. 대체 이 남자는 무슨 생각을 하고 있는 걸까? 그래서 궁금증을 참지 못하고 전음으로 물었다.

[천 공자, 광혈창은 어떤 선택을 할까요?]

느닷없이 고막으로 파고든 전음에 천류영의 눈동자가 일시 흔들렸다. 그러나 그는 태연한 표정을 유지하며 독고설에게 말했다.

"이 술 맛있군요. 앞으로 종종 마셔야겠습니다."

독고설은 속으로 '아!' 하는 탄성을 흘렸다.

전자(前者), 즉, 광혈창은 피를 흘리더라도 총표파자의 자리를 원할 것이란 뜻이었다.

왜냐하면 '앞으로'라는 말을 했으니까.

그러면서 자연스럽게 연상되었다. 그가 후자(後者)를

말하려고 했다면 '나중에' 라는 말을 썼을 것임을.

독고설은 그게 재밌어 답했다.

"예, 나중에 술을 구해 놓을게요."

그녀는 광혈창이 후자를 선택할 것 같다는 말을 한 것이다. 왜냐하면 광혈창은 녹림을 사랑하는 것으로는 채주들 중에서 누구에게도 뒤지지 않는다는 소문이 있었기 때문이다.

그리고 잠시 후, 광혈창이 나름 긴 침묵을 깨고 입을 열었다.

"천 공자, 자네가 알지 모르겠지만 나는 녹림을 그 누구보다 사랑하네."

독고설은 탁자 밑의 손을 불끈 말아 쥐었다.

후자였다!

천 공자에게는 미안했지만 자신도 제법 한다는 것을 보여 준 것 같아 기분이 나쁘지 않았다. 조금이라도 그에게 인정받는 듯한 느낌이 좋았다.

천류영이 고개를 끄덕이며 담담하게 대꾸했다.

"압니다."

"그렇기에 나는 이 잘못된 녹림을 지켜볼 수만은 없어."

"……."

"피를 흘리더라도 제대로 된 녹림을 만들어야지. 내가

총표파자가 되어 그런 녹림을 만들어 보겠네."

독고설은 허탈감에 굳어지려는 표정을 수습하기 위해 안간힘을 써야 했다. 천류영은 그런 독고설을 흘낏 보고는 광혈창을 향해 미소 지었다.

"훌륭한 선택이십니다."

독고설은 평판에 휘둘려 중요한 것을 간과했다.

광혈창이 위험을 무릅쓰고 이곳까지 찾아왔다는 것.

그건 대담함을 보여 주는 것인 동시에 절박함을 뜻하는 것이었다. 광혈창의 심장에서 불타는 권력욕이 꺼질 수 없는 상황이라는 의미였다.

원래 권력이란 것의 속성이다.

전혀 생각 없는 사람이라도 제 앞에 권력을 쥘 수 있는 판이 펼쳐지면, 그 가능성이 희박하더라도 권력의 노예가 되기 십상이다. 하물며 뜨거운 기개로 유명한 녹림십팔호걸 중 일인인 광혈창이다.

"고맙네, 자네라면 날 이해해 줄 것이라 생각했어. 그리고 내게 유익한 조언을 해 줄 것이라고도 믿고 있네."

"한 가지만 더 여쭙겠습니다. 채주님의 주장을 옹호하는 총표파자님과 다섯 채주들. 그분들은 얼마나 채주님을 믿습니까? 그러니까 함께 싸우다 죽을 각오가 돼 있는 분들입니까?"

광혈창의 얼굴이 일그러졌다. 그는 술을 병째 들어 마

시고는 말했다.

"총표파자님과 두 곳의 채주는 확신하지 못하네."

"확실한 채주님 편은 세 곳이라는 뜻이군요."

광혈창의 고개가 밑으로 떨어졌다.

"그렇지."

천류영이 빙그레 웃고 말했다.

"상관없습니다."

"……!"

광혈창도 놀라고 독고설도 놀랐다. 광혈창이 고개를 들고는 눈을 빛내며 물었다.

"상관없다고?"

"예."

"어서, 어서 자네의 생각을 말해 주게. 그 생각대로만 된다면 내 결코 은혜를 잊지 않을 것이네."

"예전에 저에게 비슷한 말씀을 하셨습니다. 대권을 잡을 수 있다면 제가 원하는 부탁 한 가지는 반드시 들어주겠다고."

"기억하고 있네. 암, 자네를 만났던 그날 밤을 어찌 잊을까?"

"그럼 그 말을 독고 소저가 기록으로 남겼듯이 저에게 문서로 써 주실 수 있습니까?"

광혈창의 눈가가 살짝 경련을 일으켰다. 그것을 재빨리

본 천류영이 첨언했다.

“어떤 부탁이라도 들어달라는 억지를 부리려는 건 아닙니다.”

“그럼 뭔가?”

“제가 표국 혹은 상단을 공동으로 경영하게 될 것 같습니다. 그러니 광혈창 총표파자님이 저와 친분이 있으니 그 표국의 통행세는 조금 감면해 달라고…….”

천류영이 약간 민망하다는 표정으로 말을 흐렸다. 그러자 광혈창이 대소를 터트렸다.

“크하하하, 고작 그건가? 써 주지, 당장 써 주고말고.”

그는 화선지를 펴고 거친 필체로 글을 써 나갔다.

“나 광혈창의 벗인 천류영이 운영하는 표국이나 상단에게는 통행세를 받지 말라. 자, 이 정도면 되겠는가?”

인장까지 찍은 그가 화선지를 천류영에게 내밀었다.

“저는 약간 감면만 해 주는 것만으로도…….”

“크하하하, 자네와 나 사이에 무슨 그런 말을 하는가? 나야말로 너무 일방적인 거래를 하는 것 같아 미안한 참이네.”

천류영은 감사하다는 시늉으로 고개를 숙이고는 이내 정색했다.

“일단 총표파자님을 만나셔서 말씀하십시오. 통합을 위해 노력했지만 힘이 부족하여 그 뜻을 접어야겠다고. 그럼 총표파자님은 두 가지 선택 중 하나를 할 겁니다. 채주님을 붙잡든지 어쩔 수 없다고 놓아주든지."

광혈창이 고개를 끄덕였다.

"그렇겠지."

"채주님을 붙잡는다면 총표파자님의 수하들을 빌려 달라고 요구하십시오. 총표파자님의 손과 발이 되어 대신 싸우겠다고."

광혈창은 입술을 꾹 깨물고 잠깐 침묵하다가 물었다.

"내줄까?"

천류영이 빙그레 웃고는 단호하게 고개를 저었다.

"내주지 않을 겁니다. 이빨 빠진 호랑이는 남은 발톱에 더 집착하는 법이니까."

"……."

"그러니 총표파자님이 채주님을 붙잡든 그렇지 않든 간에 병력을 얻어 낼 수는 없을 겁니다."

광혈창은 고개를 주억거렸다.

녹림십팔채는 하나다. 외부의 공격을 받으면 똘똘 뭉쳐 싸운다.

하지만 내부의 문제로 서로 간에 전력을 빌려주는 것은 전례가 없었다. 함께 싸우는 것과 병력을 내주는 것은 천지차이다.

"총표파자님과의 만남은 소득이 없을 겁니다. 하지만

끝까지 노력한다는 모습은 보여 줄 수 있습니다. 명분은 그렇게 해서 만들어지는 법이지요."

광혈창은 상체를 의자에 기대며 깊은 한숨을 뱉어냈다.

"휴우우, 총표파자님을 만나러 가는데 별 소득이 없을 것이라는 말을 들으니 가기가 싫어지는군."

"아소채로 돌아가다가 다시 총표파자님에게 가십시오."

"응? 그건 또 무슨 말인가?"

광혈창뿐만 아니라 독고설도 의아한 얼굴로 천류영을 보았다. 천류영이 질문에 답했다.

"최고의 자리는 결코 순수한 마음으로만 차지할 수 없습니다. 연기가 필요하지요."

"……?"

"총표파자님 곁에 있게 해 달라고 울면서 호소하십시오. 차마 발이 떨어지지 않아서 돌아왔다고. 자신을 거둬 달라고 부탁하십시오. 목숨으로 총표파자님을 지키겠다고 하십시오."

광혈창은 답답하다는 표정으로 대꾸했다.

"천 공자, 나는 지금 자네가 왜 그런 말을 하 모르
겠네. 지금 녹림의 가장 큰 힘은 방주채와 수한채에게 가 가지
고 있어. 총표파자님 곁에 있다가는 방
목이 달아날 거란 말이네." 님과 우호 관계

"제 말대로 하십시오. 그리고

인 다섯 곳에도 통보를 하십시오. 총표파자님을 중심으로 싸우자고."

"정말 답답하군. 사람이라면 지는 해보다 떠오르는 태양을 쫓는 거라네. 채주들도 마찬가지야. 이건 중립을 지키자는 것보다 훨씬 어리석은 선택이네."

천류영은 등허리를 꼿꼿이 폈다. 그리고 광혈창을 직시하며 말했다.

"제가 최근에 열심히 정보를 판 곳이 녹림입니다. 아무래도 표국에 오래 있었고, 앞으로도 표국을 공동 경영할 것이니 관심이 쏠렸습니다. 세세한 움직임은 알 수 없었지만 커다란 흐름은 보이더군요."

광혈창은 이제 심드렁한 표정마저 지었다. 천류영에게 기대가 컸던 만큼 실망도 크다는 기색이었다.

"그런가?"

천류영이 피식 웃었다.

"총표파자님이 정말 이빨 빠진 호랑이라고 생각하십니까"

"?"

"제 기에 그분은 이빨을 숨기고 있는 겁니다. 날카롭게 갈 이죠."

"……!"

"그는 패왕 꿈꾸고 있습니다."

4

마차 내부가 찰나 정적에 휩싸였다.

광혈창뿐만 아니라 독고설조차 눈을 화등잔만 하게 뜨고는 천류영을 아연한 얼굴로 보았다.

침묵을 깬 건 독고설이었다.

"녹림의 총표파자가 패왕의 별을 꿈꾸고 있다는 것은 조금 억측이 아닐까요?"

광혈창도 실소를 뱉고는 고개를 흔들었다.

"우리 산(山)사나이들이 누구보다 뜨거운 열혈남아라는 것을 부인하지는 않네. 또한 현 녹림의 전력이 그 어느 시기보다 강하다는 것도 사실이지. 그러나 패왕의 별이라니. 그건 너무 터무니없는 말이네."

그는 손사래를 쳤다. 그만큼 천류영의 말은 위험한 발언이었다.

녹림이 패왕의 별을 꿈꾼다는 얘기가 저자에 퍼지면 정파와 사파 그리고 마교까지도 자신들을 적으로 삼을 것이다. 생각만으로도 오싹한 일이었다.

둘의 반박에 천류영이 고개를 갸웃거리며 반문했다.

"일만의 수하를 가지고 있는 녹림입니다. 그만하면 야심을 품을 만하지 않습니까?"

광혈창이 눈살을 찌푸렸다.

"녹림은 절반 가까이가 삼류에 불과하다는, 누구나 다 알고 있는 얘기를 꼭 내 입으로 해야 하나?"

광혈창은 자존심이 상했다. 물론 천류영의 말마따나 녹림의 고수들도 패왕의 별을 보면 가슴이 뜨거워지고는 한다. 하지만 그렇다고 해서 패왕의 별을 꿈꾸는 건 다른 문제다.

광혈창은 불만스러운 표정으로 말을 덧붙였다.

"총표파자께서 왜 먼저 건들지만 않으면 싸울 일은 없다고 천명하신 줄 아나? 왜 오랜 시간 우호적인 관계였던 같은 사파와도 관계를 끊고 거리를 두는지 아나? 바로 자네처럼 우리가 패왕의 별을 노릴지도 모른다는 의심을 할 수 있어 사전에 차단한 거네."

"……."

"분수를 넘는 과욕은 패가망신의 지름길이라는 것쯤은 나뿐만 아니라 모든 녹림도들이 다 알고 있단 말이야."

광혈창은 들고 있는 술잔으로 탁자를 두 차례 내려쳤다. 기분이 좋지 않다는 것을 부러 보여 주는 것이다.

천류영은 피식 웃고 입을 열었다.

"그렇게까지 열정적으로 아니라고 주장하시니 이제부터 제가 왜 그런 생각을 가졌는지에 대한 질문을 해 보겠습니다."

광혈창은 어이없다는 기색으로 실소를 흘렸다.

"그건 또 무슨 말인가? 자네가 폭탄선언을 했으니 질문이 아니라 그 이유를 설명하는 게 도리에 맞지 않나?"

"녹림의 내부 정보를 알지 못하는 제가 설명해봐야 수박 겉핥기가 될 겁니다. 그러니 저는 의문을 제기하고 채주님께서 스스로 답을 내는 것이 옳다고 생각합니다. 채주님께서는 답변을 하셔도 좋고 밝히기 어려운 녹림의 기밀이 포함된다면 침묵하셔도 좋습니다."

광혈창은 혀를 끌끌 차며 고개를 저었다.

"참나. 대체 이게 뭐하자는 꿍꿍이인지. 녹림의 정상에 오를 방법에 대해 조언을 받자는 것뿐인데 왜 대화가 이렇게……."

"채주님, 총표파자의 의도와 현 녹림의 상황에 대해 제대로 알아야 채주님께서 대권을 쥐실 방법도 나오는 것 아니겠습니까?"

잠깐의 침묵이 흘렀다. 광혈창은 못마땅한 표정으로 구시렁거리다가 입을 열었다.

"어디 무슨 의문으로 그런 생각을 했는지 들어나 보세."

"첫 번째 의문입니다. 삼십삼 년 전, 총표파자님은 흩어진 녹림을 일통하고 녹림십팔채 체계를 확립했습니다. 그는 당시 녹림뿐 아니라 전 무림에서 제일 유명한 고수 중 한 명이었지요."

광혈창이 희미한 미소를 입가에 머금으며 고개를 끄덕였다.

"그랬지, 최고셨네. 누구보다 뜨거운 분이시지. 동시에 가장 강한 무인이셨고. 하지만 더 대단한 건 책략에도 밝으셨어. 하긴 그러니까 녹림을 일통하신 것이지."

천류영이 빙그레 웃고 물었다.

"그렇게 강하고 치밀하신 그분께서 왜 수한채와 방주채가 자신을 훌쩍 넘어서는 세력을 가지는 긴 시간 동안 한 번도 제지를 하지 않았을까요?"

광혈창의 눈에 당혹스러움이 피어났다. 그는 미간을 찌푸리다가 답했다.

"그야…… 그분은 우리의 의부시고, 그러니 양아들을 믿어서……. 그게 아니라면 경쟁을 통해서 더 강한 아들을 후계자로 삼으려고……"

광혈창은 말꼬리를 흐렸다. 대답이 되기는 하는데 뭔가 명쾌하지 못하다는 느낌이 들었다.

천류영의 의문대로 총표파자께서는 상황이 이렇게 악화되는 것을 막을 시간이 충분히 있었다.

"두 번째 의문입니다. 강호의 어떤 세력이라도 먼저 건드리지 않는 이상 싸울 일은 없을 것이라고 한 총표파자님의 선언. 이것은 패왕의 별을 꿈꾸는 세력들이 머지않아 큰 싸움을 벌일 테고, 그때까지 녹림의 전력을 낭비하지 않겠다는 교묘한 선언이라고 생각할 수도 있지 않습니까?"

천류영의 대범한 질문에 침묵하며 지켜보던 독고설의 눈가가 희미하게 떨렸다. 그러나 광혈창은 얼굴 가득 오만상을 쓰며 큰 목소리로 반박했다.

"외부와 싸워 전력을 훼손할 일은 없을지 몰라도 당장 우리 내부가 두 쪽 나게 생겼는데? 더 나아가 내가 자네의 말을 받아들여 총표파자님 편을 들면 세 쪽이 날 터이고."

천류영은 묘한 미소를 지으며 말했다.

"세 번째 의문입니다. 십 년이 넘는 동안 방주채와 수한채는 차기 대권을 놓고 대립해 왔습니다. 그 대립은 점점 고조되고 있지요. 그러나 여태 제대로 된 충돌은 없었다는 점은 어떻게 생각하십니까?"

광혈창이 당황하며 말을 더듬거렸다.

"그, 그야 대권을 위한 일이니 신중할 수밖에 없지 않나? 그리고 그 형님들이 쉬고 있었던 건 아니네. 계속해서 동료 채주들을 설득하고 자신의 세력도 확장했지."

천류영은 술잔을 들어 올려 절반쯤 마시고는 말했다.

"네 번째 의문점입니다. 방주채와 수한채는 그런 이유로 세력을 확장시키고 있습니다. 그건 다시 말해 녹림의 힘이 조용히 늘어나고 있다는 애기입니다."

"……."

"그런데 사람들은 견원 사이인 방주채와 수한채가 벌일 큰 싸움에만 주목하느라 그 사실을 크게 염두에 두지 않고 있습니다. 이 점에 대해 어떻게 생각하십니까? 혹시 싸움이 끝끝내 일어나지 않을 수도 있지 않을까요?"

"……!"

광혈창은 입술을 꾹 깨문 채 침을 꼴깍 삼켰다. 머릿속이 어지러워졌다.

"다섯 번째, 같은 사파인 사오주와 관계를 끊은 이유는…… 그들과 함께 정파와 싸우게 될 가능성을 피하기 위해서라고 생각할 수 있지 않을까요?"

"……."

"총표파자님은 최후의 최후까지 침묵할 수도 있지 않을까요? 마지막 승자가 되기 위해서."

독고설은 폭풍처럼 질문을 쏟아 내는 천류영을 보면서 숨을 죽였다. 머리가 핑핑 돌았다. 생각이 채 정돈되기도 전에 천류영은 송곳 같은 다음 질문을 내놓았다.

그런 과정을 통해 독고설은 자신도 모르게 천류영의 의문이 충분히 타당하다고 믿기 시작했다.

"여섯 번째, 채주님께서 녹림의 절반은 삼류 수준도 안 된다고 하셨습니다. 뭐, 유명한 얘기지요. 그런데…… 아소채 수하들 절반의 실력이 정말 그렇습니까?"

광혈창은 빈 잔에 술을 따르며 간만에 답했다.

"우리는 내가 조련을 잘 시켜서 그렇지는 않다. 대부분이 정예다."

그의 말이 끝나기 무섭게 천류영의 질문이 이어졌다.

"일곱 번째, 그렇다면 가장 큰 세력을 형성하고 있는 방주채나 수한채는요?"

"……."

"그 두 채는 일촉즉발의 상황이니 더더욱 수하들을 수련시키고 있지 않겠습니까? 더불어 그 양쪽에 붙은 채주들도 충돌에 대비해 전력을 끌어 올리고 있지 않을까요?"

"……."

"다시 말해서 세인들이, 심지어 녹림도들조차 별 생각 없이 받아들이고 있는, 녹림의 절반은 형편없는 수준이라는 말. 과연 지금도 진실일까요?"

"……."

"여덟 번째 의문입니다. 정파나 사파 혹은 마교는 녹림을 주적(主敵)은 아니지만 그냥 놔두기엔 무시하지 못할 세력이라고 판단하고 오랫동안 주시하고 있습니다."

독고설이 침묵을 깨고 입을 열었다. 뭔가 말하지 않으면 머리가 터질 것 같아서였다.

"예, 저 역시 그렇게 생각하고 있어요."

천류영의 시선이 광혈창에서 독고설에게 이동했다.

"이런 상황에서 녹림은 대권을 두고 수한채와 방주채가 분열의 조짐을 보였습니다. 그 과정에서 녹림의 전성기를 일궈 낸 총표파자는 자연스럽게 잊힙니다. 전성기가 지난 이빨 빠진 호랑이로 인식됩니다."

"……."

"이로 인해서 무림의 거대 세력들은 녹림을 신경은 계속 쓰이는데 굳이 먼저 나서서 건드릴 생각을 하지 않게 됩니다. 그냥 놔두면 알아서 분열하고 저들끼리 치고받고 싸울 것이라 생각할 테니까."

"그런데요?"

독고설의 물음에 천류영이 씩 웃고 대꾸했다.

"이런 상황을 총표파자께서 기획하셨을 수도 있다고 생각하지 않습니까?"

독고설의 눈이 빛났다.

"설마 총표파자와 방주채, 수한채의 채주가 주축이 되어 세상과 동료 녹림도들도 속이는 연기를 하고 있다는 건가요?"

"그게 제 아홉 번째 의문입니다. 실은 총표파자님과 방주채, 수한채 세 사람이 한통속일 수도 있지 않을까요? 적을 속이기 위해선 아군을 먼저 속이라는 말이 있듯이 동료 녹림도들까지 속이고 있는 건 아닐까요?"

광혈창이 술잔을 단숨에 비우고는 천류영에게 물었다.

"대체 그 의문이란 게 몇 가지나 있는 건가?"

천류영은 탁자 가운데 놓인 술병을 가져오려다가 멈췄다. 그리고 다시 등허리를 꼿꼿하게 펴고 정색했다.

"계속 나올 겁니다."

"……."

"총표파자가 패왕의 별을 꿈꾸지 않고 있다고 생각하면, 그렇게 의문은 계속해서 나오게 될 겁니다. 별 거 아닌 것 같지만 작은 의문들이 끊임없이 보이니까요."

광혈창은 입술을 잘근잘근 깨물었다. 그러자 천류영이 물었다.

"계속 할까요?"

그 간단한 질문에 광혈창과 독고설은 진저리를 쳤다. 광혈창이 침음을 흘리고 말했다.

"그만하지."

광혈창의 음성은 다시 평소대로 돌아왔다. 그 모습에 독고설의 눈이 반짝였다. 역시 보통 사내가 아니었다.

광혈창은 술병을 들어 천류영의 잔에 술을 채우고 말했다.

"하지만 의문뿐이었네. 확실한 증거는 없었어."

천류영이 술병을 받아 들어 광혈창의 잔에 술을 따랐다.

"예, 정확하게 보셨습니다."

"……?"

"지금 세상에서 이런 의심을 품은 사람이 저 하나는 아닐 것이라고 생각합니다. 그러나 그들 역시 확실한 증거가 없으니 침묵하는 거겠지요. 괜히 먼저 나서 벌집을 건드리기는 싫으니까."

광혈창은 술잔을 들어 앞으로 내밀었다. 그러자 천류영도 술잔을 들어 잔을 마주쳤다.

천류영이 말했다.

"하지만 채주님께서는 그 진실을 알아내셔야 합니다. 그래야 사십니다."

광혈창의 눈에 거친 파문이 일었다.

"모르면 죽는단 말인가?"

"총표파자가 패왕의 별을 노리는 세력 간의 전쟁에서 최후의 승리를 노리고 있다면, 몰락을 피할 수 없을 겁니다."

광혈창은 천천히 팔짱을 끼며 묘한 미소를 머금었다.

"정말 그렇다면…… 우리가 이길 수도 있지 않나? 최후까지 전력을 보존하고 남은 세력들이 다 망가진 상황이라면……."

천류영은 고개를 저었다.

"녹림은 결코 최후의 승자가 될 수 없습니다. 잠시간

이길 수는 있어도 곧 허망하게 무너집니다. 왜냐하면 자격이 없으니까요."

광혈창의 이맛살이 일그러졌다. 녹림이 패왕의 별을 노리는 것이 옳다고는 생각하지 않는다. 하지만 그럴 자격이 없다는 말은 그를 울컥하게 만들었다.

"대체 무엇을 근거로 그리 확신하는가?"

"수많은 민초들이 원치 않습니다. 천하에 있는 수많은 상단과 표국은 격렬하게 반대하고 저항할 겁니다."

"……!"

"그들은 가진 재력으로 정파든 어디든 아낌없이 도울 겁니다. 가진 무사들도 지원할 겁니다. 결국 녹림은 잠깐 빛을 볼 수는 있어도 처참하게 무너질 겁니다."

광혈창은 신음을 흘리며 말문을 잃었다. 반박할 수가 없었다. 자유로움을 꿈꾸는 산사나이로 녹림을 포장하지만 세인들에겐 도적떼일 뿐이다.

독고설이 광혈창의 표정을 살피며 천류영에게 물었다.

"총표파자는 그런 생각을 하지 못했을까요?"

"했겠지요. 당연히 대책도 고심했을 테고요."

"예, 예를 들면 통행세를 받지 않는다거나……."

"녹림이 패왕의 별이 되면 더 이상 산에서 살지 않겠지요."

"아! 그렇군요. 음, 어쨌든 녹림이 민심을 잡을 묘책은 없을까요?"

그녀의 질문에 광혈창의 눈이 반짝였다. 그러나 천류영은 고개를 저었다.

"민심을 잡는 것은 하루아침에 가능한 일이 아닙니다. 그러니 녹림이 정성을 들이고 많은 시간을 투자해야 하는데…… 그전에 무너지게 되겠지요."

독고설은 고개를 주억거리며 인정했다.

천류영의 말처럼 녹림이 무림 전체의 대권을 잡는다면 바로 그날부터 표국과 상단은 방해 작업에 들어갈 것이다.

또한 패한 정파나 사파 혹은 마교는 자존심에 깊은 상처를 입었을 터이니 더욱 극렬하게 저항을 할 것이다. 다른 곳은 몰라도 녹림 따위에게란 자존심이 있는 그들이니까.

결국 녹림에겐 민심을 다잡을 시간이 주어지지 않을 것이란 얘기였다.

광혈창이 입을 열었다.

"어쨌든…… 총표파자께서 그런 생각을 가지고 계신지는 모르는 것이네. 의문만 있지 확실한 건 아무것도 없어."

말은 그렇게 하지만 왠지 목소리에 힘이 없었다.

"예, 그러니 그것을 알아내셔야 한다는 겁니다. 그래서 총표파자의 마음을 얻어야 합니다. 그의 곁에 머물러야 하는 겁니다. 그렇게 진실을 알아야 적절하게 대처할 수 있을 테니까요."

대화가 잠시 끊겼다. 셋은 말없이 서로를 마주 보며 침묵했다. 수많은 생각들이 머리를 스쳐 갔다.

그리고 마침내 광혈창이 질문을 던졌다.

이곳에 온 이유였다.

"그러니까…… 내가 차기 총표파자 자리에 오르기 위해서 우선은 지금 의부의 마음을 얻어야 한다는 것이군. 그 다음은?"

"총표파자와 수한채주, 방주채주가 분열해야지요. 서로 싸우게 만들어야지요."

"어떻게 말인가? 방금 자네는 그들이 한통속이라고 말한 것으로 기억하는데."

천류영은 갑자기 입술을 꾹 깨물고 침묵했다. 광혈창은 그런 천류영을 잠시 기다리다가 답답하다는 표정으로 물었다.

"시간이 많이 지났네. 내가 언제까지 여기 머물 수는 없지 않나?"

"오늘은 여기까지만 하지요."

"……!"

독고설조차 눈을 동그랗게 뜨고 천류영을 보았다. 기껏 대화를 이끌어 오다가 갑자기 멈추다니! 광혈창의 얼굴이

와락 구겨졌다.

"뭐라고? 자네 지금 뭐라고 말한 건가?"

"녹림에 대한 정보가 아직 부족해서요. 더 알아보고 최선의 답을 보내 드리도록 하겠습니다."

"그게 무슨……."

"아직 시간은 충분합니다. 그러니 총표파자의 마음을 얻는 것과 세 세력을 분열시켜야 한다는 큰 그림만 알고 계셔도 당분간 처세엔 문제가 없을 겁니다."

"……."

"녹림의 내부 정보가 부족한 상황에서 어설픈 조언을 하면 채주님의 목숨이 위험할 수도 있습니다. 이런 제 마음을 알아주십시오."

광혈창의 눈이 커졌다. 그의 뺨이 부들부들 떨렸다. 목젖이 연신 꿀렁거렸다.

"천류영, 자, 자네 설마……."

"총표파자, 방주채, 수한채. 세 세력 간의 겉으로 드러난 것이 아닌 진짜 정보가 있어야 합니다."

담담히 말하는 천류영을 보면서 독고설은 속으로 기함했다. 입이 쩍 벌어지려는 것을 간신히 억제했다.

지금 천류영은…… 정파나 사파 그리고 마교 등 수많은 세력들이 시도해 왔지만 모두 실패한, 녹림 수뇌부에 간자를 심어 놓고 있는 것이었다.

녹림십팔호걸 중 하나인 광혈창에게 간자가 되라 종용하고 있는 것이다!

숨이 턱하니 막혔다.

악당이다!

이건 더할 나위 없는 무서운 악당이다!

광혈창의 얼굴이 붉으락푸르락 요동쳤다. 안면에 이는 경련이 더욱 격렬해졌다.

천류영은 술잔을 들어 올리며 싱긋 웃었다.

"우리는 한 배를 탔다고 말씀하시며 건배까지 하지 않으셨습니까?"

광혈창은 천류영을 무섭게 쏘아보며 이를 악물었다.

마차 안의 공기는 무겁게 가라앉았다. 질식할 것만 같은 정적이 사위를 맴돌았다.

광혈창은 자신의 큰 손으로 제 얼굴을 천천히 쓸었다. 그 손이 지나간 뒤의 얼굴에서 경련이 사라졌다. 그러나 그의 안색은 여전히 창백했다.

"휴우우, 정말…… 무섭다 못해 소름이 끼치는 친구군."

"금실주, 이거 향과 맛이 정말 좋군요. 다음에 만날 기회가 생기면 이 술로 하는 게 좋겠습니다."

독고설은 춥지도 않은데 몸에 한기가 일었다.

혹시 광혈창은 서로에게 건네준 문서를 회수, 파기하고

절연하자고 말하지 않을까?

그녀의 눈은 천류영에게 못 박혀 있었다.

여유로운 얼굴로 술을 음미하며 미소 짓는 천류영.

그 모습을 보고 독고설은 확신했다.

광혈창은 늪에 빠졌음을.

그는 이 제안을 결코 거절하지 못할 것이다.

그의 흉중에 있는 야망과 권력욕은 이미 활활 불타고 있었다. 그렇기에 사천 분타 앞까지 왔다. 쉽사리 꺼질 불이었다면 직접 오지도 않았을 것이다.

또한 비록 간자가 되는 일이었지만 차기 총표파자로 가는 길인 동시에 자신이 사랑하는 녹림의 몰락을 막아야 한다는 사명감도 점점 커질 것이다.

그것을 천류영은 정확하게 꿰뚫어 보고 있었다.

독고설은 이 숨 막힐 듯한 분위기에 질려서 뭔가 말을 하려고 했다. 광혈창에게 너무 나쁘게만 생각하지 말라고 거들어 볼까? 당신이 알려 주는 정보는 절대 외부에 발설치 않겠다는 맹세를 하겠다고 말해 볼까?

지금 광혈창의 결단을 앞당길 수 있는 말이 뭐가 있을까?

그때 천류영이 술잔을 탁자에 내려놓고는 부드럽게 말했다.

"녹림은 채주님의 것이 될 겁니다."

5

멀어져 가는 마차를 보며 천류영은 담담한 얼굴로 서 있었다. 그런 천류영을 독고설은 멍한 표정으로 바라보고, 그 모습에 풍운이 물었다.

"누님, 대체 마차 안에서 무슨 말이 오갔기에 그런 표정이세요?"

독고설은 깊은 한숨을 뱉고는 대꾸했다.

"사문을 걸고 비밀을 지키기로 약속했어."

"에이, 우리 사이에."

"저쪽에만 좋은 일방적인 거래라고 생각했는데 마지막에 보니 그 반대였다고 할까? 여기까지야. 더 이상은 자필문까지 썼으니 말 못해."

그녀는 여전히 천류영의 얼굴에서 시선을 떼지 않았다. 그러자 천류영이 입맛을 다시다 입을 열었다.

"왜 그러십니까? 제 얼굴에 뭐라도 묻었습니까?"

"신기해서요."

"뭐가 말입니까?"

"천 공자가 악당처럼 보일 수도 있다는 것을 처음 알았거든요."

천류영은 쓴웃음을 깨물었다.

"저는 진산표국에서의 일로 많은 것을 깨달았습니다. 예전의 저와 다르다는 것을 확실하게 알았죠."

"……."

"무림은 복마전(伏魔殿), 선량하게 살 수만은 없는 곳. 살아남기 위해서, 제 뜻을 펼치기 위해서…… 어떨 때는 누군가를 이용하거나 꼬드겨야 하고 때로는 거짓말도 서슴지 않아야 한다는 것을 뼛속 깊이 느꼈습니다. 저는 이제 평범한 사람이 아니라는 걸 말이지요."

어둔 허공을 바라보며 조곤조곤 말하는 그의 표정은 결연해 보이는 동시에 슬퍼 보이기도 했다.

독고설이 손을 들어 검지로 천류영의 팔을 쿡쿡 찔렀다. 그에 천류영이 당황하며 고개를 돌려 독고설을 보았다.

"왜 그러십니까?"

"괜찮아요."

"예?"

"다 괜찮아요. 다 잘될 거예요."

"……."

"천 공자가 아무리 변해 가도 나는 알 수 있어요. 가슴에 있는 따스한 성품은 그대로 일 것을. 그러니 스스로 변하는 것에 힘들어하지 마세요. 제가 보기에는 자연스러운 거니까."

둘의 낯간지러운 모습에 풍운이 홱 돌아섰다. 그런데 사천 분타와는 반대 방향으로 걸으며 말했다.

"저는 바람 좀 쐬다 들어갈게요. 두 분 좋은 시간 보내세요."

당황한 천류영이 그를 부르려고 하자 독고설이 냉큼 먼저 말했다.

"그래, 바람 오래 쐐."

풍운이 고개를 절레절레 저으며 어둠 속으로 멀어져 갔다. 천류영이 그런 풍운을 뚫어지게 보다가 독고설에게 말했다.

"저도 혼자 생각 좀 하고 싶은 것이 있습니다."

사실 천류영은 풍운의 안색이 평소와 다르다는 것을 마차에서 내려 그를 만나면서부터 느꼈다. 그러나 독고설은 천류영에게 놀라 있었던지라 그것을 보지 못했다.

"예? 기껏 둘이 남았는데……."

그녀가 서운한 표정을 숨기지 않자 천류영은 쓴웃음을 깨물었다.

"녹림의 일로 생각을 정리할 게 있어서요."

"그건 천천히 생각해도 되지 않나요? 광혈창 채주와 다시 연통이 닿으려면 한참 시간이 지나야 할 것 같은데."

"그건 그렇지만 정말 종표파자가 패왕의 별을 꿈꾸는지 다시 생각 좀 해 보려고요. 제가 놓친 건 없는지 말입니다."

독고설의 눈이 휘둥그레졌다.

"그, 그게 무슨 말이에요? 천 공자는 분명 확신한다고……."

"허언이었습니다."

"……!"

충격이 독고설을 강타했다. 이 남자. 오늘 몇 번이나 자신을 기함하게 하는가?

"거, 거짓말이었다고요?"

"확신한다면 제가 광혈창 채주를 간자로 이용할 일이 없지요."

독고설은 너무 기가 막혀 아무 말도 할 수가 없었다.

"소저, 녹림의 총두령이라면 한 번쯤 패왕의 별을 꿈꿔 봤을 만하지 않겠습니까? 그리고 저는 그에 맞는 의심이 갈 만한 상황을 제기한 것뿐입니다. 어쩌면…… 총표파자는 녹림이 전화(戰火)에 휘말리기 싫어하는 분일 수도 있습니다. 그렇다면?"

"……."

"내가 했던 질문들을 총표파자에게 했다면 그분은 똑 부러지게 반박할 수 있었겠지요."

독고설이 눈을 빛내며 나직한 탄성을 뱉었다가 말을 받았다.

"광혈창 채주는 총표파자가 아니기 때문에 그의 속내를

정확하게 알 수 없었다는 말이군요."

"예. 저는 그래서 일부러 마차에 타면서 대화의 주도권을 잡은 겁니다. 소저를 마차에 들이는 두 가지 이유를 굳이 제가 먼저 말한 까닭은 광혈창 채주에게 '역시 잘 찾아왔다' 라는 생각을 심어 주려는 의도였지요."

"……."

"그는 자연스럽게 제가 아깝다는 생각이 들었을 겁니다. 저를 처음 만났을 때 아소채에 앉히고 책사로 만들었다면 하는 아쉬움이 짙어졌을 겁니다."

독고설이 고개를 끄덕였다.

"당연히 그랬겠지요. 저라도 마찬가지일 테니까요."

"그러면서 제가 하는 말에 신뢰가 점점 커집니다. 그런 상황에서 제가 제기한 의문에 광혈창 채주는 어떤 생각이 들까요? 처음엔 허무맹랑하다는 생각이 들겠죠. 그러면서도 제가 하는 말이니 그냥 넘기기도 그렇고."

"……."

"이와 같은 상황에서 질문은 계속 이어집니다. 하지만 그가 총표파자가 아닌 이상 그 모든 것에 속 시원히 답할 수 없습니다. 그럼, 사람의 심리는 의심을 하기 시작합니다. 특히나 높은 자리에 있는 사람일수록 의심병은 더 큽니다."

"……."

"그것이 차기 총표파자 자리라는 욕망과 결부되면 '펑!'

하고 터지는 거지요. 평소라면 간자라는 족속에 치를 떨 인물이지만 이제 그건 아무 의미가 없어지는 겁니다. 야심가에게 인생과 목숨을 건 선택의 시간. 그 정도의 부도덕은 언제라도 버릴 수 있는 쓰레기와 같은 것이지요."

독고설은 멍한 표정으로 천류영을 올려다보았다. 대체 무슨 말을 해야 할지 생각이 나지 않았다.

"그럼 생각 좀 하다가 들어갈 테니 소저께서는 먼저 가십시오."

천류영은 풍운이 간 방향으로 휘적휘적 걸었다. 충격에 빠진 독고설은 같이 가자는 말도 못하고 천류영의 등만 보았다.

그녀는 그 순간을 두고두고 후회했다. 그를 따라갔어야 했는데…….

* * *

배교 부교주 환환은 이를 갈며 백운회를 노려보았다.

그를 노예로 만들려는 두 번째 시도.

그러나 첫 번째와 똑같은 과정과 결과만 나왔다. 유일하게 다른 점이 있다면 백운회가 끝까지 기절하지 않고 있다는 점뿐이었다.

탈진한 백운회는 쇠사슬에 묶인 채로 부들부들 떨면서

환환을 마주 쏘아보았다.

환환은 차가운 손으로 백운회의 목을 거칠게 움켜잡았다.

"네놈이 언제까지 그런 건방진 눈빛으로 날 볼 수 있을까?"

멱을 움켜진 그의 손에 힘이 들어갔다. 그러자 하얗게 창백해진 백운회의 안색이 다시 붉게 달아올랐다. 공기를 갈구하는 그의 입이 열렸다. 그러나 환환은 더욱 강하게 백운회의 목을 조였다.

결국 한사녀가 끼어들었다. 그녀는 환환의 손목을 잡으며 말했다.

"진짜 죽일 게 아니면 그만둬. 다시 치료하기 위해 고생하는 건 나라고."

"죽여 버릴 거다."

"그래? 알았어, 맘대로 해. 그럼 나야 차라리 편하지."

한사녀는 손을 풀고 뒤로 물러났다. 그러자 환환이 눈가를 찡그리면서 어금니를 깨물었다. 그는 목을 젖히며 천천히 숨을 내쉬었다. 동시에 그의 손에서도 힘이 풀렸다.

백운회가 고개를 옆으로 돌리고 기침을 해 댔다. 그 모습을 보며 환환이 비릿한 미소를 짓고는 말했다.

"천마검. 재미있는 소식 하나 알려 줄까?"

백운회는 환환의 말을 들을 여력이 없다는 표정으로 계속 기침을 해 댔다. 그러거나 말거나 환환은 말했다.

"네 수하들 말이야. 천랑대 녀석들. 그리고 흑랑대도 있었지, 아마?"

그 순간 거짓말처럼 백운회의 기침이 멈췄다. 풀려 있던 그의 눈동자가 거칠게 흔들렸다.

환환의 말이 이어졌다.

"분수도 모르고 감히 마교주 일행을 공격했다더군. 그놈들은 네가 그곳에 있다고 생각했나 봐. 우리가 데리고 빠져나간 건 모른 거지. 크크크."

"특히나 폭혈도, 귀혼창, 흑랑대주. 이놈들 생각보다 더 대단했다는군. 자칫 위험했을 정도라고 들었다. 하지만 실력 차이를 의욕으로 좁힐 순 없는 것 아니겠어?"

백운회는 환환을 올려다보며 눈으로 물었다. 목소리를 내 묻고 싶었지만 그럴 기력조차 남지 않았다.

환환이 잔인한 눈빛으로 말했다.

"너를 따르던 수하들. 결국 다 죽었다. 사지를 자르고 마지막에 목을 날려 버렸다는군."

"……!"

"알겠나? 이젠 그만 미련을 버리라고. 널 구해 줄 사람은 세상 그 어디에도 없으니까."

백운회의 눈에서 피눈물이 주르륵 흘렀다. 그의 얼굴과

입술이 푸들푸들 떨렸다.

"으으으……."

"천마검. 그래, 통곡해라. 그렇게 울며 인간의 감정을 모두 소진해 버려라. 희망 따위는 없어. 대신 우리는 너에게 안식을 줄 수 있다."

"으아아아아!"

백운회의 입에서 고함이 터졌다. 그의 눈에서 혈광이 줄기줄기 쏟아졌다. 그의 이마에, 팔에, 다리에 힘줄이 툭툭 불거졌다.

스르르릉.

백운회를 묶고 있는 쇠사슬이 요동쳤다.

"으아아아아!"

스르르릉, 스르릉. 철컹, 철컹.

쇠사슬이 흔들리며 마찰음을 흘렸다.

어찌나 놀랐던지 환환이나 한사녀뿐만 아니라 주문을 외던 주술사들도 주춤거리며 물러났다.

철컹, 철컹.

움직이던 쇠사슬이 마침내 멈췄다. 백운회가 피눈물을 쏟으며 거친 호흡을 토해 냈다.

"하하아, 하아아아……."

환환은 자신도 모르게 안도의 긴 한숨을 내쉬었다. 아무리 천마검이라도 쇠사슬을 끊어 낼 수는 없다. 더구나 그는 단전이 제압된 상태이고 체력은 바닥이었다.

그런데도 모든 사람들은 백운회에게 찰나 겁을 먹었다. 두려움에 절로 물러나 버렸다.

환환은 축 늘어진 백운회를 보다가 한사녀에게 말했다.

"달포 뒤에 세 번째 시도를 할 것이다. 그때까지 치료를 끝내."

한사녀는 여전히 아연한 얼굴로 백운회를 보았다. 방금 전 그가 보여 준 무시무시했던 순간이 머릿속에 각인되어 버린 것이다. 머리카락뿐만 아니라 몸에 솜털까지 쭈뼛섰을 정도였다.

환환은 자신이 무려 십여 걸음이나 물러난 것을 그제야 깨달았다. 그것이 수치스러웠을까, 그는 백운회에게 바짝 다가가 말했다.

"희망이 사라진 네놈이 과연 다음번에도 버틸 수 있을지 기대가 되는군."

백운회는 눈동자를 움직여 환환을 마주 보았다. 그의 입술이 열리고 핏물과 함께 나직한 목소리가 흘러나왔다.

"지금 날 풀어 준다면……."

"……?"

"편하게 죽여 주겠다."

"……!"

환환은 여전히 죽지 않은 백운회의 눈동자를 보며 입술

을 질끈 깨물었다. 짙은 노염에 휩싸인 그는 백운회의 얼굴에 침을 뱉었다.

"나는 네놈을 죽지도 살지도 못하는 괴물로 만들어 주마."

그는 홱 돌아서서 밀실을 빠져나갔다. 그리고 주술사들도 탈진한 몸으로 속속 나갔다.

남은 건 백운회와 한사녀.

그녀는 석탁에 있는 침통을 들고는 백운회에게 다가갔다. 그리고는 말없이 침을 놓기 시작했다.

그러길 이각.

시술이 끝난 그녀는 백운회의 얼굴을 뚫어지게 보았다. 그렇게 또 이각의 시간이 흘렀다.

"천마검."

한사녀가 갑자기 백운회를 불렀다. 그러나 백운회는 눈을 감은 채 침묵했다.

"나는 얼마 전까지만 해도 당신이 배교의 권속으로 혼백을 저당 잡힌 채 살아갈 것이라고 믿었어요."

"……."

"특강시는 주인으로 세 명까지 받아들여요. 배교의 교주와 부교주 그리고 소교주. 그리고 나는 당신을 살리고 앞으로도 계속 배교에서 일을 하는 조건으로 소교주 대신…… 나를 주인으로 해 달라고 교주에게 요구할 생각이었어요. 배교주는 탐탁지 않아도 들어줄 테고요. 나를 버리기엔 실력이 너무 아까우니까."

"……."

"그런데 당신은 그전에 죽게 되겠군요. 예, 결국 죽겠지요."

백운회는 미동도 없이 침묵을 유지했다. 어찌 보면 잠에 빠진 것 같아 보였다. 그러나 이어지는 그녀의 말에 그의 눈이 떠졌다.

"내가 당신을 살려 주면…… 그리고 배교에서 빠져나가는 것을 돕는다면…… 당분간 내 노예가 되어서 내가 요구하는 것을 들어줄 수 있나요? 노예란 말이 싫다면 전사(戰士)라고 하죠."

"……."

"내 전사가 되어 세 가지 부탁을 들어주면 되요."

허공에서 그와 그녀의 눈이 마주쳤다.

한사녀는 자신의 얼굴을 가리고 있던 면사를 거둬 냈다.

서른을 갓 넘겼을까? 평소 면사 위로 드러난 그녀의 봉목은 차갑지만 아름다웠다.

그러나 면사에 감춰져 있던 하관은 절로 눈살이 찌푸려질 정도였다. 입술부터 턱 주변을 거쳐 목까지 화상에 짓무른 모습.

한사녀의 입가에 흐릿한 미소가 피어났다.

"놀라지 않는군요. 이런 저를 보면 끔찍하다며 누구나 치를 떨던데."

"……."

"아니면 놀랄 기력도 없는 건가요?"

백운회는 묵묵히 한사녀의 눈만 보았다. 그러자 한사녀가 뒤틀린 입술을 열어 한숨을 뱉고는 말했다.

"사실 이건 말도 안 되는 건데, 미친 생각인데…… 배교보다 당신이 내 세 가지 소원을 들어줄 수 있을 것 같거든요. 배교는 실패할지 몰라도 당신이라면…… 반드시 해낼 것 같아요."

"……."

"그래서 나는 당신과 거래를 하고 싶어요. 일방적일지 몰라도 지금 당신은 그런 것을 따질 처지가 아니라고 생각해요. 계속 버텨 봐야 돌아오는 건 죽음뿐이니까."

백운회의 입술이 마침내 열렸다.

"말해라."

너무 나직해서 어지간히 집중하지 않으면 듣기 힘들 정도였다. 한사녀는 면사를 내리고 꼽았던 침을 하나씩 빼면서 말했다.

"당신은 당장 탈출하고 싶겠지만 그건 불가능해요. 배교의 감시망은 생각보다 더 대단하거든요."

"……."

"하지만 동짓달 그믐은 배교의 축제날이죠. 그날만큼은 경계가 대폭 줄어요. 문제는 당신이 올겨울까지 버틸 수 있느냐는 점인데……."

"버틴다."

단호한 그의 말에 한사녀는 그렇게 답할 줄 알았다는 듯이 피식 웃었다.

"좋아요. 그럼 당신이 포기하지 않도록 한 가지 좋은 소식을 알려 주죠."

"……?"

"천랑대와 흑랑대는 패했지만 무너지지는 않았어요. 피해도 그리 크지 않았고요."

"……!"

"환환 부교주가 당신의 의지를 꺾기 위해 거짓말을 한 것이죠. 흠, 초지명이라는 흑랑대주가 제법 용병술이 있었나 봐요. 퇴로에 함정을 파 뒀다는군요. 재미있지 않나요? 애초에 이기기 힘들다는 것을 알면서도 싸웠다는 얘기니까요. 당신을 구하기 위해 사지인 줄 알면서도 뛰어들었단 얘기죠."

한사녀는 처음으로 백운회의 입가에 어리는 미소를 보았다. 희미하긴 했지만 그건 분명 미소였다. 아직 수하들이 살아 있다는 말은 제대로 효과가 있었다.

“천마검, 그럼 우리 거래가 성립한 건가요? 참, 분명히 말하는데 아무리 복수가 급해도 내가 말한 세 가지 요구를 먼저 들어줘야 해요.”

“…….”

“오랜 시간이 걸리는 건 아니에요. 어려운 것이 문제일 뿐.”

백운회는 살짝 입술을 깨물었지만 이내 고개를 조금 끄덕였다.

“약속하지.”

한사녀는 다시 실소를 흘렸다.

거래를 하는데 한 마디 말로 끝난다는 건 효력이 없는 것이나 진배없다.

그러나 그녀는 백운회의 이 한 마디가 천금보다 더 값어치가 있다고 생각했다. 적어도 자신이 지금까지 봐 온 그라면.

한사녀는 품속에서 환약을 하나 꺼내 백운회의 입술 위에 놓았다.

“독이 아니니 삼키세요. 무림인이라면 꿈에서라도 취하길 원하는, 화선부의 저력이 응집돼 있는 귀한 거니까. 이건 당신이 동짓달 그믐까지 미치지 않고 버티는 데 도움이 될 겁니다.”

백운회의 입술이 열리고 환약이 입속으로 사라졌다.

한사녀는 다시 침을 뽑는 데 열중했다. 수백여 개의 침을 모두 회수해 침통에 넣은 그녀는 자신을 바라보고 있는 백운회를 보며 말했다.

"분명 나는 멍청한 선택을 한 거예요. 내 계획이 실패하면 배교에 죽게 될 테니까. 하지만…… 그건 겁나지 않아요. 내가 정말 두려운 건 복수를 하지 못하고 죽는 거예요."

"복수?"

"내 첫 번째 요구는 정파 십대고수 중 한 명인 무림맹주, 검황(劍皇) 단백우를 죽여 달라는 거예요. 나는 지금 이 순간에도 그와 같은 하늘을 이고 산다는 것이 죽을 것 같이 괴로워요."

한사녀는 말을 마치고 백운회의 표정을 유심히 살폈다. 지극히 어려운 요구였다. 검황이라는 초절정 고수를 죽여야 할 뿐만 아니라 기라성 같은 호위들이 주변에 적지 않게 있을 것이니까.

그러나 백운회의 얼굴과 눈은 일체의 흔들림조차 없었다. 그의 입술이 열렸다.

"쉽군."

6

신록이 찬란한 봄이 지나고 뜨거운 태양이 작열하는 여

름도 지나갔다. 그리고 풍성한 수확의 계절인 가을도 저물고 차가운 북풍이 부는 겨울이 왔다.

한중의 독고세가.

아침부터 첫눈이 내렸다. 처음엔 진눈깨비였는데 오후에 함박눈으로 변했다. 그 눈은 쌓이고 쌓여 일몰 무렵에는 발목까지 덮을 정도였다.

날씨 때문에 넓은 연무장은 한산했다. 단 한 명만이 열심히 검을 휘두르고 있었다.

독고설.

살을 에는 듯한 찬바람이 부는데 그녀의 신형으로는 뜨거운 열기가 아지랑이처럼 피어났다.

지나가던 독고세가의 사람들은 그런 독고설을 보며 고개를 절레절레 저었다.

그녀는 사천 분타에서 돌아온 후, 단 하루도 쉬지 않고 검에 매달렸다. 말도 없고 웃음도 사라졌다. 그저 묵묵히 죽어라 검만 휘둘렀다.

마침 조전후가 연무장에 나왔다가 독고설을 보고는 한숨을 뱉고 말했다.

“저러다 병나지.”

그녀는 확실히 강해졌다.

기실 그녀뿐만 아니라 봄에 사천에서 전투를 치른 이들은 각자의 자리에서 무공에 용왕매진했다. 강해질 필요를 절실하게 느꼈으니까.

그러나 독고설의 경우는 너무 심했다. 때로는 침식을 잊어 가며 무공에 매달렸다. 탈진해 실신한 적도 여러 번이었다.

과유불급이라고 했다. 주화입마를 입을 수도 있고 근육이 파열될 수도 있었다. 뼈에 손상이 갈 수도 있음이다.

오성검 장로가 전각에서 나와 조전후 옆에서 말했다.

"천 공자가 돌아오지 않으면 큰일 치르겠군."

조전후는 내리는 함박눈을 입으로 받아먹다가 대꾸했다.

"그러게 말입니다."

천류영과 풍운은 지난 봄, 광혈창 채주를 만난 날 밤에 사라졌다. 물론 실종된 것이었다면 사천 분타에 비상령이 떨어졌을 것이다.

그러나 천류영은 늦은 밤에 사천 분타로 돌아왔다. 그는 모용린과 이각에 걸쳐 얘기를 나눈 후에 사천 분타를 떠났다.

당연히 사천 분타에 있는 사람들은 빙봉을 향해 격앙했다. 어떻게 천류영을 그렇게 떠나보냈냐고.

하지만 모용린은 담담하게 대꾸했다.

"그가 원했으니까요. 그래도 풍운하고만 떠나려는 것을 억지로 구위 사범과 제 호위인 위충을 붙였습니다. 그 세 사람이 곁에 있으니 객사할 걱정은 하지 않아도 됩니다."

사람들은 빙봉이니까 이렇게 뻔뻔하게 대답할 수 있다고 생각했다. 할 말을 잃은 사람들을 향해 모용린이 말을 이었다.

"내년부터 무림맹 사군사로서의 일을 시작하겠다고 했습니다. 그럼 아무리 늦어도 올해 안에 나타나겠지요."

수많은 질문이 쏟아졌지만 모용린은 똑같은 말만 반복했다.

"천 공자가 저를 믿고 부탁했습니다. 그래서 거절할 수가 없었습니다. 여러분들도 마찬가지였을 거예요. 당시 천 공자의 비장한 표정을 보았다면."

분명 뭔가가 더 있었다. 모용린이 천류영을 그리 쉽게 보내 줄 리가 없었다. 그러나 모용린은 얼굴색 한 번 변하지 않고 제 할 일에 열중했다.

마지막으로 독고설이 하얗게 질린 얼굴로 물었다.

"빙봉 언니, 천 공자가…… 나에게도 아무 말 안 남겼어요?"

천류영을 무림으로 끌어들인 장본인. 그리고 몇몇 이들은 그녀가 천류영에게 남다른 마음을 품고 있음을 알고 있었다.

모용린은 독고설을 보며 담담하게 말했다.

"작별 인사를 하고 싶은데 이미 침소에 들어서 못하고

간다고. 다음에 만날 때까지 건강하라고."

독고설은 주먹을 움켜쥐고 물었다.

"그, 그게 다예요?"

모용린은 쓴 미소를 깨물고 고개를 끄덕였다.

그러자 독고설의 눈에서 눈물이 주르륵 흘러내렸다. 그 모습에 독고무영도 비로소 딸이 천류영에게 어떤 마음인지 깨달았다.

그날 이후 독고설의 얼굴에서 미소가 사라졌다.

오성검 장로는 혀를 차다가 말했다.

"자네가 좀 가서 말리게. 때마침 저녁 시간도 됐잖나?"

조전후가 손사래를 치며 고개를 저었다.

"제 말을 듣겠습니까?"

오성검 장로는 혀를 찼지만 이내 수긍하는 표정을 보였다. 그녀를 통제할 수 있는 인물은 이곳에서 딱 두 명이었다.

천류영의 모친인 유화 부인과 여동생인 수연.

살벌하게 수련하다가도 그 둘 중에 한 명만 나타나면 독고설은 칼을 멈췄다.

그런데 지금 그 두 사람은 독고설 모친과 함께 그녀의 친정에 외유를 가고 없었다.

오성검 장로는 격한 숨을 토해 내면서도 검을 휘두르는

것을 보다가 한숨을 쉬었다.

"두 시진은 더 휘두르다가 쓰러지고 나서야 끝나겠군."

조전후가 말을 받았다.

"저는 두 시진 반에 걸겠습니다."

결국 그녀는 세 시진 반을 더 수련하다가 쓰러졌다.

"언니, 정신이 좀 들어요?"

독고설은 세 살 어린 동생인 독고은(獨孤恩)이 부르는 소리에 눈살을 찌푸리며 고개를 끄덕였다.

"그래, 난 괜찮아."

그러자 안도하는 한숨소리가 독고은에게서 흘러나오고 이내 볼멘소리가 터졌다.

"언니, 좀 적당히 해. 사흘이 멀다 하고 언니 수발을 드는 내 처지 좀 봐달라고."

독고설은 감정이 느껴지지 않는 목소리로 대꾸했다.

"미안."

"어휴, 말을 말지. 그게 미안한 사람의 표정인가? 내가 언니 때문에 낮과 밤이 바뀐 생활을 반년 넘게 하고 있다고."

독고설은 침상에서 상체를 일으키다가 얼굴을 구겼다. 온몸이 고통으로 아우성을 치는 듯했다. 그러나 그녀는 곧 익숙하다는 듯이 표정을 풀고 물었다.

"지금 시간이 어떻게 돼?"

"아직 동 트려면 한 시진은 있어야 할 거야. 왜? 또 수련하러 나가게?"

말은 그렇게 했지만 아직 나가지 않을 것임을 알고 있었다. 독고설이 수련을 끝내는 시간은 정해져 있지 않았지만 시작하는 시간은 일정했다.

일출 때 나가 반 시진 가량 뛰는 것으로 일과를 시작하는 그녀였다.

"답답하다. 창문 좀 열어 줄래?"

"안 돼. 지금 무지 추워. 눈도 다시 내리기 시작했어."

"잠깐 동안만."

"촛불 꺼진단 말이야."

독고은은 투덜대면서도 결국 언니 뜻대로 창을 열었다. 그러자 눈보라가 안으로 휘몰아쳐 들어왔다.

"우아악. 언니, 닫자."

독고설은 침상에서 빠져나와 동생이 닫으려는 창문을 잡았다.

"시원하네."

"미친!"

독고은은 언니가 빠져나온 침상으로 쏙 들어갔다. 아직 온기가 남아 있는 이불을 앉은 채로 뒤집어쓰고는 창가에 서 있는 언니를 보았다.

"언니, 그러고 보니까 이제 벗지 않고도 잘 자네. 수련이 힘들어서 그런가?"

"……."

"마교와 싸울 때 얘기 좀 해 줘라. 어떻게 한 번을 안 해 주냐? 나 같으면 자랑하고 싶어서라도 수백 번은 했겠다."

독고은은 계속 질문을 던졌지만 독고설은 찬바람을 맞으며 멍하니 어둔 허공만 보았다.

독고은은 그런 언니의 모습이 짠해서 울컥했다.

"언니, 이제 그 사람 좀 잊어. 지가 아무리 유명해도 어떻게 언니에 견주겠어?"

독고설의 입술이 열리고 차가운 음성이 떨어졌다.

"그분에 대해 함부로 말하지 말라고 했지!"

독고은은 움찔했다. 그러나 그녀는 이번엔 꼭 답답함을 풀겠다는 듯이 말을 쏟아 냈다.

"언니한테 작별인사도 안 하고 떠난 사람이야. 그런 무정한 사람에게 왜 그렇게 목매? 언니는 청화 독고설이야. 이건 말도 안 되는 일이라고."

"나가!"

"언니!"

"네 방으로 가라고!"

"언니의 이런 모습이 얼마나 답답한 줄 알아? 그럴 때마다 유화 부인과 수연이가 얄밉다고."

독고설이 고개를 홱 돌려 동생을 직시했다.

"그거 무슨 말이야?"

독고은은 태어나 언니의 그렇게 차가운 표정을 처음 보았다. 너무 놀라 대답도 하지 못하자 독고설이 윽박질렀다.

"너 그분들에게 잘못한 거 있어?"

"어, 언니."

"묻잖아! 잘못한 거 있냐고!"

"없어! 천 공자가 싫어도 그 사람 덕분에 아버지나 언니가 살았다는 건 알고 있다고. 내 말은…… 그냥 언니가 이렇게까지 힘들어 하는 모습을 보니까 그런 생각도 얼핏 든다는 거지."

독고설은 동생을 보며 입술을 꾹 깨물었다가 옅은 한숨을 흘렸다.

"그만하자. 내가 지금 너무 민감했어, 미안."

독고설은 다시 시선을 창밖으로 던졌다. 그러자 독고은이 눈치를 보며 말했다.

"나는 언니가 요즘 더 민감한 이유를 알겠어."

"……."

"겨울이 왔는데도 그 사람 안 올까 봐 그러는 거지?"

독고설의 신형이 잘게 떨렸다. 정곡을 찌르는 동생의 물음 때문이 아니었다.

아직 동이 트려면 한 시진이나 남은 시간.

눈보라가 치는 저 멀리 인영이 흘낏 보였다. 갑자기 심장이 쿵쿵 뛰었다.

캄캄한 새벽, 거리도 멀거니와 눈보라 때문에 시야가 확보되지 않았다. 그런데도 그녀의 심장이 바다 울음소리를 냈다. 뇌리로 천둥번개가 떨어졌다.

"그 사람이야."

그녀는 홀린 듯이 말하고 창밖으로 뛰었다. 뒤에서 독고은이 놀라 비명처럼 고함을 질렀다.

"어, 언니! 뭐야? 잠옷 바람에…… 미쳤어?"

독고은은 침상을 박차고 창가에 붙었다.

이곳은 오층이다.

독고설은 각층의 처마 위로 날랜 고양이처럼 뛰어내리고 있었다.

독고은은 혹시 하며 앞의 연무장과 세가 밖을 보았다.

그러나 어둠과 거센 눈보라로 인해 제대로 보이는 것이 없었다.

독고은은 정문에서 번을 서고 있던 무사에게 빽 소리를 질렀다.

"언니 잡아요! 미……."

그녀는 '미쳤나 봐요' 라는 말을 차마 밖으로 꺼내지 못했다.

독고설은 자신의 앞을 막아서는 청년에게 말했다.

"막지 마세요."

"하, 하지만……."

"명입니다."

명이라는데 무슨 말을 하겠는가?

독고설은 세가의 빗장을 풀고 문을 열었다. 그리고 쏜살같이 뛰어나갔다.

독고설은 미친 듯 앞으로 달렸다. 그리고 점차 하나의 인영이 확연히 보이기 시작했다.

잘못 본 것이 아니었다. 환영도 아니었다.

그리고 마침내 그녀는 밤길을 걸어 왔을 사내 앞에 섰다.

"아!"

독고설은 자신도 모르게 나직한 탄성을 지르고는 입술을 깨물었다.

봇짐 하나를 짊어지고 철검을 옆구리에 찬 남자.

늘 꿈에서라도 보기를 소망했던 사람.

천류영.

그가 당황스러운 얼굴로 말없이 독고설을 보다가 이내 미소 지었다.

"돌아왔습니다."

역시나 그가 말하는 중저음의 목소리는 감미로웠다. 그녀는 입술이 떨려 아무 말도 하지 못했다.

천류영은 그녀가 잠옷 차림인 것을 보고는 봇짐을 어깨

에서 빼냈다. 그리고 장포 하나와 가죽신을 꺼내고 그녀에게 다가갔다.

"바람이 제법 찹니다."

그는 장포를 그녀의 어깨에 걸쳤다. 그리고 한쪽 무릎을 꿇고 그녀의 앞에 부복했다.

맨발인 그녀의 발이 추위에 붉었다.

"선물로 신을 사길 잘했군요. 장신구를 생각하긴 했는데 왠지 소저께서 그런 건 별로 좋아하지 않을 것 같아서요. 발 좀 들어 주시겠습니까?"

독고설의 눈에 이슬이 고였다. 하고 싶은 말이 수없이 많았는데 지금 그녀의 머리는 백지가 되어 버렸다.

그녀는 그가 시키는 대로 발을 하나씩 들었다. 그리고 천류영은 그 발에 신을 신겨 주었다.

다시 일어난 천류영이 하얗게 웃으며 말했다.

"다행히 맞는군요. 치수가 많이 다를까 걱정했습니다."

"천 공자……."

그를 부르는 목소리에 울음이 묻었다. 그리고 그녀가 이어서 하려는 말을 천류영이 했다.

"보고 싶었습니다."

그 말을 듣는 순간 독고설의 가슴속에 맺혀 있던 아쉬움과 야속함이 눈 녹듯 사라졌다. 눈물이 뺨을 타고 주르륵 흘렀다.

그녀는 더 이상 격동을 이기지 못하고 천류영의 가슴에 뛰어들었다. 그를 힘껏 끌어안았다.

"저도요, 저도 보고 싶었어요."

천류영은 곤혹스러우면서도 옅은 미소와 함께 그녀의 등을 손으로 토닥거렸다.

독고은과 번을 서던 무사들 몇 명이 뛰어오다가 멈췄다. 그들은 멍한 얼굴로 뜨겁게 포옹을 하고 있는 천류영과 독고설을 바라보았다.

독고은은 언니를 안고 있는 천류영의 얼굴을 뚫어지게 보다가 함께 온 무사들에게 물었다.

"혹시 무림서생의 얼굴을 아는 분 계신가요?"

평우란 청년이 환한 얼굴로 나섰다. 천류영의 호위로 사한현까지 갔던 인물.

"예, 그분이십니다. 무림서생, 천 공자십니다. 흐흐흐, 드디어 돌아오셨습니다."

뭐가 그렇게 좋은지 입이 귀까지 걸렸다.

독고은은 입술을 깨물며 다시 천류영을 보았다.

아무리 보아도 평범해 보이는 남자.

정말 저 사람이 무시무시한 고수들이 넘쳐 나는 전장을 지배했던 사람이란 말인가?

천류영은 사람들의 시선을 의식하며 독고설을 천천히 떼어 냈다. 독고설도 그제야 정신을 수습하고는 자신이 얼마나 엄청난 짓을 저질렀는지 깨달았다. 그녀의 뺨이 붉게 달아올랐다.

"죄송해요. 너무 반가워서……."

사람들이 하나둘 몰려들었다.

독고은의 고함에 깨어난 이들이 심상치 않은 새벽의 소란에 칼을 쥐고 뛰쳐나온 것이다.

그중엔 조전후도 있었다. 추위를 끔찍하게 싫어해서 북해빙궁을 떠났던 그다. 그런 조전후가 잔뜩 얼굴을 구기고 나타났다가 입을 쩍 벌리며 웃음을 터트렸다.

"크하하하! 이게 누구야? 천 공자 아닌가? 천 공자 맞지? 맞는 거지?"

그는 천류영을 향해 황소처럼 달려와 거칠게 껴안았다. 그리고 안은 채로 빙글빙글 돌았다.

천류영을 아는 사람들이 가까이 다가와 너도 나도 외쳤다.

"보고 싶었습니다."

"왜 이제야 오신 겁니까? 기다리다가 눈 빠지는 줄 알았습니다."

"허허허. 좋네, 좋으이. 자네를 다시 보니 이렇게 좋구만."

도착하는 사람들마다 천류영과 악수를 하고 껴안았다. 독고은처럼 천류영을 알지 못하는 사람들은 그 광경이 신기하다 못해 소외감을 느낄 정도였다.

천류영은 일일이 재회의 기쁨을 나누고 말했다.

"바람이 찹니다. 들어가시죠. 이러다가 세가의 사람들이 모두 나오겠습니다."

조전후가 입에서 미소를 지우지 못한 채 말했다.

"자네가 왔는데 그게 무슨 대수겠는가?"

"너무 그러시니 제가 민망합니다."

"민망은 무슨? 흐흐흐, 내가 자네를 업고 가면 안 되겠나?"

너무 반갑기도 했거니와 밤새 눈보라를 헤치고 온 천류영이 걱정되기도 한 것이다. 천류영이 가볍게 손사래를 쳤다.

"하하하, 이제 그 정도로 약골은 아닙니다."

"호오. 그동안 어디에서 수련 좀 한 모양인데?"

그는 천류영의 팔을 장난스럽게 잡았다가 눈을 휘둥그레 떴다.

"진짜인가 보네. 예전의 물렁하던 살이 아니야. 크하하하, 탄력이 죽이는데! 아가씨도 만져 보십시오. 제법 딴딴합니다."

그러다가 살짝 소매를 젖히게 되었는데 독고설과 조전후의 눈이 동시에 흔들렸다. 검상으로 보이는 상처들이 여럿 보인 것이다.

천류영이 급히 소매를 끌어내리며 당황스러운 기색을 보이자 독고설은 바로 화제를 돌렸다. 그러면서 조전후에게는 지금은 아무것도 묻지 말자는 표정으로 고개를 살짝 저었다.

"풍운이나 함께 간 사람들은요?"

"구위 사범은 진산표국에 들렀다 올 겁니다. 위충 호위는 무림맹 총타로 가셨고요. 제가 부탁한 것이 있어서 그리 됐습니다."

"풍운은요?"

천류영은 난감한 표정으로 귀밑머리를 긁적였다.

"모르겠습니다."

"예? 함께 있었던 것 아니에요?"

"사문의 마지막 관문을 통과하면 올 겁니다."

조전후가 끼어들었다.

"그게 언제쯤인데?"

"몇 달 후가 될 수도 있고, 몇 년 후가 될 수도 있다고 들었습니다."

천류영은 이런 식으로 대화를 하면 끝이 없을 것이라고 생각하고는 발걸음을 떼며 말했다.

"일단 가시죠."

그가 앞으로 성큼성큼 걷다가 이상해서 주변을 보았다.

사람들이 자연스럽게 그의 뒤로 물러서서 따라왔다. 어

쩌다 보니 최선두에서 무리를 이끄는 듯한 모양이었다. 천류영을 아는 사람들이 다른 사람들까지 물러나게 한 것이다.

천류영은 좌우에 있는 독고설과 조전후에게 말했다.

"이럴 필요는……."

조전후가 씩 웃었다.

"자넨 여전히 나의 사령관이야. 나에겐 무림맹주나 총군사보다 자네가 백 배, 천 배는 더 귀한 사람이라고."

독고설도 빙그레 웃었다.

"동감해요."

천류영은 그 둘을 보며 피식 웃고는 눈을 빛냈다. 입술을 꾹 깨물었다가 말했다.

"알겠습니다. 저에게 주어진 운명을 피할 생각은 없으니까요. 새로운 시작, 앞에서 걸어가 보겠습니다."

그는 잠시 멈췄던 걸음을 뗐다.

천류영은 그렇게 눈에 족적을 남기며 앞으로 움직였다. 어둠을 헤치며 차갑고 거센 눈보라가 쉼 없이 이는 대지를 당당히 가슴 펴고 뚜벅뚜벅 걸었다.

〈『패왕의 별』 1부 完, 제10권에서 계속〉

www.bbulmedia.com

www.bbulmedia.com